राजेंद्र राव
की
लोकप्रिय कहानियाँ

राजेंद्र राव की लोकप्रिय कहानियाँ

संकलन एवं संयोजन

डॉ. दया दीक्षित

प्रभात
पेपरबैक्स
www.prabhatbooks.com

प्रकाशक

प्रभात पेपरबैक्स

4/19 आसफ अली रोड, नई दिल्ली–110002

फोन : 23289777 • हेल्पलाइन नं. : 7827007777

इ–मेल : prabhatbooks@gmail.com ❖ वेब ठिकाना : www.prabhatbooks.com

संस्करण

प्रथम, 2018

मूल्य

एक सौ पचहत्तर रुपए

अ.मा.पु.स. 978-93-5266-298-2

मुद्रक

आर–टेक ऑफसेट प्रिंटर्स, दिल्ली

RAJENDRA RAO KI LOKPRIYA KAHANIYAN

Published by **PRABHAT PAPERBACKS**
4/19 Asaf Ali Road, New Delhi-110002

ISBN 978-93-5266-298-2

₹175.00

संपादकीय

अद्भुत किस्सागोई और रोचक रंजक कथाशिल्प के विशेषज्ञ कथाकार राजेंद्र राव का विपुल लेखन कथा विधा के बहुआयामी रचनात्मक प्रतिमानों को गढ़ने के लिए सुप्रसिद्ध है। यही कारण है कि वे कथा विधा के जीवंत संस्थान के रूप में ख्यात हैं। उनकी रचनादृष्टि ने चली आ रही कथा विधा के कथ्य में जो प्रस्थान बिंदु दिए, वे सर्वथा नवीन थे। उन्होंने कथा के विषयगत रूढ़ और पारंपरिक ढाँचे से इतर नए-नए क्षेत्रों के विषयों को कथावस्तु के रूप में उठाने की शुरुआत की है। विषय वैविध्य और विस्तार की दृष्टि से उनका यह प्रयोग बेहद सफल रहा तथा उन क्षेत्रों की कथाएँ साहित्य-जगत् में आईं, जो अछूते या अनछुए थे। इसका भरपूर लाभ पाठकों को मिला। एक ताजगी के साथ उनमें विशिष्ट संज्ञान का संचार हुआ। यह नवीन ज्ञानात्मक अवदान किसी भी रचना तथा रचनाकार को श्रेष्ठ एवं कालजयित्व प्रदान करता है।

कथाकार रजेंद्र राव बीती शताब्दी के सातवें दशक के ऐसे रचनाकार हैं, जो तब से लेकर आज तक बहुपठित, बहुचर्चित हैं। तब के दशकों में प्रतिष्ठित पत्रिकाओं की हजार-पाँच सौ प्रतियाँ नहीं, बल्कि लाखों प्रतियाँ छपती-प्रकाशित होती थीं। जाहिर है कि टी.वी., नेट, मोबाइल रहित उस समय में पाठक संख्या हजारों में नहीं, लाखों में होती थी। 'धर्मयुग' और 'हिंदुस्तान' ऐसी पत्रिकाएँ थीं, जिन्हें रखना अस्सी प्रतिशत आबादी में शान, मान, प्रतिष्ठा और पढ़े-लिखेपन का संकेत माना जाता था। तभी तो उस समय में एक पत्रिका द्वारा एक चर्चित कथा-शृंखला के लिए मिले पारिश्रमिक से राजेंद्रजी ने स्कूटर खरीद लिया था। यह सत्य आज के परिप्रेक्ष्य में अकल्पनीय

लग सकता है। आज की पत्रिकाओं से प्राप्त पारिश्रमिक से स्कूटी तो क्या, साइकिल भी क्रय नहीं की जा सकती, स्कूटर तो बहुत दूर की बात है। इस उदाहरण का आशय यह है कि बीते हुए समय में ही अपनी बहुआयामी रचनात्मकता के कारण राजेंद्रजी ने सम्मान, प्रतिष्ठा के साथ ही शोहरत और लोकप्रियता की बुलंदियाँ हासिल कर ली थीं।

राजेंद्रजी के कथात्मक लेखकीय विजन का विराट् फलक तथा कहानी के प्रति दृष्टिकोण उनके इस कथन में स्पष्टता के साथ लक्षित होता है, ''मेरा खयाल है कि जीवन और कहानी एक-दूसरे के पर्याय हैं। जीवन में प्रतिदिन, प्रतिप्रहर, प्रतिक्षण एक नहीं, अनेक कहानियाँ घटित होती रहती हैं। कुछ को हम घटित होते हुए देखते हैं, तो कुछ में पात्र के रूप में उपस्थित रहते हैं।''

यही कारण है कि राजेंद्रजी का कथा-लेखन जिस प्रकार से बहुआयामी कालबोध को समेटता, समेकित करता चलता है, जिस प्रकार से बाँधता है, जिस प्रकार से सामाजिक प्रचलनों के शनैः-शनैः खंडित होने-टूटने को अभिव्यक्त करता है, जिस प्रकार से इस टूट-फूट और खंडन से रिक्त भूमि पर उगते-उपजते सर्वथा नए और परिवर्तित परिदृश्य को रेखांकित करते कारकों के अस्तित्व को संकेतित करता है, यह अपने आप में बेमिसाल है। समय की धीरे-धीरे बदलती पदचाप को अत्यंत रोचक, रंजक ढंग से कथाओं में कथाकार ने इस तरह से पिरोया है कि धाराप्रवाह मनोरंजन के मध्य पाठक उनसे साधारणीकृत हो, इतना रम जाता है, मानो वह भी इस बदलती पदचाप का एक हिस्सा हो।

बीती सदी के सातवें दशक से लेकर नई सदी के वर्तमान दूसरे दशक तक यानी अर्द्धशताब्दी तक फैले कालखंड के सुदीर्घ और विस्तृत अनुभवों की जमीन पर कथाकार ने जिन कथाओं का सृजन किया है, उसमें विभाजन की त्रासदी से लेकर सांप्रतिक सामाजिक, राजनीतिक, सांप्रदायिक समस्याओं के साथ ही, वर्गवाद, पूँजीवाद, सामंती शोषण, असंगठित श्रमिक वर्ग से संबंधित ज्वलंत मुद्दों, समस्याओं का विश्लेषण तथा वैकल्पिक संभावनाओं का चित्रण है।

विस्थापन की त्रासदी को झेलते प्रवासी किस प्रकार से स्थानीयता को प्रेरित-प्रभावित करते हैं, किस प्रकार से स्वयं भी स्थानीयता से प्रेरित-प्रभावित

होते हैं। किस प्रकार से उनके मध्य सांस्कृतिक (भाषा, वेश-भूषा, खान-पान, मूल्य मान्यताएँ, चलन, फैशन) आदान-प्रदान के कारण एक नई साझा संस्कृति विकसित होती हुई जनमानस को अपने दायरे में लेती है, इस भावभूमि को लेकर राजेंद्र राव ने जो कथाएँ सृजित की हैं, वे साहित्य-जगत् में 'मील का पत्थर' सिद्ध हुई हैं।

लाख प्रगति के बावजूद पुरातनपंथी कुप्रथाओं, परंपराओं में जकड़ा अनेकानेक समस्याओं से जूझता भारतीय समाज किस प्रकार से जहाँ विराट् परिवर्तनों को स्वीकारता आधुनिकता की ओर बढ़ रहा है, वहीं श्रेष्ठ सत्परंपराओं को बदले हुए संदर्भ देते हुए उनका पुनर्नवीनीकरण भी कर रहा है।

इस अमूर्त, अदृश्य वस्तुस्थिति को कथाओं के ताने-बाने में जिस प्रकार से कथाकार ने बुना है, वह उन्हें प्रतिष्ठा के उस उच्च सोपान पर अवस्थित करता है, जिस सोपान पर किसी अन्य की दावेदारी/भागीदारी नहीं दिखती। संपूर्ण देश को परस्पर जोड़ते-संबद्ध करते एन.एच. वे की निर्माण प्रक्रिया में प्रयुक्त भीमकाय यंत्र, मार्गों की तोड़-फोड से उत्पन्न धूल-मिट्टी के विशालकाय पहाड़, पहाड़ों में पगडंडीनुमा अनेक छोटे-बड़े मार्गों का बनना-बिगड़ना, जीवन संचरित होना और इसी उत्पत्ति-संहार के मध्य 'पालन' की व्यवस्थाओं द्वारा ध्वस्त होते मूल्यों को बचाना, अग्रसारित करना कथाकार की ऐसी रचनासृष्टि है, जिसके कारण उनकी कहानियाँ एक साथ जीवन-मूल्यों, साहित्यिक मूल्यों तथा मानवीय मूल्यों, सरोकारों से सीधे-सीधे या प्रत्यक्षतः जुड़ती हैं। बड़ी-बड़ी विश्वव्यापी प्रतिष्ठित कंपनियों से युक्त कॉरपोरेट सेक्टर की संगति-विसंगतियों के मध्य 'टारगेट' की समय-सीमा के उच्च रक्तचाप से ग्रस्त युवा पीढ़ी किस तरह से इनसे कभी निपटती तो कभी निजात पाती, कभी इसमें बिंधती, छिदती सर्वथा अलग मार्ग का चयन करती है, किस तरह से पारंपरिक आर्थिक संसाधनों से जुड़ती-छिटकती है, ये सारी वस्तुस्थितियाँ तथा बदले समय की बदलती परिस्थितियों की शिनाख्त के बीच मानवीय रिश्तों के बनते-बिगड़ते समीकरणों को किस प्रकार राजेंद्रजी सुदक्ष अन्वेषक, चिंतक, विश्लेषक की भाँति कथाओं में रखते-बाँधते हैं, यह इस संग्रह की कुछेक कथाओं में दिखाई पड़ता है।

कल-कारखानों तथा भारतीय वैमानिकी जैसे विशिष्ट और महत्त्वपूर्ण प्रतिष्ठानों की दुनिया के एक से बढ़कर एक दिलचस्प किस्से राजेंद्रजी की

रचनाओं में दर्ज हैं। वहीं दूसरी ओर बड़े-बड़े देशी उद्यमों, उपक्रमों, मिलों की बंदी के पीछे का सच किस प्रकार से वहाँ के बड़े अधिकारियों व कामगारों की निश्चिंत हँसती-खेलती जिंदगी की रौनक को लीलता है तथा किस प्रकार से देश में 'किस्तों' में 'उधार' की उपभोक्ता संस्कृति का बीजारोपण करता है, किस प्रकार से अनायास अनजाने ही मध्यवर्ग तथा निम्न-मध्यवर्ग इस मायावी तिलिस्म में फँसते हुए, आर्थिक रूप से और खोखला होता, इस अजब से जीवनराग की धुन पर विवश सा थिरकता है, किस प्रकार से असंगठित श्रमिकों का 'श्रम' 'बेकारी' के भयानक गर्त में अवश-सा गिरता है, इन सब विडंबनाओं, विभीषिकाओं, अजीबो-गरीब जीवन स्थितियों के चित्र राजेंद्रजी की कथाओं में अत्यंत मार्मिक रूप से चित्रित हैं।

जिस रचनाकार में परकाया प्रवेशी प्रवृत्ति जितनी उच्च स्तरीय तथा सघन होगी, उसकी रचनाएँ, खासकर कहानियाँ उतनी ही विश्वसनीय, वास्तविक तथा पाठक के अंतर्मन की गहराई का स्पर्श करनेवाली होंगी। इस निकष पर कथाकार राजेंद्र राव द्वारा लिखित कथाएँ वस्तुस्थिति का सत्याभासी यथार्थोन्मुख बिंब रचती हैं। पुरुषों, खासकर स्त्री पात्रों की जितनी और जैसी भिन्न-भिन्न भंगिमाएँ, छवियाँ उन्होंने उकेरी हैं, उनसे सहज ही प्रतीत होता है कि वे पुरुषमन तथा विशेष तौर पर स्त्रीमन के विशेषज्ञ एवं पारखी हैं। प्रस्तुत संग्रह में स्त्री की कई भिन्न-भिन्न छवियाँ अत्यंत सशक्त कथाओं की निर्मिति कराती दृष्टिगत होती हैं। 'प्रेम' जैसे शाश्वत भाव पर अलग तरह के इंद्रधनुषी वितान निस्संदेह इस कथा-संग्रह को संग्रहणीय तथा अविस्मरणीय बनाने में सक्षम हैं। इन कथाओं की मूल ध्वनि स्वीकृत मान्यताओं और वर्तमान परिस्थितियों के अंतर्विरोध की अधिक हैं। यहाँ बहुत बार सुविधासंपन्न प्रेमास्पदों के मध्य धर्म, अर्थ तथा सामाजिक निंदा के भय के समीकरण भी प्रेम के साथ ही साथ संचारित होते हैं। यहाँ प्रेम के सत्यासत्य रूप पर भी प्रश्नचिह्न लगता है। इन कथाओं को अपार लोकप्रियता हासिल हुई है।

राजेंद्रजी का कथात्मक गद्य न केवल हिंदी कथा साहित्य को समृद्ध तथा समुन्नत करता है, वरन् अनुकरण और अनुसरण की पाठशाला की विनिर्मिति भी करता है। अभिधा, लक्षणा और व्यंजना से युक्त उनकी भाषा अत्यंत सरस, सुरुचिपूर्ण, शालीन तथा चुटीली है। गूढ़तम भावों को सरलतम शब्दबिंबों के

माध्यम से पाठक तक संप्रेषित करने में कथाकार की भाषा पूर्णतः समर्थ है। उनकी कथाओं से गुजरना कई दशाब्दियों के अनेकविध तथा बहुआयामी परिवर्तनों की प्रक्रिया से दिलचस्प ढंग से रू-ब-रू होना है। इस अर्थ में उनकी कथाएँ कहीं सचेतक का कार्य करती हैं, तो कहीं संकेतक के रूप में मार्ग प्रशस्त करती हैं। रावजी की कथाओं की सबसे बड़ी विशेषता यह है कि उनमें विचारात्मकता, व्यंग्यात्मकता तथा मार्मिकता एक साथ दिखाई पड़ती है। जिस तरह ऊँचे स्थान से तलहटी या नीचे की सारी वस्तुएँ एक साथ साफ-साफ दिखाई पड़ती हैं, उसी प्रकार राजेंद्रजी ने चेतना के जिस उच्च धरातल से सामाजिक, राजनीतिक, वैयक्तिक तथा समष्टिगत संबंधों की संगति-विसंगतियों का जो सूक्ष्म विश्लेषण किया है, वह ज्यों-का-त्यों साफ-साफ पाठक के भावबोध में उतर उसकी ज्ञानात्मक समझ का विस्तार करता है।

प्रस्तुत कथा-संग्रह की कथाएँ पाठकों की सामाजिक चेतना को समृद्ध करते हुए, उनका स्वस्थ मनोरंजन करेंगी, ऐसा मेरा विश्वास है।

—डॉ. दया दीक्षित
एसोसिएट प्रोफेसर, हिंदी-विभाग
डी.ए-वी. कॉलेज, कानपुर (उ.प्र.)

अनुक्रम

उत्तराधिकार

चालीस साल की उम्र तक मजे से साइकिल चलाते रहे। पास-पड़ोस के लोग उन्हें साइकिल पर आते-जाते देखकर आश्चर्य करते। उन्हें तो नहीं, मगर घर के लोगों को टोकते, 'इन्हें रोकिए, देखते नहीं, ट्रैफिक का कितना बुरा हाल है!' मैंने खुद कई बार पिताजी को समझाया, पास के रिक्शा-चालक को ठीक कर दिया, मगर वे नहीं माने। मौका पाते ही चुपके से साइकिल लेकर निकल जाते। उनका साइकिल चलाना तभी बंद हुआ जब मोहल्ले से सटे हाइवे पर फ्लाइओवर बनाने का काम शुरू हुआ। उसके बाद तो हम सबका सड़क पर आना-जाना दूभर हो गया। 'स्वर्णिम चतुर्भुज योजना' के अंतर्गत बनती सड़कों के निर्माण कार्य को जिसने देखा है, वह दृश्य की भयावहता को समझ सकता है। मिट्टी के चलायमान टीलों और खुदते हुए बड़े-बड़े कुओं के आजू-बाजू नित्य बदलती पगडंडियों जैसी सर्विस लेन पर धूल उड़ाते वाहनों की कतारें रेंगती हुई चलतीं। अकसर जाम लग जाता।

जब रिक्शे से भी निरापद निकलना संभव न रहा, पिताजी ने एक दिन मुझसे कहा कि आज बैंक से मेरी पेंशन के रुपए लेकर आओ तो एक काम करना, कालीबाड़ी के सामने सड़क के डिवाइडर पर एक अपाहिजा बैठती है। उसे एक ब्रेड या जलेबी खरीदकर देते आना। मैं उसे हर हफ्ते कुछ खाने का सामान दे आता था, मगर अब निकलना बंद हो गया है। आज यह काम जरूर कर देना।

बैंक से रुपए लेकर निकला। एक बड़ी ब्रेड खरीदी और अपाहिजा की तलाश में निकला। कालीबाड़ी हाइवे पर ही डिवाइडर तो क्या, पूरी सड़क ही खुद गई थी। बीसियों हैवी अर्थमूविंग मशीनें और डायनासोर जैसी बड़ी-बड़ी क्रेनें गतिमान थीं। मोटरसाइकिल से दोनों ओर की सर्विस लेन छान डालीं, मगर वह

विकलांग नजर नहीं आई। उस गर्दोगुबार में कहीं किनारे बैठना मुमकिन ही नहीं था। सड़क किनारे के कई भवन और दुकानें तोड़ी गई थीं। ऐसी ही एक अधटूटी चाय की दुकान पर निर्माण कार्य में लगे मजदूर जमा थे। उनसे पूछा तो चायवाले की बीवी ने बताया, ''हाँ, एक बूढ़ी बैठती तो है, मगर कल से दिखाई नहीं दी। हो सकता है, गोदाम की बगलवाली गली में पड़ी हो।'' थोड़ा आगे जरूर हार्डवेयर का गोदाम था। वहाँ के चौकीदार से पता चला कि गोदाम का चबूतरा और छज्जा फोर लेन की भेंट चढ़ गया है तो बूढ़ी वहाँ कैसे बैठे? हो सकता है, अग्रसेन भवन के सामने हो। बहरहाल, वह नहीं मिली। निराश होकर मैं चायवाले के पास गया और वह ब्रेड आगे बढ़ाकर कहा, ''आ जाए तो उसे दे देना।''

उसने सिर हिलाकर कहा, ''उसका कोई भरोसा नहीं। नहीं आई तो इस ब्रेड का क्या करूँगा?''

''नहीं आए तो तुम्हीं इस्तेमाल कर लेना।'' मैंने झुँझलाकर कहा।

''बाबू, उसके लिए लाए हो तो उसी को देना। मैं उसकी चीज नहीं रखूँगा। यह जोगी-जोगिन का मामला है, और वह हर किसी के हाथ से लेती भी नहीं। ब्रेड कौन खराब हुई जा रही है, कल ट्राइ कर लेना।''

'अच्छा राग पाल लिया!' मैंने सोचा और ब्रेड को डिकी में रखकर किसी भिखारी की तलाश में बाजार की तरफ निकल गया। वहाँ एक सिरे से दूसरे सिर तक दो चक्कर लगाए, मगर एक भी भिखारी या भिखारिन दिखाई नहीं दी। ऐसा भी कोई चरित्र नहीं मिला, जिसे वह दस रुपएवाली डबल रोटी पकड़ाई जा सके। मुझे लगा कि दस साल पहले के मुकाबले देश में गरीबी कुछ कम हुई है। अभावों से जूझते हुए लोग नजर आते थे, मगर ऐसे नहीं, जो दान लेने के इच्छुक हों, हालाँकि यह अनुमान ही था।

घर पहुँचकर पिताजी को बताया तो बोले, ''कोई बात नहीं। आते-जाते जब भी दिखाई दे जाए, उसे दे देना।'' उनको पेंशन के रुपए पकड़ाए तो दस का नोट मुझे दिया। मैं लेने में अचकचाया तो बोले, ''यह उसी के निमित्त है। अभी तो और भी है उसके हिस्से का। तुम इसे रख लो। अगले हफ्ते फिर एक बार तकलीफ दूँगा, तब केले या पाव भर जलेबी दे आना।''

मैं अपने प्रथम प्रयास में ही असफल रहा था, इसलिए उनकी बात सुनकर उलझन सी हुई, मगर पिताजी की आज्ञा में कुछ ऐसी भावना शामिल थी कि

उसकी अवहेलना करना अविवेकपूर्ण लगा। उस समय तो चुप लगा गया, मगर बाद में जाने क्यों मन में एक बेचैनी सी करवटें लेने लगी। एक अपाहिज भिक्षुणी को ढूँढ़कर एक ब्रेड या कुछ खाने का सामान दे आना ऐसा कोई मुश्किल काम नहीं था। ठीक है, उस समय नहीं मिली, इसका मतलब यह तो नहीं कि वह कभी नहीं मिलेगी!

वह छुट्टी का दिन था। दोपहर बाद मैं मोटरसाइकिल लेकर हाइवे की ओर निकल पड़ा, अपाहिजा की तलाश में।

कुछ देर तक जाम में फँसा रहा। क्रेन से पिलर का ढाँचा उतारा जा रहा था। राह खुली तो धूल और धुएँ में नहाता, ट्रकों के आजू-बाजू होता किसी तरह उस चाय की दुकान तक पहुँचा। वहाँ सुबह की तरह मजदूरों की भीड़ नहीं थी। मुझे पहचानकर उसने उत्साहपूर्वक कहा, ''अरे बाबू, उस घड़ी जैसे ही आप गए, जाने कहाँ से यह बूढ़ी घिसटती हुई आ गई। मुश्किल से पाँच मिनट का फासला रहा होगा। देखिए, वहाँ बालू के ढेर पर बैठी है। दे आइए जाकर।''

मैंने मोटरसाइकिल खड़ी की और ब्रेड लेकर उठा, और गया। निर्माणाधीन सर्विस लेन के किनारे बालू के बड़े ढेर के अवशेष पर वह बैठी थी। पास से देखने पर मालूम हुआ कि उसके दोनों पैर नहीं हैं। ऐसा लगता था, जैसे कूल्हे के ऊपर का धड़ बालू पर टिका हो। तार-तार सी पुरानी जैकट और लँगोटीनुमा अधोवस्त्र। वह एक हाथ के सहारे टिककर बैठी थी। निरंतर धूप में बैठने से झुलसी हुई काया और बेतरतीब कटे हुए बाल। उसे देखकर लग रहा था जैसे किसी झरने के नीचे नहाकर आई हो। जितना भी शरीर सामने था, उस पर गंदगी या धूल-मिट्टी का नामोनिशान नहीं था। सिर के बालों को समेटकर एक रिबन से बाँधा हुआ था। धुले हुए चेहरे पर दो आँखें थीं, जिनमें चमक दिखाई देती थी, शेष शरीर निस्तेज और निष्क्रिय सा था।

मैं सामने जा खड़ा हुआ तो उसने मुँह फेर लिया, पहुँचने से पहले ही। मेरा उत्साह जाता रहा। प्रथम ग्रासे मक्षिका··· पहली नजर में ही नापसंद हो गया था। कुछ देर तक अकबकाया सा उसकी उपेक्षा का दंश झेलता सामने खड़ा रहा। समझ में नहीं आया कि क्या करूँ, क्या कहूँ उससे? फिर मृदुल और स्नेहसिक्त स्वर में बोला, ''माताजी! यह ब्रेड लीजिए, आपके लिए लाया हूँ।'' पहले तो ऐसा लगा कि उसने सुना ही नहीं, मगर गौर से देखने पर आभास

हुआ कि वह सिर हिलाकर मना कर रही है। मैंने ब्रेड आगे बढ़ाई तो वह बाईं ओर घूमकर एकदम विमुख होकर बैठ गई। मैंने चुपचाप वह ब्रेड उसके पास रखी और वापस लौट गया।

चायवाले ने कहा, ''क्या हुआ बाबू, ब्रेड नहीं ली न? बात यह है कि हर किसी से कुछ लेती भी नहीं है। आप किसी और को दे दो।'' मैंने पिताजीवाली बात बताई तो उसने सुझाव दिया कि यह बात उसे कही जाए तो शायद ले ले। मैं हिम्मत जुटाकर फिर बालू के ढेर तक गया और ब्रेड को उठाकर उसकी ओर बढ़ाते हुए कहा, ''यह मेरे पिताजी ने भेजी है। वे हर महीने आपको देने के लिए आते थे, मगर अब घर से निकल नहीं पाते हैं। आप इसे रख लो।''

लग तो ऐसा रहा था कि वह सुन रही है, लेकिन ताज्जुब! उसने हाथ बढ़ाकर ब्रेड ले ली। मेरा मन खुशी से खिल उठा। ऐसा लगा, जैसे कोई मुँहमाँगी मुराद मिल गई हो! चायवाला दूर से यह दृश्य देख रहा था, मेरे पहुँचते ही चहककर बोला, ''इन्हें कोई भिखारी या पागल नहीं समझिएगा बाबू। ये जोगिन हैं। अभी ये सिंधी ठेकेदार के यहाँ से आई हैं, उनके अलावा इन्हें कोई छू नहीं सकता। समझते हैं? एक बार ठेकेदार मरते-मरते बचे थे, तभी से उनकी घरैतिन इन्हें बहुत मानती हैं।''

मैंने घर लौटकर पिताजी को अपने अभियान की सफलता के बारे में बताया तो वे प्रसन्न हुए। बीस रुपए का नोट देकर कहा, ''कुछ दिन बाद जब भी तुम्हें मौका मिले, उसके लिए गरम जलेबी लेकर जाना।'' मुझे यह सुनकर न तो कोई कोफ्त हुई, न उलझन।

मैंने विभागीय प्रोन्नति की लिखित परीक्षा पास कर ली थी। अगले हफ्ते उसके लिए साक्षात्कार था। मैं वरिष्ठता क्रम में तीसरे स्थान पर था, इसलिए अधिक आशान्वित तो नहीं था, परंतु मन में चाहना थी, जो बार-बार सिर उठा लेती थी। अब उसका कोई क्या करे?

वह तिथि आई तो साक्षात्कार देते हुए मुझे आभास हो गया कि पदोन्नति हो जाएगी। किसी भी नौकरीपेशा के जीवन में यह आत्मोत्कर्ष का चिर-प्रतीक्षित पल होता है। प्रमोशन ऑर्डर में आया तो न जाने क्यों मुझे पिताजी की प्रिय पात्र अपाहिजा की याद हो आई। निश्चय किया कि उसके लिए कोई बढ़िया मिठाई लेकर जाऊँगा।

उसने दूर से ही मेरे हाथों में मिठाई का डिब्बा देख लिया और घिसटकर वहाँ से जाने लगी। घिसटते हुए भी इतनी तेज चाल हो सकती है, उसका मुझे अनुमान नहीं था। जब तक मैं बालू के ढेर पर पहुँचूँ, वह दूर जा बैठी थी। मैंने भी हार नहीं मानी, उसके पास पहुँचकर ऊँची आवाज में कहा, "माताराम, यह पिताजी की ओर से है। उन्होंने जलेबी के लिए कहा था, मगर वहाँ थी नहीं, इसलिए खोए के लड्डू ले आया हूँ। आप ले लीजिए।" उसने हाथ के इशारे से डिब्बा खोलने को कहा। मैं उसका आशय समझ गया। डिब्बा खोलकर दो लड्डू निकाले और उसकी ओर बढ़ाए। उसने बगैर हील-हुज्जत के ले लिये।

उसके बाद मैं अपनी ओर से कुछ लेकर कभी नहीं गया। जब भी पिताजी कहते और दस या बीस का नोट पकड़ाते, मैं निर्देशानुसार ब्रेड, केले या जलेबी ले जाता। उसने भी कभी लेने में आना-कानी नहीं की। बस एक ही दिक्कत होती थी, उसे खोजना, क्योंकि वह अपना ठिया बदलती रहती थी। हाइवे पर फलाइओवर के पिलर बनते जा रहे थे। उनपर कंक्रीट के भारी-भरकम स्लैब रखे जाते थे, कुछ पता नहीं चलता था कि कब ट्रैफिक रुक जाए। ऐसे में उसे ढूँढ़ना, फिर खाद्य सामग्री लेकर उस तक पहुँचाना कभी-कभी दुष्कर हो जाता। एक दो बार तो दुर्घटना होते होते बची। ट्रक वाले ने फुर्ती से ब्रेक मार दिया, नहीं तो…। जो भी हो मुझपर एक धुन सवार हो गई थी—जैसे भी हो, उसको कुछ देकर आने की। वह मुझे पहचानने तो लगी थी, मगर सामने देखकर कभी भी मुसकराई नहीं। अकसर उसके चेहरे पर कठोरता का भाव रहता। कभी-कभी वह किसी तेज रफ्तार वाहन की चपेट में आकर घायल हो जाती तो उसका हाल देखकर मन दुखी हो जाता। अकसर उसके कटे हुए पैरों के ठूँठ से ज्यादा घिसटने के कारण खून रिसा करता, तो कभी वह एकदम साफ-सुथरी, नहाई-धोई और शांत नजर आती। उसका गणित मैं सीख गया था, ब्रेड हो तो छोटी, केले हों तो दो-तीन से ज्यादा नहीं, जलेबी हो तो सौ ग्राम, लड्डू हो तो सिर्फ दो। पैसे तो वह किसी हालत में नहीं लेती थी।

धीरे-धीरे फ्लाईओवर आकार ग्रहण कर रहा था। अपाहिजा को बैठने के लिए एक साफ-सुथरा कोना मिल गया, ऊपर स्लैब की छाया भी। वह मेरी जिंदगी में एक अहम स्थान बना बैठी थी। आते-जाते मैं उसकी सुध लिया करता। मेरी तरह क्या, पिताजी की तरह के कई संवेदनशील लोग थे, जो उसके

लिए कुछ करने को आतुर रहते थे। सरकारी अस्पताल का एक कंपाउंडर था, जो उसकी मरहम-पट्टी कर जाता था, ठेकेदारनी उसको नहला-धुला देती, शायद कपड़े भी सँभाल देती थी, एक दंपती तो कार से उतरकर उसके पास देर तक बैठा रहता था।

पिताजी को 90 वर्ष की उम्र में कैंसर हुआ। उनका इलाज शुरू हुआ, लेकिन दिन-ब-दिन तबीयत बिगड़ती जा रही थी। वे अकसर अपाहिजा को याद करते और उसे कुछ-न-कुछ देकर आने को कहते। एक दिन ऐसा हुआ कि वह ढूँढ़े नहीं मिली, किसी को कुछ पता नहीं था कि वह कहाँ चली गई है। हफ्ते-दो हफ्ते, यहाँ तक कि एक महीना गुजर गया। मैंने उसकी तलाश से निराश होकर पिताजी को बताया तो वे चुप रहे। उसके बाद उन्होंने उसके बारे में कभी बात नहीं की''। एक दिन ऐसा आया कि उन्हें अस्पताल ले जाना पड़ा। वहाँ डॉक्टरों ने अपनी काफी जद्दोजहद की। आईसीयू में पाँच-छह दिन वेंटिलेटर के सहारे रहे, फिर महाप्रयाण कर गए पिताजी के जाने के दो महीने बाद हाइवे से गुजरते हुए सहसा वह दिखाई दी।

सड़क के किनारे चिलचिलाती धूप में, दो ईंटों के आसन पर वह बैठी थी। मुझे करेंट का झटका सा लगा। तुरंत मोटरसाइकिल वापस घुमाई और बाजार से जलेबियाँ लेकर उसके करीब पहुँचा। वह आँखें ऊपर उठाए मानो शून्य में ताक रही थी। उसे मेरे आने का अहसास हुआ होगा, मगर उसने जाहिर नहीं किया। मेरी ओर देखा तक नहीं।

मैं उसकी बेरुखी से बेपरवाह कुछ देर यों ही खड़ा रहा। पिताजी की याद मुझ पर शिद्दत से तारी थी। बोलने लगा तो गला भर्रा गया, "माताराम! मेरे पिताजी नहीं रहे। वे हम सबको छोड़कर चले गए। तुम्हें भी। अब वे न तो तुम्हारे लिए ब्रेड भेज सकेंगे, न जलेबी। मगर मैं हूँ, उनका बेटा। आज अपने मन से अपने पैसे से तुम्हारे लिए कुछ लेकर आया हूँ। इसे ले लो माँ!"

उसने चेहरा घुमाकर मुझे देखा। उसकी आँखों में जैसे करुणा समाई हुई थी। पहली बार उसके मुखमंडल पर छाई रहनेवाली कठोरता विलुप्त लगी। उसने लेने के लिए अपना हाथ बढ़ाया तो बरबस मेरी आँखों से आँसू बह निकले। □

लौकी का तेल

सरदार रतन सिंह ने, जिन्होंने यह मकान दिलवाया था, मानो हौसला अफजाई करते हुए कहा, ''ओजी बंसल साहब, आपकी तो मौज हो जानी है। यहाँ तो बड़े पकौड़े बनते हैं, गरमागरम, हर वक्त कढ़ाई चढ़ी रहती है। और क्या वैरायटी होती है पकौड़ों की! पालक के, प्याज के, आलू के, बैंगन के···एकदम करारे! इस घर के ठीक पीछे है रामऔतार हलवाई की दुकान। जब मन चाहे, पकौड़े मँगा लो। एक क्या, दस मेहमान आ जाएँ घर में, कुछ बनाने की जरूरत ही नहीं।'' असल में पीछे सड़क के पार कॉटन मिल का मेन गेट था, जहाँ हर समय लोगों की आवा-जाही बनी रहती थी। एक शिफ्ट छूटती तो दूसरी के वर्कर अंदर जाते। यही हाल भोजन अवकाश के समय होता। इस वजह से हलवाई की दुकान में पकौड़े या समोसे बनते ही रहते थे। मकान शिफ्ट करके यहाँ आए तो सामान उतरवाने-रखवानेवाले मजदूरों और सहायता के लिए आए मित्रों के लिए चाय-पकौड़े पीछे से मँगाए गए। रतन सिंह ने गलत नहीं कहा था, पकौड़े सचमुच करारे और मजेदार थे।

कहाँ शांत साफ-सुथरी सरकारी बस्ती का बँगला और कहाँ कॉटन मिल गेट की गहमागहमी से आक्रांत यह किराए का मकान। इस माहौल का अभ्यस्त होने में काफी समय लगा, मगर मिल के गेट पर अकसर बनी रहनेवाली रौनक का हमने खूब लुत्फ उठाया। पकौड़े और समोसे तो नियमित रूप से नाश्ते में शामिल हो गए थे। सब्जी-भाजी और फलों का भी आराम था। मिल के गेट पर हर शिफ्ट छूटने के समय अच्छा-खासा बाजार सज जाता था। चूँकि वहाँ क्रेता मजदूर होते थे, इसलिए सस्ती दर पर चीजें बिकतीं और हाथोहाथ बिक जाती थीं। सब्जी-फल ही नहीं, वहाँ दाल-चावल-मसाले, सस्ते रेडीमेड कपड़े,

अँगोछे-मच्छरदानियाँ और जाने क्या-क्या बिकने को आता था। शुरू में तो कुछ संकोच हुआ, फिर हम भी इस बाजार के ग्राहक बनकर सर्वहारा वर्ग के निकट आने की एक स्वचालित प्रक्रिया में शामिल हो गए। होना ही था, पिताजी के रिटायर होने के बाद पहले सरकारी बँगला गया, फिर एक-एक करके सारी सुविधाएँ। अब वेतन की जगह पेंशन थी, जिसमें अपनी बुर्जुआ पहचान बनाए रखना मुश्किल हो रहा था। मैं खुद एक साधारण नौकरी पर था और दो छोटे भाई पढ़ रहे थे। धीरे-धीरे वह मिल हमारे लिए खुलती गई। इसकी शुरुआत तभी हो गई थी, जब हमें रामऔतार के हर समय बनते रहनेवाले पकौड़े भा गए थे। फिर सस्ती सब्जियाँ, किफायती अंडरवियर और अँगोछे हमारी क्रयसूची में शामिल हुए। फिर मामला बढ़ता गया। हम लोग सोचने लगे कि कम-से-कम घर का एक लड़का तो मिल में नौकरी पा जाए। इस दिशा में कार्य भी हो रहा था। मैंने पड़ोस में रहनेवाले मिल के वेलफेयर ऑफिसर गर्ग साहब से जान-पहचान बढ़ा ली और वे घर आने-जाने लगे। परिवारों में भी मेल-जोल बढ़ा।

बाद में एक दिन माँ ने बताया कि गर्ग साहब और उनकी पत्नी को अपनी कन्या के लिए मैं पसंद हूँ और मेरे छोटे भाई को बी.एस-सी. पास करते ही वे मिल में कैमिस्ट की नौकरी दिलवा ही देंगे। अब जरा सोचिए, यह सब मकान में आने के छह महीने के भीतर हो गया! किसी जादू की तरह। सच कहता हूँ, गर्ग साहब की कन्या मुझे प्रथम दृष्टि में ही पसंद आ गई थी। वह घर से कॉलेज जाने के लिए सिर झुकाए, दुपट्टा लहराती निकलती और उसी तरह सिर झुकाए, नजरें जमीन में गड़ाए घर लौटती। माँ कहती, "कितनी सुशील कन्या है, मगर शादी तभी करेंगे, जब कम-से-कम एक लड़के को नौकरी पर लगवा देंगे। दान-दहेज तो कुछ देंगे नहीं और दें भी तो कहाँ से? इसी नौकरी से तीन-तीन बहनों की शादी की है, लड़के को इंजीनियरिंग कॉलेज में भरती कराया है। खैर, हमें दहेज चाहिए भी नहीं, बस एक लड़का मिल में लग जाए, इतना बहुत है। मिल की नौकरी कहने के लिए ही प्राइवेट है, मगर सुविधाएँ सरकारी से कहीं ज्यादा हैं। देखो, वरदी मिलती है, ओवरटाइम मिलता है, बोनस में एक-डेढ़ महीने की तनख्वाह, हर साल सस्ते दाम पर एक बोरा गेहूँ (मिल के फार्म का), कोऑपरेटिव से लोन और जाने क्या-क्या! ऐसी नौकरी मिलती है कहीं? वह भी घर के ठीक पीछे!" यह तो रामजी की कृपा है, जो घर दिलाने के बहाने

यहाँ ले आए हैं।'' मैंने उन्हें याद दिलाया तो बोलीं, ''हाँ-हाँ, भला हो रतन सिंहजी का, जो उन्होंने यह घर दिलाया।'' इसमें कोई शक नहीं कि शोर-शराबे, खास तौर पर यूनियन की अकसर गेट पर चलनेवाली नारेबाजी से होनेवाले व्यवधान को छोड़ दिया जाए तो यह घर हर दृष्टि से सुविधाजनक था। यहाँ से मेरे दफ्तर की दूरी मुश्किल से दो-ढाई किलोमीटर थी। भाइयों के कॉलेज भले ही दूर हों, मगर टैंपो की सवारी सुलभ थी। बैंक, पोस्टऑफिस मिल के गेट पर ही थे, मजदूरों के चंदे से बना एक मंदिर एकदम बगल में था। छोटा-मोटा बाजार तो वहाँ लगता ही था। हर नई फसल की जिंस आस-पास के गाँवों से वहाँ साइकिलों पर लदकर बिकने के लिए आती थी। पहले कुछ दिन अटपटा सा लगा, फिर मन उस वातावरण में रमने लगा। वहाँ शाम को जनरल शिफ्ट छूटने पर लगनेवाला बाजार और हर हफ्ते दस दिन बाद होनेवाली यूनियन की मीटिंगें खासी दिलचस्प होती थीं। ऑफिस से आने के बाद अकसर मैं पकौड़े लेने के बहाने वहाँ एक तमाशबीन की तरह पहुँच जाता था। कुछ देर बाजार में भाव-ताव करता या ट्रेड यूनियन नेताओं के जोश भरे भाषण सुना करता। मिल में दो दशक पुरानी लाल झंडेवाली जमी-जमाई यूनियन थी, जिसे उखाड़ने के लिए सत्ताधारी दल की एक नई यूनियन मैदान में उतारी गई थी। उसे कोई गंभीरता से नहीं ले रहा था। मगर गरमागरमी तो थी ही।

ऐसी ही एक शाम को लौकी का तेल बेचनेवाले कलंद से मेरी मुलाकात हुई। उसकी साइकिल के हैंडिल पर एक तख्ती लगी थी, जिस पर लिखा था—'शुद्ध लौकी का तेल, नकली साबित करनेवाले को रु. 5000 इनाम।' पहले-पहल देखा तो मैं हैरान रह गया, मुझे मालूम नहीं था कि लौकी का भी तेल होता है। तीव्र उत्कंठा के मारे उसी से पूछ बैठा, ''क्या लौकी का भी तेल होता है?'' इस बेवकूफी भरे प्रश्न से वह आहत हुआ होगा, नाराज भी, बोला, ''तो हम क्या साले हैं, जो यहाँ बेचने के लिए खड़े हैं?'' उसको घेरे खड़े मजदूरों में से एक ने मुझ पर तरस खाकर कहा, ''बाबू, आप शहरी आदमी नहीं जानते कि लौकी का तेल कितना जो है फायदेमंद होता है! अरे, गाँव-देहात में कौनो डॉक्टर बैठा है, जो अधकपारी और तमाम खोपड़ी के मर्ज का इलाज जो है, सो करेगा? तब लौकी का तेल ही ना जो है, सो काम आता है। इधर जितना भी मजदूर भाई छूट्टी में गाँव जाता है, बोतल-दो बोतल तेल लेकर जाता है।'' तेलवाला भी

थोड़ा पसीजा, "बाबू, ऐसा-वैसा मत समझिए, मैं तेल सिर्फ एडवांस बुकिंग पर सप्लाई करता हूँ। अभी आप माँग लो तो नहीं दे पाऊँगा। लौकी का तेल निकलता ही कितना है! हाँ, नकली चाहे जितना भी ले लो। सीसामऊ में जौन मिलता है, आप बाबू लोग ही लेते हो, क्या वह असली है?" कई लोगों ने इस बात की ताकीद की, "हाँ-हाँ, तेल तो इनका असली है, पैसा भले ही ज्यादा जो है, सो ऐंठते हों।" तब तक उसके एडवांस बुकिंगवाले ग्राहक आ गए और एक गंदे थैले से चीकट बोतलें बाहर आने लगीं। एक आदमी ने इशारे से मुझे पास बुलाकर कान में कहा, "बाबू! कभी-कभी जो है सो मर्द और औरत की गरमी नीचे खलास होने के बजाय ऊपर चढ़ जाती है, दिमाग में, तो आदमी जो है, सो एकदम पगला जाता है। लोग समझते हैं कि ये जो है सो ऊपर की हवा है, मगर वो नीचे की हवा होती है, समझे न, तब लौकी का तेल काम आता है। थप्पी भर लगाया नहीं खोपड़ी पर कि मामला ठंडा, दिमाग से लेकर नीचे तक सबकुछ रैट। चैन मिलता है, खूब नींद आती है मरीज को। कुछ लोग होते हैं, जिनकी देर तक जो है, शादी नहीं होती तो कभी-कभी सरशाम हो जाता है तो उनके लिए लौकी का तेल रामबाण है, ऐसा समझिए।" इस मूर्खतापूर्ण चर्चा में मैं कुछ और उलझता कि टैंपो स्टैंड से सिर झुकाए हुए आती अपनी भावी वाग्दत्ता दिखाई दी और मन कहाँ से कहाँ पहुँच गया।

मिल पर धीरे-धीरे श्रमिक अशांति के बादल मँडराने लगे। नई यूनियन की मीटिंगों में भले ही मुट्ठी भर लोग जमा होते हों, मगर उसके तेवर तीखे होते जा रहे थे। बोनस दशहरे से पहले बँटता था। पुरानी यूनियन डेढ़ महीने के वेतन पर राजी थी, लेकिन नई यूनियन ने इसे नकार दिया और दो महीने के बराबर बोनस की माँग को लेकर जोरदार मुहिम छेड़ दी। असल में सत्ताधारी पार्टी का एक तेज-तर्रार युवा नेता इस काम के लिए मैदान में उतारा गया था। न तो वह मिल में काम करता था, न ही ट्रेड यूनियन की पृष्ठभूमि थी। हाँ, आत्मविश्वास गजब का था। उसने हड़ताल का नोटिस दिया तो यह भेद खुला कि नई यूनियन को गुपचुप मान्यता मिल चुकी थी। पुरानी यूनियन ने इस मान्यता को चुनौती देते हुए याचिका दायर कर दी और श्रमायुक्त कार्यालय के सामने प्रदर्शन करने दल-बल सहित गए तो मैदान खाली पाकर वह युवा नेता मिल के गेट के सामने तंबू-कनात लगाकर भूख हड़ताल पर बैठ गया। मिल प्रबंधन ने

भी कोई आपत्ति नहीं की। अब पुरानी यूनियन के सामने यह धर्मसंकट पैदा हुआ कि ज्यादा बोनस की माँग का विरोध कैसे करे? फिर भी सैद्धांतिक आधार पर इस माँग का विरोध किया गया और ताबड़-तोड़ कई मीटिंगें करके मजदूरों को इसका औचित्य समझाने की कोशिश की गई। उधर भूख हड़ताल पर बैठे नेता के समर्थन में सुबह-शाम विधायक-सांसद और जाने-माने राजनीति के खिलाड़ी आने और भाषण देने लगे। इस अनशन-स्थल पर जो भीड़ रहती थी, उसमें बहुत तरह के लोग होते थे, लेकिन मिल मजदूर दूर से ही तमाशा देखते थे। बस इसी आश्वस्ति के कारण पुरानी यूनियन मात खा गई। मिल प्रबंधन ने दो महीने के वेतन के बराबर बोनस की माँग मान ली। पुराने नेताओं का बरसों के संघर्ष से लगा तंबू इस आँधी में ऐसा उखड़ा कि फिर वापस नहीं लग पाया। मिल मजदूरों ने नए और युवा नेता को कंधे पर उठा लिया। मिल के गेट से ऐतिहासिक विजय-जुलूस निकला, जिसमें सत्ताधारी पार्टी के प्रदेश अध्यक्ष रथारूढ़ हुए।

उसके बाद मिल जैसे दो हिस्सों में बँट गई। रामऔतार की दुकान पर हँसी-खुशी चाय पीते, पकौड़े खाते लोग अब वाक्‌युद्ध में रत रहने लगे। नई यूनियन के समर्थक कुछ ज्यादा ही जोश में रहते थे। जल्दी ही जुबानी जंग मारपीट में बदल गई। पहले गेट के बाहर हुई, फिर मिल के अंदर पहुँच गई। बोनस से जेब जितनी गरम हुई, उससे ज्यादा मिल मजदूरों का दिमाग गरम रहने लगा। जिस दिन बोनस बँटा, मिल के गेट पर बाजार, क्या अच्छा-खासा मेला लग गया। पहली बार किस्तों पर टीवी, फ्रिज और मोटरसाइकिल बेचनेवाले स्टॉल लगे। जींस, टी-शर्ट और मैक्सी विक्रेताओं ने पारंपरिक कच्छे-बनियान-अँगोछे के दुकानदारों को दुबकने के लिए मजबूर कर दिया। मेरे छोटे भाइयों ने अपनी पसंद की जींस और टीशर्टें खरीदीं। हलवाई की दुकान में तो सुबह से ही जलेबियाँ छन रही थीं। मैं भाइयों को कपड़े और जलेबियाँ दिलाकर माँ को मनाने में जुटा। बाइक लेने की तमन्ना जाने कब से सीने दफन थी, लेकिन हालात ऐसे नहीं थे कि एकमुश्त इतनी रकम जुटा पाते। किस्तों पर लेने का यह सुनहरा मौका था, लेकिन माँ ने दूरदर्शिता का नमूना पेश कर दिया, "अरे, जहाँ इतने दिन काटे हैं, वहाँ थोड़े दिन और सबर कर ले। ठीक है, दहेज में रुपिया-पैसा नहीं दे पाएँगे, मगर ऐसे गए-गुजरे भी नहीं कि मोटरसाइकिल न दें। हाँ, तुम पहले ही खरीदकर बैठ जाओ तो बात और है। फिर उन्हें नहीं देने

का बहाना मिल जाएगा। आजकल तो छोटे-से-छोटा आदमी भी लड़की की शादी में फ्रिज-टीवी, मोटरसाइकिल सब देता है। जाओ, वहाँ लौकी के तेलवाला खड़ा हो तो सौ ग्राम ले आओ। राम जाने खुश्की है या कोई बलाय है कि सिर दर्द के मारे फटा जाता है।'' मेरी समझ में नहीं आया कि माँ की इस होशियारी पर खुश होऊँ या नाखुश, पर मेरा जी कुछ हल्का हो गया था। मैं लौकी के तेल की तलाश में बाहर आया तो देखा, मेरी वुड बी अपने छोटे भाई के साथ दरवाजे पर सिर झुकाए खड़ी है। अब मैं तो एकदम हक्का-बक्का, शैतान का नाम लो कि शैतान हाजिर! उसके भाई ने कहा, ''मम्मी ने कहा है कि मदन भैया के साथ जाकर जींस और टॉप खरीद लो, जैसी सोनू भैया और मोनू भैया ने ली है। दीदी को भी लेनी है।''

माँ के कान दरवाजे पर ही लगे थे, ''हाँ-हाँ, मदन बेटा, ये देख लेना कि राजू का कद अभी बढ़त पर है, सो इंच-दो इंच बड़ी ही दिलाना। हाँ, श्वेता के लिए कोई ऐसी देखना, जो चार-छह महीने पहन ले तो पैसे वसूल हो जाएँ। बाद में कहाँ पहन पाएगी और मेरे लिए तेल जरूर लेते आना। श्वेता की मम्मी ने ही बताया है कि बहुत आराम मिलता है इसे लगाने से।'' मैं इस अप्रत्याशित परंतु सुखद दायित्व-बोध से मन-ही-मन पुलकित होते हुए भी ऊपर से परम गंभीरता का चोला ओढ़कर मिल के गेट की ओर आगे-आगे चला, मेरे पीछे श्वेता, उसके पीछे राजू। बिल्कुल राम-सीता वनगमन का दृश्य। जींस बेचने के लिए कंपनी की मोबाइल वैन आई थी। वहाँ पहुँचते ही दीदी ने अपना सदैव झुका रहनेवाला दर्शनीय सिर जो उठाया तो फिर फाइनल खरीद तक उठाए ही रखा। इस पूरे प्रकरण में उसने मेरी या राजू की पसंद या सलाह पर रत्ती भर भी ध्यान नहीं दिया। यहाँ तक कि रंग के मामले में राजू ने अपनी चलाने की कोशिश की तो इतनी जोर से डाँटा कि हम दोनों सहम गए। आगे कुछ बोलने की हिम्मत ही नहीं हुई। लौकी के तेलवाले की भी खिंचाई करते हुए उसने कुछ इस अदा से सौ ग्राम तेल खरीदवाया, जैसे वह नकली तेल लेकर उस पर अहसान किया जा रहा हो। वह बेचारा 'दीदी-दीदी' करता रहा। हाँ, लौटते समय उसने फिर से सीधी गऊ की तरह अपना सिर झुका लिया। अब बताइए, इस अदाकारी पर कौन फिदा नहीं होगा? मजेदार बात यह रही कि पहले मेरी माँ ने खरीदे गए कपड़ों का सूक्ष्मता से निरीक्षण किया और बढ़िया चयन की प्रशंसा की, जिसको

सुनकर जनकदुलारी मंद-मंद मुस्कराई और चोरदृष्टि से, विजयी भाव से मेरी ओर देखा। बाद में सुना कि उसकी मम्मी को भी कपड़े बहुत पसंद आए और वे इस खरीदी में मेरे मार्गदर्शन की मुक्त कंठ से सराहना करने मेरे घर आईं। मजेदार बात यह थी कि कपड़े न तो मुझे पसंद थे, न राजू को। उससे क्या होता है ? मुझे लगा कि मेरा और श्वेता का यह गुप्त रूप से कांपेटिबिलिटी टेस्ट था, जिसमें हम दोनों खाँटी मध्यवर्गीय मानकों पर खरे पाए गए।

दीवाली तक मिल मजदूर त्योहारी धुन में मगन रहे। बोनस मानो खुशियाँ-ही-खुशियाँ लेकर आया था। किस्तों पर कई फ्रिज और टीवी खरीदे गए। इस मिल के लिए यह एक नया अध्याय था। एक नई शुरुआत! किस्तों में बेहतर जीवन!

जब नई आर्थिक नीति के अंतर्गत उदारतापूर्वक, देश भर में उधार पर सभी तरह के व्हाइट गुड्स धड़ाधड़ बेचे जा रहे थे तो यह मिल कब तक बची रहती ? बहरहाल, संपन्नता के इस स्वादिष्ट फल को चखने के बाद वर्कर्स में एक नई चेतना जाग्रत् हुई, जिसका सहारा लेकर नई यूनियन ने दीवाली के बाद तनख्वाहें बढ़ाने के लिए प्रबंधन को नोटिस दे दिया। वास्तविकता यह थी कि पिछले दस वर्ष से मिल में वेज रिवीजन नहीं हुआ था। नई यूनियन ने मुंबई और अहमदाबाद की कपड़ा मिलों के समकक्ष वेतनमान की माँग की थी। पुरानी यूनियन इसका विरोध करती, मन मसोसकर रह गई। प्रबंधन ने दोनों यूनियनों को वार्ता के लिए बुलाया तो मजदूरों की बाँछें खिल गईं। बैठक के पहले गेट पर हुई जनरल बॉडी मीटिंग के युवा नेता ने छाती ठोंककर कहा कि वह इस मिल में मुंबई-अहमदाबाद के बराबर वेतनामन बढ़वाकर ही दम लेगा। गेट पर पीपल के पेड़ के नीचे एक नोटिस बोर्ड लगाया गया, जिस पर नई यूनियन द्वारा प्रस्तावित वेतनमान प्रदर्शित थे।

मिल मालिकों ने फौरी तौर पर दस प्रतिशत वेतन-वृद्धि की पेशकश की, वह भी इस शर्त पर कि कर्मचारी उत्पादन में भी दस प्रतिशत वृद्धि करने का लिखित संकल्प दें। पुरानी यूनियन इस पर लगभग सहमत थी, लेकिन नई यूनियन ने पच्चीस प्रतिशत से कम पर विचार करने से ही इनकार कर दिया—वह भी उत्पादन बढ़ाने की शर्त के बगैर। बातचीत टूट गई। अगले दिन जब पुराने नेता मीटिंग करके मजदूरों को दस प्रतिशत वेतन-वृद्धि को स्वीकार करने के लिए

समझा रहे थे तो उनकी जमकर हूटिंग की गई। जल्दी ही वहाँ हाथापाई और मारपीट शुरू हो गई। बड़ी मुश्किल से कुछ सदाशयी लोगों ने गरमा-गरमी को शांत किया। अगले ही दिन नई यूनियन ने आमसभा बुलाई, जिसे संबोधित करने प्रदेश सरकार के श्रम राज्यमंत्री आए और उन्होंने इस न्यायोचित संघर्ष में श्रमिकों के साथ कंधे-से-कंधा मिलाकर संघर्ष करने का उद्घोष किया तो किसी को रत्ती भर भी संदेह नहीं रहा कि इस लड़ाई में विजय किसकी होनेवाली है और नई यूनियन के नए युवा नेता ने हड़ताल के नोटिस का ऐलान कर दिया। किस्सा कोताह यह कि दीवाली के बाद जब देव नींद से उठे और मांगलिक कार्यक्रमों का सामाजिक सिलसिला आरंभ हुआ तो कुछ दिन बाद शुभ मुहूर्त में कॉटन मिल में हड़ताल हो गई। इस मिल में लोग बताते हैं कि पहले भी कई बार हड़ताल हुई थी, मगर उसको लेकर न तो इतने स्वप्न थे और न ही अपेक्षाएँ। हालत यह थी कि रोजाना सारे दिन चलनेवाली गेट मीटिंग में सुबह से शाम तक मिल वर्कर बैठे रहते थे और सत्तारूढ़ पार्टी की ओर से चाय-नाश्ते का भंडारा चलता रहता था। रामऔतार हलवाई की कढ़ाई दिन भर चढ़ी ही रहती थी और पकौड़े निकलते रहते थे। सच तो यह है कि हमारे घर में यह एक स्थायी नाश्ता हो गया था। माँ कहती, "जब अपनी अच्छी सुविधा मौजूद है तो मैं क्यों चूल्हे पर चढ़ी रहूँ? अब तो नई बहू आएगी तो वही बनाएगी कुछ नया, तब तक पकौड़ों से ही काम चलाओ।"

पुरानी यूनियन ने हड़ताल का समर्थन नहीं किया और वर्कर्स से काम पर आने का आह्वान किया। लेकिन बढ़े हुए बोनस और वेतन में दस प्रतिशत वृद्धि की पेशकश ने कर्मचारियों को ही नहीं, अफसरों को भी डाँवाँडोल कर दिया था। मुश्किल से 50-60 लोग जनरल शिफ्ट में हाजिरी लगवाने जाते थे। बाकी शिफ्टों में काम बंद था। उधर गेट मीटिंगों में दिनोदिन रौनक बढ़ती जा रही थी। रोजाना कोई-न-कोई वीआईपी अपने लाव-लश्कर के साथ वहाँ हड़तालियों को समर्थन देने पहुँच रहा था। मिल मजदूरों को ही नहीं, हम जैसे आस-पास रहनेवालों को भी उम्मीद हो गई थी कि जल्दी ही वेतन-वृद्धि पर समझौता हो जाएगा। इन्हीं दिनों मौका देखकर गर्ग साहब ने एम.एससी. फाइनल में बैठने जा रहे मेरे छोटे भाई की एप्लीकेशन मिल में लगवा दी थी। उन्हें इस संबंध में चीफ कैमिस्ट से पक्का आश्वासन मिल चुका था। माँ ने भी चुपचाप अपने विश्वसनीय

'दुलारे ज्वैलर्स' के यहाँ आना-जाना शुरू कर दिया। अभी इस संभावना पर नीतिगत दृष्टि से गोपनीयता का आवरण पड़ा था। इसलिए आस-पड़ोस में किसी को कानोकान खबर नहीं लगी थी। हाँ, गर्ग कन्या कुछ ज्यादा ही सिर झुकाकर चलने लगी थी। गर्ग परिवार के बारे में सुना जाता था कि उन्होंने शादी की पूरी तैयारी पहले से ही कर रखी है। बस मिल में हालात सामान्य होने की प्रतीक्षा थी। वेतन-वृद्धि हमेशा किसी पिछली तिथि में लागू होती है और अच्छा-खासा एरियर मिला करता है। गर्ग साहब इन्हीं घटनाओं पर निगाह लगाए हुए होंगे।

प्रदेश के श्रमायुक्त ने (संभवत: सरकार के निर्देश पर) मिल प्रबंधन और यूनियनों की त्रिपक्षीय बैठक बुलाई और समझौते के लिए जोर डाला। मिल मालिकों ने हाथ खड़े कर दिए। उनकी बैलेंस शीट के हिसाब से मिल घाटे में चल रही थी और दस प्रतिशत से अधिक वृद्धि भी तभी संभव थी, जबकि उत्पादन बढ़ाया जाए और सरकारी विभागों से कपड़े की आपूर्ति के ऑर्डर मिलें। वे एडहॉक के रूप में भुगतान के लिए तैयार थे, अगर उत्पादन बढ़ाने का करार हो जाए। नई यूनियन ने इस प्रस्ताव को पूरी तरह नकार दिया और पच्चीस प्रतिशत वृद्धि की माँग पर अड़ी रही। वार्ता विफल हो गई तो पुरानी यूनियन ने काम पर आने और दस प्रतिशत एडहॉक वृद्धि को स्वीकार करने की घोषणा कर दी, मगर मिल प्रबंधन नई यूनियन के बगैर किसी किस्म के समझौते के लिए तैयार नहीं था। इस द्वंद्वात्मक स्थिति ने अगले रोज मिल के गेट पर हुए खून-खराबे की भूमिका बना दी।

दूसरे दिन सुबह शिफ्ट शुरू होने के समय पुरानी यूनियन के करीब सौ-सवा सौ वर्कर और अधिकारी अंदर जाने के लिए गेट पर पहुँचे तो उन्हें बलपूर्वक रोका गया। कुछ देर तक गरमागरमी, गाली-गलौच होती रही, जो अंततोगत्वा मारपीट में बदल गई। देखते-ही-देखते लाठी-डंडे और पत्थर चलने लगे। सुनियोजित ढंग से कुछ नेताओं और अफसरों को बुरी तरह पीटा गया। पुलिस के आने तक कई लोग घायल हो चुके थे। कुछ तो वहीं धराशायी हो गए। स्थिति की गंभीरता को देखते हुए, जिले के बड़े अधिकारी फौज-फाटे के साथ वहाँ पहुँचे। दोनों यूनियनों और ऑफिसर एसोसिएशन की तरफ से एक-दूसरे के खिलाफ रिपोर्टें दर्ज कराई गईं। मिल के चीफ सिक्योरिटी ऑफिसर ने भी लिखित में रिपोर्ट दी और मिल की सुरक्षा की माँग की। घायलों को एंबुलेंस से

जिला अस्पताल भेजा गया और मिल के गेट पर पीएसी की दो बटालियनें लगा दी गईं। दोपहर होते-होते मैदान साफ हो गया। इस पूरी महाभारत के दौरान नई यूनियन का नया और युवा नेता किसी को भी नजर नहीं आया। रात को पुलिस जब उसे गिरफ्तार करने पहुँची तो वह फरार हो चुका था। बाद में पता चला कि उसने पहले ही अदालत में एंटीसिपेटरी बेल (अग्रिम जमानत) ले रखी थी। खैर, नई-पुरानी यूनियनों के दो दर्जन से अधिक नेता रात में धर लिये गए। कई दिन बाद जब वे लौटकर आए तो खेल खत्म हो चुका था।

मिल मालिकों ने हिंसा, खून-खराबे और लगातार बढ़ते घाटे को आधार बनाकर तालाबंदी घोषित कर दी थी, जिसके विरोध में यूनियन की आड़ में प्रदेश में सत्तारूढ़ राजनीतिक दल ने संगठन स्तर पर मोरचा सँभाल लिया। मिल के गेट के सामने सड़क पार मैदान में जबरदस्त आंदोलन कई महीने चला, जिसमें श्रमिकों को ढाढ़स बँधाने स्वयं मुख्यमंत्री तक आए, मगर मिल मालिकों के कान पर जूँ तक नहीं रेंगी। उन्हें राजधानी बुलाकर हड़काया गया तो वे सिर्फ एक रुपए में सरकार को मिल बेचने के लिए तैयार हो गए। लेकिन कोई सरकार इस आफत को मोल लेने के लिए तैयार नहीं हुई। न केंद्र में, न प्रदेश में। दोनों इसके पहले ही घाटे में चल रही मिलों का अधिग्रहण करके अपनी उँगलियाँ जला चुकी थीं और बैठे-ठाले कर्मचारियों को रुला-रुलाकर किसी तरह वेतन दे रही थीं। कुछ को बैंकों से ऋण दिलवाकर उत्पादन शुरू करवाया, लेकिन कुशल प्रबंधन और नई तकनीक के अभाव में घाटा तथा बैंक का ब्याज निरंतर बढ़ते गए। ऐसी कई मिलों की कुर्की की नौबत आ चुकी है। चूँकि तालाबंदी पुख्ता कानूनी आधार पर की गई थी, इसलिए पुरानी यूनियन इसे अवैध करार दिए जाने का मुकदमा हार गई। मिल के नोटिस बोर्ड पर कर्मचारियों के बकाया भुगतान की सूचना चस्पाँ हो गई तो वे आसमान से गिरे। पहली बार उन्हें महसूस हुआ कि वे ठगे गए हैं। पहली बार युवा नेता की जमकर हूटिंग हुई। उसने भी अपना ब्रह्मास्त्र निकाल लिया। वह अपनी पहुँच के एक प्रभावशाली केंद्रीय मंत्री को हाथ-पैर जोड़कर गेट मीटिंग में ले आया। इस मीटिंग का इतना प्रचार किया गया कि मिल मजदूर ही नहीं, मीडिया और पार्टी संगठन के लोगों का भारी जमावड़ा हुआ। मंत्री महोदय तालाबंदी से बेरोजगार हो गए हजारों मजदूरों को मरणांतक स्थिति से बाहर निकालने का कारगर फॉर्मूला लेकर आए थे। उन्होंने मजदूरों

का आह्वान किया कि सरकार के भरोसे रहने के बजाय वे प्रारंभिक पूँजी स्वयं जुटाएँ। उनका भविष्यनिधि और ग्रैच्युटी का जितना भी पैसा है, उसे शेयर लेने में लगाएँ और स्वयं मालिक बनकर चलाएँ। प्रदेश और केंद्र की सरकारें इसमें हर तरह की मदद करेंगी। मंत्रीजी के इस अनोखे प्रस्ताव पर तालियाँ तो बजीं, मगर पुरानी यूनियन को मजदूरों के बीच अपना खोया हुआ आधार वापस पा लेने का स्वर्णिम अवसर आखिर मिल ही गया।

पुरानी यूनियन ने मिल वर्करों के पी.एफ. और ग्रैच्युटी पर 'डाका' डालने की इस तथाकथित साजिश को लेकर ऐसा हंगामा मचाया कि नई यूनियन को जवाब देना मुश्किल हो गया। धीरे-धीरे बहुत से मजदूर अपने गाँव चले गए। यहाँ रहने का मतलब था—बची-खुची रकम से भी हाथ धोना। मिल खुलने की आशा क्षीण होती जा रही थी। सिक्योरिटी और कुछ जरूरी सेवाओं को छोड़कर बाकी सबकी छुट्टी हो गई थी। मुश्किल उन मजदूरों की थी, जिनके पास वापस जाने के लिए कोई गाँव नहीं था। उन्हें तो यहीं जीना-मरना था। जिनके ऊपर मिल की नौकरी का मुलम्मा ज्यादा नहीं चढ़ा था, उनमें से कुछ फुटपाथ या ठेके पर दुकान करने लगे तो कुछ किराए पर रिक्शा चलाने लगे। अब मिल खुले या बंद रहे, इनकी बला से! जो लोग यह नहीं कर सकते थे, वे रात-दिन चिंता में डूबे हुए मिल से मिले आखिरी भुगतान की रकम को धीरे-धीरे कुछ इस तरह से खा रहे थे, जैसे कोई गुनाह किए जा रहे हों। अफसरों ने भी इधर-उधर नौकरी ढूँढ़ना शुरू कर दिया था। उनमें जो टेक्निकल हैंड थे, उन्हें तो मुश्किल नहीं थी, मगर गर्ग साहब जैसे कहाँ जाते? पूरे देश में एक-एक करके मिलें बंद होती जा रही थीं, तो श्रम कल्याण अधिकारियों का कल्याण होना टेढ़ी खीर थी। अब कुछ-न-कुछ तो करना था, वे पुराने एल-एल.बी. थे, कुछ दिन वकालत भी की थी, सो घर बैठने के बजाय एक परिचित वकील के बस्ते पर जाकर बैठने लगे। ठाली से बेगार भली! हमारे घर में अब यह एक अप्रिय प्रसंग हो गया था। अव्वल तो कोई यह राग छेड़ता ही नहीं था, लेकिन अगर गलती से छेड़ ही दे तो माँ का मूड एकदम खराब हो जाता। उनका सिर दर्द से फटने लगता। दर्द से कराहते हुए वे कहतीं, "अरे, वह लौकी के तेलवाला कहीं दिखाई दे तो जरूर ले लेना। उससे बड़ा आराम मिलता है।"

कुछ महीने मीटिंगें, भाषणबाजी और हवाई आश्वासनों के सहारे मिल

के गेट पर तथाकथित संघर्ष चलता रहा। फिर जैसे सब टाँय-टाँय-फिस्स हो गया। नई यूनियन के उदीयमान युवा नेता यकायक विलुप्त हो गए। उन्हें कोई खोजना भी नहीं चाहता था। एक अपुष्ट अफवाह यह थी कि मिल बंद कराने के लिए लाला ने उन्हें लाखों रुपए दिए हैं। अचानक बोनस की माँग को लेकर ये युवा नेता आसमान से नहीं टपके थे, बाकायदा योजनाबद्ध ढंग से भेजे गए थे। आगामी चुनाव के लिए पार्टी को पैसा चाहिए था और मिल मालिकों को मिल की जमीन, जिसकी कीमत आसमान छू चुकी थी। दशकों पहले कौड़ियों के भाव ली गई जमीन अब सोने के अंडे देनेवाली मुर्गी बन चुकी थी। देखिए अफवाहें भी निराधार नहीं होतीं। जब मिल को चलवाने की खींचातान ठंडी पड़ गई तो एक दिन ट्रक भरकर पीएसी आ गई। कुछ लोग धरना देकर बैठ गए, लेकिन अंदर काम चलता रहा। नेताओं ने प्रतिज्ञा की कि मशीनें गेट से बाहर नहीं जाने देंगे। दो-तीन दिन बाद मशीनें खोलकर वह टीम चली गई तो दीवारें गिराकर मलबा बनानेवाले मजदूर आ गए। अंदर तोड़-फोड़ होती रही और बाहर धरना। नतीजा यह कि गेट से बाहर कुछ भी नहीं जा सका। मिल मालिकों को भी ऐसी जल्दी नहीं थी। उनका मकसद पूरा हो गया था। मिल का पूरी तरह संहार हो चुका था। मलबा तो कभी-न-कभी निकल ही जाएगा।

सच पूछा जाए तो कहना होगा कि इतनी बड़ी और चलती हुई अच्छी-खासी मिल के बंद होने को किसी ने भी गंभीरता से नहीं लिया, जब तक बेआसरा हो गए मजदूरों में एक ने कर्ज में डूबकर आत्महत्या नहीं कर ली। उसकी मृत देह को नेता लोग मिल के सामने रखकर धरने पर बैठ गए। एक बार फिर से वातावरण में उत्तेजना व्याप्त हो गई। जिला प्रशासन सक्रिय हुआ और एक त्रिपक्षीय वार्त्ता की भूमिका बनी। जिलाधिकारी ने अहेतुक कोष से पीड़ित परिवार को अनुग्रह राशि प्रदान किए जाने की घोषणा करके बलि का बकरा बने कामगार की अंत्येष्टि करवाई। त्रिपक्षीय वार्ता की खबर पाकर बहुत से लोग अपने घर-गाँव से लौट आए। वार्ता में मिल मालिकों ने मिल को फिर से एक रुपए में (समस्त देनदारियों के साथ) हस्तांतरित करने का प्रस्ताव रखा, चाहे सरकार ले ले या मजदूर यूनियन। सरकार की ओर से पुनः सुझाव दिया गया कि सभी कर्मचारी और अधिकारी अपना-अपना अंशदान देकर मिल को सहकारिता के आधार पर चलाएँ। प्रशासन की ओर से सभी प्रकार की संभव

सहायता दी जाएगी। यहाँ तक कि संचालन के प्रारंभिक वर्षों में बिक्रीकर आदि में छूट भी दिलवाई जा सकती है। मगर उस वार्ता में शामिल तीनों पक्ष जानते थे कि चील के घोंसले में मांस नहीं बचा है। ज्यादातर मजदूर ही नहीं, अफसर भी पी.एफ. और ग्रैच्युटी की राशि का बड़ा हिस्सा जिंदगी की निरंतर जलती भट्ठी में झोंक चुके हैं। उसके बाद रह-रहकर तीन या चार आत्महत्याएँ और हुईं, मगर अखबारी बयानबाजी और घड़ियाली आँसू बहाने के अलावा और कुछ नहीं हुआ। सही बात तो यह है कि कुछ हो भी नहीं सकता था। कुशल शिकारियों के एक मिले-जुले दल ने पेशेवर हाँकनेवालों को लगाकर, आराम से ऊँची मचान पर सुरक्षित बैठकर अपनी विश्वसनीय बंदूकों से अचूक निशाना साधा था। इनके काटे का कोई उपाय नहीं था। शिकार ढेर हुआ पड़ा था, बस उसे बाँस पर लटकाकर ले जाना और खाल उतारकर उसमें भूसा भरवाना ही बाकी था। हमेशा गुलजार रहनेवाले मिल के गेट के सामने अब इक्के-दुक्के बैठकबाज ही रामऔतार की दुकान पर चाय के बहाने, लगभग मातमी माहौल में, कभी लाला को, कभी नेताओं को, तो कभी भाग्य को कोसते नजर आते थे। वह बड़ी कड़ाही, जिसमें हर समय पकौड़े बनते रहते थे, दुकान के सामने मँजी-धुली पड़ी रहती थी। रामऔतार का धंधा ही नहीं दिल भी बैठ गया था। जाने कितने लोग उधार खाकर भाग गए थे। जो नहीं भागे, उनसे वसूली की कोई उम्मीद नहीं थी। एक दिन दुकान पर बैठे-बैठे ही रामऔतार को दिल का दौरा पड़ा और वह हताशा की भयावह यंत्रणा से हमेशा के लिए छुटकारा पा गया। उसकी औरत का दारुण चीत्कार उजड़े हुए दयार में देर तक गूँजता रहा। फिर कुछ दयानतदार लोग उसके अंतिम संस्कार के लिए चंदा जुटाने में लगे।

माँ भले ही ऊपर से बेरुखी का आवरण ओढ़े रही हों, लेकिन अंदर से उनका दिल बहुत नर्म था। जब गर्ग परिवार एकदम निश्चेष्ट होकर बैठ गया तो उन्हें अखरने लगा। मिल बंद होने के बाद उन लोगों की तरफ से बराबर संकेत आते रहे थे कि इस आपदा में मांगलिक अनुष्ठान पर कोई फर्क नहीं पड़ेगा, यथाशक्ति डीसेंट मैरिज करेंगे; हाँ, अगर मिल चल जाती तो निश्चित रूप से सोने पर सुहागा होता। छोटे भाई की नौकरी के लिए गर्ग साहब ने पूरा जोर लगा दिया था, हो भी जाती। सभाव और परोक्ष रूप से की गई टिप्पणियों के माध्यम से यह जता दिया कि हम लोग तो दोनों तरह से नुकसान में रहे। बगैर

दान-दहेज के संबंध इसलिए मंजूर किया कि चलो, एक लड़का ठौर-ठिकाने से लग जाएगा, अब उससे भी गए। अब तो समझो, जो करना है, सैंत-मैंत से करना है। आगे की भी कोई आस-उम्मीद नहीं दिखाई देती। धीरे-धीरे मामला ठंडा पड़ता गया और असंवाद की स्थिति पैदा हो गई। मुझे और पिताजी को यह न्यायोचित नहीं लगा, लेकिन यह पूरी तरह माँ के अधिकार क्षेत्र का विषय था। मिल मजदूरों के साथ हो रही दुर्भाग्यपूर्ण घटनाओं से माँ विचलित होती गईं। अगर कोई मिल कर्मचारी ठेला लेकर कुछ बेचने आता तो उससे बगैर भाव-ताव किए सौदा खरीद लेतीं। गर्ग परिवार की लंबी चुप्पी से वे बेचैन थीं, मगर मौन साधे रहीं। अपने दिल की बात दिल में ही रखे रहीं। हम लोगों को जरा भी अहसास नहीं हुआ कि वे व्यथित हैं और चाहती हैं कि उस ओर से बात चलाई जाए।

एक दिन अचानक उनके सब्र का बाँध टूट गया। जिस दिन मिल से मलबा लदकर बाहर जा रहा था, उन्होंने महरी के बहाने पूरे घर को सुनाकर कहा, ''किसी के दिए-लिये से किसी का घर भरता है क्या? जिसके पूत कमाऊ हों, उसे किसी से कुछ माँगने-तूँगने की भला क्या जरूरत है?'' हम लोग सुनकर पहले तो हैरान हुए, फिर मन में खुशी की लहर दौड़ गई। दोनों घरों में वही महरी बरतन माँजती थी। वह काम करके जाने लगी तो माँ ने उसे कुछ खाने का सामान देते हुए कहा, ''अरी, गर्ग मेमसाब को कहना कि श्वेता को भेजें एक दिन। महीनों हो गए लड़की का मुँह देखे कोई कुछ समझता हो तो समझे, मैं तो उसे अपनी बेटी की तरह मानती हूँ।'' महरी पल्लू कमर में खोंसकर मुसकराती हुई चली गई। तभी किसी ने बाहर 'ताजा मुलायम लौकी ले लो' की आवाज लगाई। माँ ने मुझे बाहर जाकर उसे रोकने को कहा। शायद लौकी की जरूरत थी।

बाहर निकलकर मैंने साइकिल के कैरियर पर टोकरा लादे लौकीवाले को आवाज देकर बुलाया। उसका चेहरा देखकर मैं हैरान रह गया। वह वही व्यक्ति था, जो गेट पर लौकी का तेल बेचने आता था। मैंने पूछा तो हँसकर बोला, ''मिल क्या बंद हुई, मेरा तो धंधा ही ठप्प हो गया। गाँव-देहात के मजदूर तेल खरीदते थे, अब उन्हें ही खाने के लाले पड़ गए हैं। शहरी लोग लौकी-कद्दू के तेल की तासीर नहीं जानते। अब कटरी से सुबह-सुबह ताजा लौकी लेकर आता हूँ, आप लोगों की सेवा के लिए। पेट भरने के लिए कुछ तो करना है कि

नहीं?" तब तक माँ आ गईं। उन्हें बताया कि यही है लौकी के तेलवाला, तो उन्होंने उससे एक बोतल तेल लाकर देने के लिए कहा। उसने खुश होते हुए कहा, "माँजी, आज तो लौकी की सेवा ले लीजए; किसी दिन आपको शुद्ध तेल भी लाकर दूँगा। उधर गर्ग मेमसाहब ने भी ऑर्डर दिया है। वो भी आपकी तरह सिरदर्द से परेशान हैं।"

उपसंहार—उसी दिन शाम को श्वेता हमारे घर आई और बहुत देर तक माँ से बातें करती रही। बाद में माँ ने ज्यादा तो नहीं, लेकिन इतना बताया कि गर्ग साहब की नौकरी चेन्नई की एक कपड़ा मिल में लग गई है और जल्दी ही वहाँ जानेवाले हैं। वहाँ मिल में भरती करने का काम भी इन्हीं के पास होगा। उस रात चेन्नई की दूरी की बात सोच-सोचकर माँ के सिर में भयंकर दर्द हुआ, लेकिन अब लौकी का तेल कहाँ था! भगवान् जाने वह तेल लेकर कब आएगा?

□

बाकी इतिहास

जब बैंक्वेट हॉल में सुनयना देवी का भरतनाट्यम नृत्य का प्रदर्शन चल रहा था, तब डाइनिंग हॉल में यह हादसा हुआ। मौका था डायरेक्टर (नॉर्थ) यानी डी.एन. की विजिट का। गेस्ट हाउस दुलहन की तरह सजा हुआ था। जी.एम. (जनरल मैनेजर) हॉल से उठकर रात्रिभोज की तैयारियों पर एक आखिरी नजर डालने आए थे। दो दिन से इस जश्न की तैयारियों में जुटे टी.डी. वर्मा हस्बेमामूल वहाँ हाजिर थे, मगर एकदम बदले हुए रंग में। उनके हाव-भाव और हरकतें देखकर कोई भी हैरान रह जाता। तभी यह घटना हुई। देखनेवाले तो गिने-चुने ही थे, एकदम सनाका खा गए, बाद में जिस-जिसने सुना, दाँतों तले उँगली दबा ली···हैं! ऐसा!! ऐसा कैसे हो गया? राम-राम!!···लेकिन रुको यार, यह कोई नाटक तो नहीं खेला गया? गुरु! इसके पीछे कोई गहरा राज है। जितने मुँह, उतनी ही बातें, लेकिन होनी को कोई टाल सकता है क्या? होनी के लिए कोई भी घड़ी बेमौका नहीं।

आप पूछेंगे, ये टी.डी. वर्मा महाशय कौन हैं? जी, ये मेरे अफसर हैं और लोग उन्हें चाहे जो समझते रहें, मेरे लिए तो खेवनहार रहे हैं। जब बतौर सजा मुझे मशीन शॉप में भेजा गया तो स्थितियाँ विकट थीं। मेरा मन काम में नहीं लगता था। धोखा खाए आशिक की तरह मैं मुँह लटकाए फिरता था। नौकरी आज गई, कल गई का आलम था। वर्माजी के मातहत लगाया गया तो उनके बारे में सुनी गई बात की वजह से मैं अत्यधिक सशंकित था, लेकिन उन्होंने सारी आशंकाओं को निर्मूल करते हुए मुझे अपनी सरपरस्ती में ऐसा लिया कि जो मशीन शॉप मुझे शैतान का कारखाना लगती थी, एक आरामदेह आश्रयस्थल लगने लगी। खैर, उनके बारे में सबसे प्रचलित मजाक यह था कि एक ही

तकनीक में माहिर हैं—हायर अथॉरिटी के नाड़े सँभालने में। उनके नाम से भी यह किंवदंती जुड़ी थी कि वे हमेशा टी.डी. (टेंपरेरी ड्यूटी–ऑफिशियल टूर) पर रहते हैं, इसलिए उनका यह नाम सार्थक है।

यह भी सच था कि दिन हमेशा एक जैसे नहीं रहते। वर्तमान से पहलेवाले जी.एम. उन्हें कतई पसंद नहीं करते थे। उनके कार्यकाल में इनकी एक भी टी. डी. नहीं लगी। उन दिनों कमीज की जेब में एक सूखी लकड़ी रखकर घूमा करते थे। कोई पूछता तो कहते, "भैया, यह तो हमारी नेम प्लेट है। डैड वुड! समझे, हम लोग अपनी सारी जवानी इस फैक्टरी में झोंककर अब डैड वुड हो गए हैं।" हुआ यह कि उस पहले जी.एम. ने अपने शॉप फ्लोर निरीक्षण में उन्हें देखकर कह दिया था, "दिस फैक्टरी इज फुल ऑफ ऑफिसर्स, हू आर नथिंग बट डैड वुड।" यह फिकरा वर्माजी के दिल में फाँस की तरह चुभ गया था। महत्त्वहीन होकर वे छुट्टा घूमने लगे थे। लोग उन्हें देखकर कहते, "देखो, डेड वुड आ रही है। चलो कुछ तफरी (ह) ली जाए।"

कारखानों की दुनिया में जी.एम. या महाप्रबंधक महोदय को खुदा नहीं तो उनके समकक्ष माना जाता है। तगड़ा जी.एम. हो तो अंदर उसकी मरजी के बगैर पत्ता भी नहीं हिलता। सरकारी कारखानों तक में तमाम नियमों और बंधनों के बावजूद उसके पास लगभग असीमित अधिकार होते हैं, क्योंकि उसके बिना काम नहीं चल सकता—उत्पादकता बरकरार नहीं रखी जा सकती। वह जिसको चाहे बना दे, जिसको चाहे, मिटा दे। बाहर के लोग इसे अतिरेक या खामखयाली मानते रहें, लेकिन अंदर तो सब अपनी आँखों से देखते ही हैं कि कैसे स्पर्शमात्र से प्रस्तर-प्रतिमा सजीव हो उठती है। कैसे बहरा सुनने लगता है, गूँगा बोलने लगता है और पंगु पहाड़ लाँघ जाता है। रंक चले सिर छत्र धराई! तो बताइए, कैसे न उपजे अंधभक्ति?

वक्त ने पलटी खाई। नए जी.एम. आए, पुराने गए। कहते हैं, जिसे जौहरी पहचान ले, वही हीरा हो जाता है। टी.डी. वर्मा पहली ही नजर में साहब बहादुर की आँखों में चढ़ गए। हुआ यह कि उनका सामान बाई रोड त्रिचनापल्ली से आना था। एस्कोर्ट करने के लिए कौन जाए? ये जाए, वो जाए हो रही थी कि वर्माजी सलाम करने के बहाने पहुँच गए और जी.एम. के पी.ए. से कहा कि उनका एक कजिन वहाँ कस्टम-एक्साइज में है। बस, शेष इतिहास का हिस्सा

है। आनन-फानन में उनकी टी.डी. लगी और···रामकाज कीन्हें बिना मोहि कहाँ विश्राम! सामान लाए ही नहीं, बँगले में रखवाया-लगवाया और खुद भी एक जरूरी सामान की तरह एक कोने में फिट हो गए। पहले बँगले के कोने में, फिर दिल के।

मेम साहब भक्तिमयी थीं। बँगले का एक कमरा मंदिर में तब्दील कर दिया गया। मिसेज टी.डी. वर्मा ने यह दायित्व बखूबी सँभाल लिया। चूँकि मेम साहब घुटनों से लाचार थीं, इसलिए उनके भी वहाँ अँटने की पर्याप्त गुंजाइश थी। हर मंगल को लेडीज कीर्तन ऑर्गनाइज कराने की जिम्मेदारी तो उन्हें तुरंत ही मिल गई। पहले ही मंगल को मंदिर के उद्‌घाटन में टाउनशिप और आस-पास में रहनेवाले कई अफसरों की पत्नियों और एक मशहूर कीर्तन पार्टी को फैक्टरी की कारों से ले आईं मिसेज वर्मा। वर्माजी असली देशी घी के लड्‌डू बनवाकर पहुँचा गए। चाय-पानी की व्यवस्था में गेस्ट हाउस और कैंटीन का स्टाफ जुटा। सो ऐसी धूमधाम से लेडीज कीर्तन हुआ कि वर्मा दंपती का सिक्का जम गया। डैड वुड हरी हो उठी। देखते-ही-देखते उसमें कल्ले फूट आए। ईर्ष्यालु लोग पीठ पीछे चाहे जितनी ब्याज स्तुति करते रहें, लेकिन कारखाने में लोग टी.डी. वर्मा को एक अजीब से आदरभाव से देखने लगे, जो न तो स्वत:स्फूर्त था, न ही थोपा हुआ। दोनों के बीच कहीं था।

वर्माजी की गुड्‌डी चढ़ी तो अपनी भी मौज आई। अब वो अकसर रामकाज में लगे रहते थे। उनके कुछ जरूरी कामों को निपटाने की अकस्मात् आई जिम्मेदारी को छोड़ दें तो बाकी आराम-ही-आराम था। उनका खास मातहत होने के नाते न तो धौंस जमाता था, न ही आँखें दिखाता था। ज्यादातर अफसर तो कोई छोटा-मोटा काम लादने में भी हिचकते थे। कहना ही पड़ जाता तो बड़ी मनुहार से कहते। जो लोग पहले उँगली के इशारे पर 'इधर-उधर जाओ' किया करते थे, अब लल्लो-चप्पो के 'मोड' में आ गए थे। उस कारखाने और खासकर मशीन शॉप के दमघोंटू माहौल से उपजी विरक्ति और वितृष्णा से मैं धीरे-धीरे उबर रहा था। जब जी में आता, मोटरसाइकिल उठाकर फूट लेता था, सिर्फ इतना कहकर, 'वर्माजी ने एक जरूरी काम बताया है।'

एक दिन वर्माजी परेशान से आए, बोले, ''यार, 'अदरक के पंजे' के टिकटों का जुगाड़ करना है। संडे को वहाँ हाउसफुल बता रहे हैं। तुम ही कुछ

करो। तुम्हारा भाई अखबार में काम करता है, कुछ पास-वास का ही बंदोबस्त हो जाए।''

मैंने हैरान होकर पूछा, ''सर, आपको नाटक देखने का भी शौक है, मुझे मालूम नहीं था। हमारे यहाँ तो नाटक के पास आते हैं।''

उन्होंने मेरी अक्ल पर तरस खाकर कहा, ''ओए, नाटक मुझे नहीं, बड़े साहब की फैमिली को देखना है। उनके घर के लोग आए हुए हैं। कम-से-कम छह पास चाहिए। ऐसा करो, तुम अभी कार लेकर चले जाओ। अपने भाई के थ्रू या पैसे से, जैसे भी हो, संडे के शो की छह-सात सीटों का जुगाड़ करो। फ्रंट रो के आस-पास हो तो ज्यादा बेहतर।''

मैं फैक्टरी की गाड़ी से क्राउन थिएटर गया। भाई ने मैनेजर को फोन कर दिया था। उसने तपाक से रिसीव किया और जी.एम. साब के नाम बतौर चीफ गेस्ट एक निमंत्रण और फ्रंट रो की आठ सीटों के पास दिए। चाय अलग से पिलाई। अतिरिक्त सीटों की व्यवस्था होने के कारण वर्माजी और मैं दो खिदमतगारों की भूमिका में नाटक देखने साथ गए। वहाँ खूब रंग जमा जी.एम. साहब का, अपने रिश्तेदारों के सामने प्रेस कवरेज, शो का उद्‌घाटन, चमकते फ्लैश आदि-आदि और नाटक था भी बहुत जोरदार! शुरू से आखिर तक ठहाके-ही-ठहाके लगते रहे। मेरे भाई ने शो के मध्यांतर में साहब का एक मिनी साक्षात्कार भी कर लिया, अपने अखबार के लिए। लीजिए वर्माजी के दुमछल्ले का भी जलवा हो गया। वापसी में कार में आरूढ़ होने से पहले जी.एम. साहब ने खुद आकर मेरी पीठ ठोंकी।

उस दिन मुझे ऊपर संभावनाओं से भरा आकाश दिखाई दिया और रातभर रंगीन सपने मुझे भरमाते रहे। इतना कि सुबह उठने को मन ही नहीं कर रहा था। एक चमत्कार यह भी हुआ कि रातोंरात मेरे मन में विफल प्रेम से उपजी हताशा और निर्वीर्यता की कलौंछ पुँछ गई और अंत:पटल स्टील की थाली की तरह जममगा उठा।

खाली होंगी जिनकी नैया हिचकोले खाती हों, टी.डी. वर्मा का क्रूजर तो जी.एम. के मन में प्रशांत सागर में स्थिर गति से चला जा रहा था। डी.पी.सी. (डिपार्टमेंटल प्रमोशन) में सीनियर मैनेजर की वेकेंसी निकली तो पूरी फैक्टरी ने एक सुर में कहा, यह तो वर्माजी के लिए ही है। इदन्न मम। उन्हीं दिनों मिसेज

जी.एम. के घुटने बदलवाने का प्लान बना। मुंबई के एक अस्पताल में इस करामात को अंजाम देनेवाले माहिर सर्जन थे। जी.एम. साहब का बेटा अमेरिका से दस दिन के लिए आया तो पूरा परिवार मुंबई प्रस्थान कर गया।

बहुत दिनों बाद वर्माजी ने कुछ फुरसत पाई। उन्होंने फटाफट अपने कई पेंडिंग पड़े हुए घर-गृहस्थी के काम निपटाने शुरू किए। कुछ समय के लिए उन्हें तनाव भरे महौल से मुक्ति मिली थी। डी.पी.सी. भी ठीक-ठाक निपट गई थी। उन्होंने दिल्ली में एम.बी.ए. कर रही अपनी बिटिया को देखने के लिए सपत्नीक जाने की योजना बनाई। उड़ती-उड़ती खबर थी कि उसका वहाँ किसी बंगाली सहपाठी से प्रेम-प्रसंग चल रहा है, सो उसे भी देखने-समझने का इरादा था। लेकिन कहते हैं न कि मैन प्रपोजेज-गॉड डिस्पोजेज। सो अचानक मुंबई से खुद जी.एम. साब का फोन आ गया—मिसेज वर्मा को साथ लेकर तुरंत चले आओ।

दरअसल ऑपरेशन सफलतापूर्वक हो गया था। घुटने बदले गए थे, लेकिन उसके बाद कम-से-कम पंद्रह दिन उन्हें वहीं बेड रेस्ट करना था, डॉक्टर की देख-रेख में। जी.एम. इतने दिन रुक नहीं सकते और बेटे को अमेरिका वापस जाना था। मेमसाहब की देखभाल और मिजाजपुरसी के लिए एक विश्वस्त लेडी का होना जरूरी था। बाकी तो अस्पताल में सब व्यवस्था थी। सो, वर्माजी की पंद्रह दिन की टी.डी. मुंबई लाइजन ऑफिस में लगाई गई और दिल्ली यात्रा के टिकट कैंसिल करवाकर दोनों मुंबई चले गए। बिटिया और उसके संभावित वर को देखने जाने का कार्यक्रम स्थगित हो गया।

जी.एम. दंपती की अनुपस्थिति में उनके कुत्तों की देखभाल के लिए वर्माजी रोजाना शाम को बँगले का एक चक्कर लगाते थे। आखिर सबकुछ नौकरों पर ही तो नहीं छोड़ा जा सकता। अब यह नामुराद काम मेरे सिर पर आ पड़ा। मुझे कुत्तों से कोई लगाव नहीं था, मगर जाते-जाते वर्माजी मेरे कान में मंत्र फूँक गए, ''अब जूनियर लेवर पर डी.पी.सी. की बारी है। तैयार रहो, डिप्टी मैनेजर की एक पोस्ट खास तुम्हारे लिए क्रिएट की जा रही है।'' उन्हें गाड़ी में बिठाकर लौटते समय मेरे पाँव जमीन पर नहीं पड़ रहे थे। पेंच यह था कि रूटीन प्रमोशन की तरह डी.पी.सी. में सीनियर-जूनियर का कोई झमेला नहीं होता, विशुद्ध मैरिट के आधार पर पदोन्नति दी जाती है। कुत्तों को देखने गया तो पहले ही दिन मुझे उनसे लगाव महसूस होने लगा। प्रकारांतर से यह प्रगाढ़ होता गया। जी.एम.

मुंबई से लौट आए, परंतु मैं श्वान परिचर्या की ड्यूटी बिना नागा बजाता रहा। उन्होंने बाकायदा इसका नोटिस लिया, हालाँकि बोले कुछ नहीं।

जल्दी ही कुत्ते मुझे पहचानने लगे। उन्हें कुछ अल्लम-गल्लम खिलाने की इजाजत नहीं थी, इसलिए चॉकलेट या केक तो लेकर नहीं जा सकता था, सिर्फ प्रेमभाव ही उन्हें अर्पित करता। वे भी मानो स्वीकार करके दुम हिलाते। देखिए, ज्ञान कैसे प्राप्त होता है—जीवन में पहली बार मुझे दुम हिलाने की सामर्थ्य और उसकी सार्थकता की सूक्ष्म अनुभूति हुई।

उधर वर्मा दंपती को पंद्रह दिन क्या, पूरे महीने भर बंबई में रहना पड़ा। घुटने बदल देना आसान होगा, मगर चलता-फिरता होने में समय लगता है। वापस आकर भी मेमसाहब लंबे समय तक शैयाग्रस्त रहीं। मिसेज वर्मा की सेवा क्या तपस्या कहिए कि उन्हें पैरों पर खड़े करवाकर ही दम लिया।

आखिर डी.पी.सी. का परिणाम आ ही गया। वर्मा सीनियर मैनेजर हुए। हालाँकि फैक्टरी में पहले ही जूनियर जी.एम. कहलाने लगे थे। वैसे भी रुतबा बढ़ता ही जा रहा था। बत्रा का प्लाइवुड खरीदवाला स्कैंडल खुला तो जाँच करने ये ही हिमाचल प्रदेश भेजे गए। सपत्नीक शिमला गए और जाँच के बाद वहाँ एक हफ्ता मौज-मस्ती करके आए। जाँच रिपोर्ट ने बत्रा के कॅरियर का बंटाधार कर दिया। वर्माजी का परम स्नेहपात्र होने का सुफल क्यों नहीं मिलता? एक दिन डिप्टी मैनेजर की डी.पी.सी. वैकेंसी भी आ गई। मेरा पारिवारिक जीवन भी पटरी पर आ रहा था। पिछले दो वर्षों से शादी के नाम पर मरखने बैल की तरह भड़कना छोड़कर मैंने अपनी माँ को सहमति का स्पष्ट संकेत चालाकी से दे दिया।

लड़की की फोटो आई तो उसे दिखाने मैं उनके घर गया। मिसेज वर्मा ने उसे देखते ही अप्रूव कर दिया। प्रमोशन…शादी, बाकी इतिहास है, लेकिन उस दिन?

यह डायरेक्टर (नॉर्थ) की एनुअल विजिट थी। उस प्रोडक्शन ईयर में सबकुछ ठीक-ठाक, एज-पर-शिड्यूल चल रहा था। रुटीन होने के बावजूद डी.एन. की वह विजिट बहुत महत्त्वपूर्ण मानी जा रही थी। इसका कारण था बोर्ड ऑफ डायरेक्टर्स में एक एक्जीक्यूटिव डायरेक्टर की जगह खाली हुई थी और सीनियरिटी के हिसाब से अपने जी.एम. रेस में सबसे आगे थे, लेकिन

बड़ी अनिश्चितता थी। ऐसी संभावनाओं के कुछ-न-कुछ संकेत मिलने लगते हैं, मगर वह अभी जी.एम. के राडार की पकड़ में नहीं आ रहे थे। खैर, कर्मण्येवाधिकारस्ते"'विजिट को चकाचक और यादगार बनाने में कोई कसर नहीं छोड़ी जा रही थी। सांस्कृतिक संध्या के लिए लोकल चलताऊ टेलेंट के बजाय टी.वी. कलाकार बुक किए गए थे। डिनर के लिए गेस्टहाउस के मशीनी रसोइयों के भरोसे न रहकर एक फाइव स्टार होटल से खाना ही नहीं, बैरे-बटलर भी बुलाए गए थे। डी.एन. की मनपसंद आयातित स्कॉच व्हिस्की, मिलिटरी बैंड और सबसे महँगे डेकोरेटर मँगवाकर समा बाँधा गया था।

सचमुच उस दिन अपना गेस्ट हाउस पहचान में ही नहीं आ रहा था। हर ऐंगिल से किसी ब्लॉकबस्टर मूवी की तरह जगमगा रहा था। डाइनिंग हॉल की तो कायापलट की जा चुकी थी। पता नहीं कहाँ से बजट प्रॉवीजन ढूँढ कर सारा फर्नीचर नया खरीदवाया गया था। नई क्रॉकरी, नई कटलरी"'ऊपर डेकोरेट्र्स और फाइवस्टार के स्टाफ ने ऐसी नायाब सजावट की थी कि देखते ही बनता था। चीफ गेस्ट और लगभग सभी सीनियर ऑफिसर्स, उनके परिवार बैंक्वेट हॉल में सांस्कृतिक संध्या देख रहे थे। कुछ खास फरमाबरदार, जिनके मजबूत कंधों पर इस पूरे आयोजन का बोझ था, सुबह से भाग-दौड़ में जुटे थे। डाइनिंग हॉल और बार का ओवरऑल चार्ज टी.डी. वर्मा को दिया गया था। सब कामों से निपटकर वह कुछ देर के लिए घर जाकर कपड़े बदल आए। यहाँ फॉर्मल डिनर ड्रेस में आना था।

चाहते तो औरों की तरह सीधे बैंक्वेट हॉल में पहुँचकर टी.वी. कलाकारों की दिलकश प्रस्तुतियों का आनंद लेते, मगर जिम्मेदारी ने उनका हाथ पकड़कर डाइनिंग हॉल में खींच लिया। लगभग सभी तैयारियाँ पूरी हो चुकी थीं। गौर से देखने पर दो-तीन मामूली कमियाँ उजागर हुईं तो उन्हें दूर करवाया। संतुष्ट होकर बाहर निकलने को थे कि गेस्ट हाउस के केयरटेकर तिवारी ने खुशामदी लहजे में कहा, ''एक बार बार पर भी नजर डाल लीजिए साहब। कोई कमी न छूट गई हो।''

वहाँ मद्धिम रोशनी से लिपटी टेबलों के सिर्फ टॉप दिखाई दे रहे थे, छत पर छोटी-छोटी फोकल लाइटें कुछ इसी तरह से लगाई गई थीं। बार के काउंटर और अंदर करीने से लगी रंग-बिरंगी सुडौल बोतलों पर भी सुनहरी किरणें पड़कर

परावर्तित हो रही थीं। उन्हें देखते ही बारटेंडर ने गिलास चमकाना छोड़कर कोई बटन दबाया और हलकी, रेशमी संगीत लहरियाँ हवा में तैरने लगीं।

वर्माजी ने बारीकी से एक-एक चीज का निरीक्षण किया, परंतु छिद्रान्वेषण नहीं कर पाए। संतुष्ट होकर अँगूठा और उँगली से गोला बनाते हुए बोले, ''परफेक्ट! वेल डन।''

केयरटेकर ने होटल से आए एक्सपर्ट बारटेंडर से कहा, ''जरा सर को अपनी कॉकटेल मिक्सिंग का नमूना तो दिखाओ।''

वर्माजी ने टालने की कोशिश की, ''बाद में देखेंगे। अभी जरा अंदर होकर आता हूँ। एटलीस्ट सुनयनाजी का डांस तो देख लूँ। बड़ा नाम सुना है इनका!''

बारटेंडर बोला, ''सर, खिदमत का एक मौका तो दीजिए। पाँच मिनट लगेंगे। अभी तो डांस शुरू भी नहीं हुआ है...स्क्रूड्राइवर बनाऊँ आपके लिए? यह मेरी स्पेशलिटी है।''

केयरटेकर के इसरार पर वे बैठ ही गए। एक बेयरा साल्टेड पीनट्स और चिप्स रख गया। बैठते ही उन्हें अहसास हुआ कि वे कितना थक गए हैं। कमर से लेकर पैर के पंजे तक दर्द की लहरें चल रही थीं। सिर अलग दुःख रहा था। सबेरे से वे पाँच मिनट के लिए भी नहीं बैठे थे। शादी के दिन लड़की का बाप जैसे हर पल जूझता रहता है और बेचैनी उसका पीछा नहीं छोड़ती है, वैसे ही वे सुध-बुध खोकर लगे रहे थे। स्क्रूड्राइवर सिप करने का यह पहला अवसर था। वह सराहना भरी नजर से उसे कॉकटेल बनाते हुए देख रहे थे। जिस अदा से बेयरा ट्रे में वह पेय लेकर आया, वह भी देखने लायक थी। फाइवस्टार होटल ने पैसे तो जरूर कसकर लिये हैं, मगर सचमुच इसका कोई जवाब नहीं है। कहाँ गेस्ट हाउस का फूहड़ स्टाफ और कहाँ ये मँजे हुए कलाकार! डी.एन. इस बार कायल हुए बगैर नहीं रहेगा।

वाकई स्क्रूड्राइवर ने उनके जिस्म और दिमाग के बुरी तरह कस गए पेचों को ढीला करना शुरू कर दिया। दर्द की लहरें रफ्ता-रफ्ता काबू में आने लगीं। सिर में समाया कुहलका साफ होने लगा।

केयरटेकर बड़ा संजीदा होकर बोला, ''सर जी! एक बात कहूँ, बुरा तो नहीं मानेंगे?''

उन्होंने प्रश्नावाचक मुद्रा अपना ली। बोले कुछ नहीं। पता नहीं क्या कह

बैठे! इन लोगों का कोई ठिकाना है! चढ़ता सूरज देखकर दुम हिलाते हैं। कल समझो बुरा वक्त आ जाए तो मुँह फेरकर गुजर जाएँगे। एक गिलास पानी भी इस तरह पिलाएँगे जैसे अहसान कर रहे हों!

"सर जी! अफसर तो जाने कितने मुँह उठाए फिर रहे हैं, लेकिन जी.एम. साहब आपको जितना मानते हैं, उसके लायक आप हैं। कहते हैं न, जौहरी ही हीरे की कदर जानता है। आप एक कोने में पड़े थे, साहब ने आते ही आपको उठा लिया। समझ गए कि यहाँ जमना है तो इस आदमी को साथ लेना होगा··· सही कह रहा हूँ, बड़ी तेज नजर है बड़े साहब की। किसी को देखभर लें, उसका एक्स-रे हो जाता है तुरंत चुटकी बजाते ही···"

वह वर्माजी की शान में कसीदे पढ़ता जा रहा था। उन्हें लग रहा था, जैसे एक नहीं, कई स्क्रूड्राइवर उनके पेंच खोल रहे हों। सारी थकान, सारा दर्द, सारी ऐंठन छूमंतर हो गई। वह हलके होते जा रहे थे। तीसरा कॉकटेल होते-होते तो इतने हलके हो गए कि जैसे बादलों पर तैर रहे हों!

उन्होंने एक आँख दबाकर कहा, "तिवारी! तुम भी कोई कम पहुँची हुई चीज नहीं हो। एकदम हरामी हो, परम हरामी! ठीक है प्यारे, खूब मौज लो गेस्ट हाउस में।"

केयरटेकर समझ गया कि साहब अब टट्टू से उतरकर अरबी नस्ल के उम्दा घोड़े पर सवार हो चुके हैं। उन्हें विदा करने में ही खैरियत है। बड़े अदब से झुककर बोला, "सरजी! हॉल में सुनयना देवी का डांस चल रहा है। आप देखने को कह रहे थे न!"

वर्माजी उठते हुए चेहरे पर एक तेजाब घुली मुसकान लाकर बोले, "ठीक है, तिवारी! जितना बन पड़े, माल काटते रहो। कुछ होगा तो देखा जाएगा। इन्क्वायरी तो मेरे पास ही आएगी। जी.एम. साहब को जब किसी की गरदन पर छुरी चलानी होती है तो खानापूरी का काम इसी बंदे को देते हैं। इसलिए घबराओ नहीं। मस्त रहो मस्ती में, क्या कहते हैं उसे कि, हाँ, आग लगे बस्ती में। हा···हा···हा···"

उसी समय डिनर की तैयारी की एक झलक लेने को आए जी.एम. साहब ने प्रवेश किया। उन्हें देखते ही वर्माजी झटके से खड़े हुए। खड़े होते ही उन्हें महसूस हो गया कि बॉडी के ज्यादातर पेंच ढीले हैं। वे अपने आका के सामने

फौजी की तरह तनकर खड़ा होना चाहते थे, मगर एक अजब लड़खड़ाहट उनपर हावी होती जा रही थी। जैसे-तैसे लपककर आगे बढ़े और किसी पीरियड फिल्म के दरबारी विदूषक की तरह खूब आगे झुककर फर्शी सलाम बजाया, "वेलकम सर! वेलकम...वेलकम...वेलकम।"

जी.एम. किंचित् भ्रूसंकुचन के साथ उन्हें गौर से देखते हुए बोले, "क्यों वर्मा, हैव यू टाइड अप एवरीथिंग? डी.एन. साहब बस वहाँ से उठने ही वाले हैं, आर यू रेडी?"

वर्माजी झुककर सलाम बजाते हुए, "यस सर! योर मोस्ट ट्रस्टेड एंड टेस्टेड सर्वेंट रेडी टु सर्व यू...एज आलवेज सर।"

साहब को कुछ हैरानी तो हुई, मगर उनका दिमाग कहीं और लगा था, "ओ.के. वर्मा, नाइस बॉय। कीप एवरीवन ऑन टोज। वी मे ड्रॉप इन एनी टाइम फ्रॉम नाऊ।" कहते हुए वे वापस जाने के लिए मुड़े ही थे कि वर्माजी ने नारा लगाया, "सर! सर!! सर!!! जस्ट ए मिनट प्लीज।"

जी.एम. समझ गए कि कुछ दाल में काला है। उन्होंने जाने के लिए कदम बढ़ाया, फिर ठिठककर रुक गए। वर्मा तेजी से उनकी तरफ लपके। केयरटेकर बारटेंडर और बेयरा चौंककर उधर देखने लगे। वर्मा ने उनके पास पहुँचकर कुछ कहने के लिए मुँह खोला, मगर जी.एम. के चेहर पर नाराजगी जैसी रेखाएँ खिंची देखकर चुप रह गए। उजबक की तरह उनका मुँह ताकने लगे।

जी.एम. गुर्राए, "यस वर्मा?"

वे धीरे से बोले, "सर! कुछ बर्फ पिघली?"

"क्या मतलब?"

"सर, कुछ दाल में काला लग रहा है। डी.एन. तो पुट्ठे पर हाथ ही नहीं रखने दे रहा है आपको।"

"व्हाट नॉनसेंस? वर्मा, बिहेव योरसेल्फ।"

"सर, एक्सक्यूज मी! मुझे तो आपकी लुटिया डूबती महसूस हो रही है। कुछ करिए, नहीं तो सब गुड़-गोबर हो जाएगा।"

जी.एम. ने कड़ककर कहा, "तिवारी!" और तिवारी किसी फौजी की तरह सावधान की मुद्रा में आकर बोला, "यस सर!"

उन्होंने उँगली से दिखाकर कहा, "साहब की तबीयत ठीक नहीं है। इन्हें

इसी वक्त घर पहुँचाकर आओ। ये डिनर अटेंड करने की हालत में नहीं हैं। बाहर से कोई भी कार बुला लो।'' और मुड़कर बैंक्वेट हॉल की तरफ चले गए।

मुझे यह किस्सा दूसरे दिन फैक्टरी में सुनने को मिला। इतने हाई लेवल डिनर में छोटे अफसर तो बुलाए नहीं जाते। मुझे लगा कि असली घटना को काफी नमक-मिर्च लगाकर प्रचारित किया जा रहा है। इसमें वर्माजी से जलनेवालों का हाथ रहा होगा। वैसे भी उनकी संख्या काफी ज्यादा थी। मोटे तौर पर जनश्रुति यह थी कि टी.डी. वर्मा ने दारू पीकर जी.एम. को खूब खरी-खोटी सुनाई, ज्यादा ही फैल गए तो उन्हें गेस्ट हाउस का स्टाफ जी.एम. की कार में डालकर घर छोड़ आया। अफवाह यह भी थी कि डायरेक्टर (नॉर्थ) के कानों तक भी बात पहुँच गई है। मुझे ही नहीं, ज्यादातर लोगों को हैरानी थी कि ऐसा क्या हो गया, जो जूनियर जी.एम. पब्लिक प्लेस में पाजामे से बाहर हो गए? क्या कोई प्यार-दुलार से रखा गया पालतू कुत्ता अपने मालिक पर भौंक सकता है? दूसरे ही क्षण विचार आया कि कुत्ते और आदमी में यही तो फर्क है।

वर्माजी ड्यूटी पर नहीं आए थे। आते तो इतनी सवालिया निगाहों को कैसे झेलते? अब स्थिति यह थी कि उनकी अनुपस्थिति में लोग मुझे ही परोक्ष रूप से निशाना बना रहे थे। जैसे मन-ही-मन खिल्ली उड़ा रहे हों! ये देखो वर्मा का चमचा कैसा घबराया हुआ सा लग रहा है! अरे मौज भी तो मारी है, अब प्रसाद कौन लेगा? उसकी खाल में भूसा भरा जाएगा तो तुम भी नपोगे। शुक्र मनाओ कि प्रमोशन के बाद कन्फर्मेशन भी मिल गया, नहीं तो हंड्रेड परसेंट डिमोट होते। हो सकता है कि मेरा वहम हो, लोगों के मन में इतनी हिंसा नहीं रही हो, मगर स्थिति सहज भी नहीं थी। अगर वर्मा पैदल होनेवाले थे तो कमोबेश मुझे भी लपेटे में आना ही था। गेहूँ के साथ घुन भी पिसता है।

मैं अवसादग्रस्त तो था, पर मेरा दिमाग तेजी से काम कर रहा था। मन में कहीं आशा की एक किरण फूट रही थी कि जी.एम. वर्मा की करतूत में मेरी कोई भूमिका या सहमति या संलग्नता नहीं है, इस बात को भली-भाँति समझ रहे होंगे। उनका आई.क्यू. हम सब लोगों से ज्यादा था। उनकी एक्स-रे कर लेनेवाली तेज नजर से कोई बात छुपी थोड़े ही रहेगी। सोच-सोचकर मैं इस निष्कर्ष पर पहुँचा कि मुझे इस मामले में नहीं पड़ना है। बिल्कुल निरपेक्ष रहना है। कैसी भी, ऐसी या वैसी प्रतिक्रिया व्यक्त नहीं करनी है। वर्माजी जानें, उनका

काम जाने! अपने को नहीं कुछ लेना-देना।

लेकिन सोचने से ही क्या होता है! दिमाग तो हमेशा चालाकी भरी सलाह दिया करता है। उसके हिसाब से तो मुझे फिलहाल वर्माजी की छाया से भी दूर रहना चाहिए था। दिल कुछ और ही राग अलाप रहा था। वर्माजी ने कम-से-कम कॅरियरवाइज मुझे नया जीवन दिया है। अपना निर्बाध स्नेह दिया है। परिवार के बाहर मैं जिस अपनेपन के लिए तरस रहा था, बिना माँगे उन्होंने दिया। मुसीबत की इस घड़ी में उनसे किनारा कर लूँ तो मेरे जैसा कृतघ्न और कौन होगा? वी शुड बी टुगेदर इन थिक एंड थिन।

घर लौटा तो देखा, वर्माजी की कार बाहर खड़ी थी। तुरंत मैं दिमाग के असर में आ गया। मन-ही-मन कहा, 'बाँधो न नाम इस ठाँव बंधु।' कुछ चुहल भी उठी भीतर—'शैतान का नाम लो, शैतान हाजिर। अजी हमसे बचकर कहाँ जाइएगा! चलो गुरु, ओखली में सिर डाला है तो मूसल से क्या डरना।'

बैठक में जब तनहाई में हुए तो वह गंभीर होकर बोले, "चाय-वाय पी लो जो पीनी है तो फिर चलना है। मैं तुम्हारी ही राह देख रहा था।"

"कहाँ चलना है सर?"

"बँगले पर और कहाँ? तुमने सब सुन लिया होगा। यहाँ तो ऐसी खबर आग की तरह फैलती है, लेकिन फिकर मत करो। मैं सब सँभाल लूँगा, बस मॉरल सपोर्ट के लिए तुम साथ चले चलो।"

माँ चाय लेकर आई तो संवाद स्थगित हो गया। मैं उनसे बहुत नहीं तो थोड़ा-बहुत तो सुनना ही चाहता था, पर वे तो घोड़े पर सवार थे। चाय खत्म होने से पहले ही उठकर खड़े हो गए।

रास्ते में सिर्फ यही बोले कि थोड़ा सब्र रखो। तुम्हें सब बताऊँगा। तुम्हें नहीं तो और किसे बताना? इतना समझ लो, जैसा दिखाई दे रहा है, वैसा नहीं है कुछ। मामला कुछ और ही है।

अब वर्माजी का इतना रुतबा तो था ही कि गाड़ी देखते ही सिक्योरिटी गार्ड गेट खोल दे और सलाम बजाए। उतरकर मैं वर्माजी के पीछे-पीछे चला। दिल बुरी तरह धड़क रहा था। जाने कैसे पेश आएँ जी.एम. साहब! हो सकता है, मिलने से ही मना कर दें। क्या पता, भरे बैठे हों और धक्के दिलवाकर बाहर निकलवा दें; लेकिन दिमाग ने कहा, ऐसा होता तो क्या गार्ड अंदर आने देता?

सर्वेंट ने दरवाजा खोलकर अंदर बिठाया। इन लोगों से कोई बात छुपी नहीं रहती। इनका रुख और व्यवहार तो साहब के मूड पर आधारित होता है। फैक्टरी में लोगों ने कुछ ज्यादा ही बढ़ा-चढ़ाकर बताया है। हो सकता है, इनकी मानवीय भूल या बहक को फराखदिली से नजरअंदाज कर दिया गया हो!

हम दोनों विजिटर्स रूम में चुपचाप बैठे थे। जैसे पेशी पर कचहरी आए बंदी हवालात में बिठाए जाते हैं। वहीं बैठे-बैठे मुझे लगा कि यह कोई गझिन चुंबकीय क्षेत्र है, जिस पर पैर धरते ही कई भौतिक परिवर्तन हो जाते हैं। वहाँ कोई दर्पण नहीं लगा था कि अपना हाल देख सकूँ। परंतु वर्माजी का चेहरा तो समाने ही था। (मैं उनकी बगल में नहीं बैठा था।)—एकदम निस्तेज, सफेद जैसे रक्तहीन हो। उपमा देनी हो तो कहूँ कि देर से जल रहे कंडे पर जमी राख की तरह एक मलिन, विसर्जित परत।

मैंने स्मृतिलोक की शरण ली कि बचपन में देखी गई रामलीला के मंच की तरह एक देर से हवा में सरसरा रहा परदा उठा और महाबलशाली, दुर्धर्ष योद्धा दानवराज रावण तलवार लहराता हुआ प्रगट हुआ।

हम दोनों तंद्रा से जागे। झटके से उठ खड़े हुए। जी.एम. साहब सामने थे।

"सो टी.डी. वर्मा! यू हैव शोन योर ट्रू कलर्स एट एप्रोप्रियेट टाइम। राइट?"

"सर! मुझे माफ कर दीजिए। आइ हैव कमिटेड अ ब्लंडर बट आई डिड नॉट मीन इट...सर! काइंडली, सर..."

पलक झपकते ही वर्माजी उनके कदमों पर सिर रखकर रोने लगे। यह दृश्य देखकर मेरी तो आँखें फटी-की-फटी रह गईं। हलक सूख गया।

जी.एम. आँखें लाल करके बोले, "अब तू नाटक मत कर। मैं तुझे अच्छी तरफ समझ गया हूँ। तुम किंग पोरस के हाथियों की तरह हो, जो लड़ाई में पलटकर अपनी ही फौज को कुचल देते हैं।"

तभी बँगले के किसी कोने से कुत्ते के भौंकने की आवाज आई।

अचानक वर्मा चौपाए बन गए। घुटने तो फर्श पर थे ही, दोनों हाथ भी टिका दिए। फिर ऊपर साहब की तरफ मुँह उठाकर कातर स्वर में बोले, "सर, मैं आपका कुत्ता हूँ। आ'म योर फेथफुल डॉगी। यू आर क्रॉस विद मी। प्लीज डोंट डू दैट सर...सर...ऽऽऽ...पनिश मी इफ यू प्लीज!" और अपना सिर उनके

पैरों पर टिका दिया, जैसे पालतू कुत्ते किया करते हैं।

मैंने उनके पृष्ठ भाग में एक अदृश्य पूँछ को तेजी से हिलते हुए देखा। जैसे मालिक के स्नेहमय स्पर्श, आश्वस्तिदायक सहलाहट की प्रतीक्षा में हो!

धीरे-धीरे जी.एम. की मुखमुद्रा और हाव-भाव बदले। जिन आँखों से आग बरस रही थी, वे सजल होने लगीं। उन्होंने मेरी उपस्थिति को पूरी तरह नकारते हुए नीचे झुककर चौपाया बने स्वामिभक्त की पीठ सहलाना शुरू कर दिया। उनका स्पर्श पाते ही सिहरकर वर्माजी ने अपनी जीभ बाहर लटका दी। झुकते-झुकते जी.एम. लगभग बैठने की मुद्रा में आ गए और देर तक उनकी पीठ सहलाते रहे। मुझे कुछ भी अजीब नहीं लगा, क्योंकि यह दृश्य भले ही असामान्य रहा हो, लेकिन नाटकीय तो नहीं ही था या फिर दोनों इतने ऊँचे कलाकार थे कि इस प्रहसन में छद्‌म या बनावट खोज पाना बेहद मुश्किल था।

लौटते में मेरे रंगाचार्य बॉस ने विरक्ति भरे स्वर में इतना ही कहा, "भई, मैंने अपनी तरफ से नमक का कर्ज अदा कर दिया। अब जो होना हो, होए।"

दूसरे दिन सुबह जब लोग-बाग ड्यूटी पर पहुँचे तो सनसनीखेज खबर उनका इंतजार कर रही थी। रात को हेडऑफिस से आई विजिलेंस की टीम ने जी.एम. ऑफिस सहित कई महत्त्वपूर्ण कमरे सील कर दिए थे, एंटी करप्शन का केस था।

काम पर जाने के बजाय कर्मचारी एडमिन बिल्डिंग के सामने जमा थे। सबकी निगाहें तीसरी मंजिल पर लगी थीं, जहाँ जी.एम. ऑफिस था, लेकिन उसकी बंद खिड़कियों के पार भला क्या दिखाई देना था। ऑफिस तो यों ही सील किया जा चुका था।

धीरे-धीरे भीड़ छँटी। फैक्टरी में चर्चाओं का बाजार गरम था। कोई लाखों का लेन-देन का सुराग लाया था तो कोई करोड़-दो करोड़ से नीचे आने को तैयार नहीं था। जिन कर्मचारियों के दफ्तर सील किए गए थे, वे अनाथों की तरह इधर-उधर घूम रहे थे। उन्हें कैंटीन में बिठाया गया।

मैं शॉप में पहुँचा तो देखा, वहाँ सन्नाटा पसरा था। अपना टिफिन रखने गया तो ऑफिस में चुपचाप बैठे मिले वर्माजी। उनका चेहरा एकदम तनावरहित और शांत था।

मैंने पूछ ही लिया, "क्या मामला है बॉस? रातोरात तख्तापलट।"

वे फीकी हँसी हँसकर बोले, "जैसी करनी वैसी भरनी। लालच की भी कोई सीमा होनी चाहिए। वह कहानी सुनी है न, एक मुर्गी रोज सोने का अंडा देती थी। इन्होंने उसका पेट ही चीर डाला। एक बड़ा वेंडर था, त्रिचरापल्ली से ही इनके साथ अँटा हुआ था। यहाँ भी ले आए उसे। जब तक बड़े-बड़े ऑर्डर थे, वह इनको देता रहा मुँहमाँगी रकम। जब गुँजाइश नहीं रही तो उसे ही हलाल कर डाला। उसने कुछ दिन तो बरदाश्त किया, फिर मजबूरी जता दी। इन्होंने उसे ब्लैकलिस्टेड करवाया तो उसने विजीलेंस को कागज थमा दिए। दसियों साल से वह इनके घर की एक-एक जरूरत पूरी करता रहा है। चालाक था, कैपिटल आइटम और एक्सपेंसेज की रसीदें अपने पास रखता रहा। ये इतने मगरूर कि''खैर छोड़ो। यह तो राज-काज है। चलता रहता है।"

मैं बैठकर सोचने लगा। वर्माजी के जटिल कार्यकलापों की उलझन भरी गुत्थी धीरे-धीरे सुलझने लगी।

□

असत्य के प्रयोग

'स्पीड क्वीन' में बिना रिजर्वेशन वाले यात्रियों के लिए सिर्फ एक डिब्बा होता है, जिसे जनरल कंपार्टमेंट कहते हैं। इस डिब्बे में घुसना बेहद जान-जोखिम का काम होता है, क्योंकि जैसे ही गाड़ी आकर प्लेटफॉर्म पर रुकती है, पचासों यात्री डिब्बे के दरवाजों पर टूट पड़ते हैं। ऐसे में होता यह है कि उतरनेवाले और चढ़नेवाले यात्रियों के बीच घमासान युद्ध शुरू हो जाता है और देर तक चलता रहता है। कुली ने मुझसे कहा कि इस डिब्बे में घुसाने के पंद्रह रुपए लगेंगे, मगर मैं एक दफे उस डिब्बे में आलू के बोरों की तरह ठूँसे यात्रियों की बेहाली देख चुका था। हिम्मत नहीं पड़ी।

एयरबैग उठाकर प्लेटफॉर्म एक के अंतिम छोर की ओर चला, जहाँ टिकट कलेक्टरों और कंडक्टरों का दफ्तर था। वहीं कुछ काम बन सकता था। खासा बड़ा दफ्तर था। बीसियों वरदीधारी नमकहलाल चल-फिर रहे थे, बैठे थे, गप्पें लड़ा रहे थे। मैंने जल्दबाजी में एक-दो को अंग्रेजी में टटोला और मुँह की खाई। ऐसा सौदा दबी जुबान में ही तय होता होगा। मैं झख मारकर एक बेंच पर बैठ गया, जिसके ऊपर और नीचे चटकीले रंग के सूटकेस रखे थे। यह उन यात्रियों का सामान था, जो स्पीड क्वीन में सीट या बर्थ की जुगाड़ लगाने के लिए गाड़ी में जानेवाले कंडक्टरों के इर्द-गिर्द मँडरा रहे थे। इन लोगों के लिए हर यात्रा एक मौज-मजे की चीज होती है। कुछ मध्यवर्गीय सद्गृहस्थ थे, जिनके चेहरों पर कंडक्टरों से 'जगह नहीं है' सुन-सुनकर हवाइयाँ उड़ रही थीं। इन लोगों के लिए यात्रा एक सजा थी, जिसे उन्होंने गाड़ी आने के पहले ही भुगतना शुरू कर दिया था।

एक नवविवाहित किस्म का जोड़ा आया। कुली ने उनके लाल-पीले

सूटकेस नीचे टिकाए और उन दोनों को बेंच पर बैठने के लिए कहकर प्लेटफॉर्म की ओर चहलकदमी कर रहे कंडक्टरों की तरफ चला गया। पत्नी बेंच पर बैठ गई, मगर पति बेचैन था। वह कुली के पीछे हो लिया। पति के माथे पर लगे रोली-चावल को देखकर अनुमान किया कि यह ससुराल से विदा करवाकर ले जा रहे हैं। पत्नी के चेहरे पर भारी मैकअप था और उसे दूर से देखकर भी समझा जा सकता था कि माँ बननेवाली है। मुझे ताज्जुब हुआ कि ससुराल के लोग उन्हें छोड़ने के लिए स्टेशन पर क्यों नहीं आए!

गाड़ी आधा घंटा लेट थी। प्लेटफॉर्म पर सरगर्मियाँ बढ़ती जा रही थीं। चूँकि यह एक बड़ा जंक्शन है, इसलिए यहाँ से एक बोगी गाड़ी में जोड़ी जाती है, लेकिन स्पीड क्वीन का टिकट आसानी से कभी नहीं मिलता। एक महीने पहले कोई आरक्षण करा ले, नहीं तो बगैर लिये-दिए काम नहीं बनता था। मैंने भी कुछ-न-कुछ जुगाड़ कर लिया होता, मगर महज दो घंटे के नोटिस पर मुझे इस यात्रा पर जाना पड़ा था। मैं देख रहा था कि गाड़ी में जानेवाले तीनों कंडक्टरों को सीधे या कुली के मार्फत घेर-घारकर गर्जमंद लोग अपनी-अपनी व्यवस्था में जुटे थे। ज्यादातर तो यह हो रहा था कि कंडक्टर हाथ रखने ही नहीं देते थे। समझ गया कि तीस-चालीस में भी बात बननेवाली नहीं। शायद जगह थी ही नहीं। मुझमें ज्यादा खर्च करने का बूता नहीं था, सो ठंडी साँस भरकर बैठा रहा। अपने को तसल्ली दी कि न मेरे पास सामान है, न परिवार। ले-देकर एक एयरबैग है, किसी भी डिब्बे में घुस जाऊँगा। फिर जो भी होगा, देखा जाएगा। वहाँ तो आठ-आठ, दस-दस नग सामानवाले लोग थे। किसी ने आकर किसी को बताया कि गाड़ी अब पचास मिनट देर से आ रही है। मैंने एयरबैग खोलकर पढ़ने के लिए किताब निकाली। यात्रा में समय काटने के लिए हमेशा एक-दो किताबें लेकर चलता हूँ। बैग में से निकाली किताब देखकर माथा ठोक लेने की इच्छा हुई।

इस दफे यात्रा की तैयारी इतनी जल्दी में हुई थी कि कुछ सोचने-समझने का मौका ही नहीं मिला। बैग में जरूरत भर का सामान पत्नी ने लगा दिया था। किताब भी उसी ने रखी थी। किताब थी—'सत्य के प्रयोग अथवा आत्मकथा' यानी गांधीजी की जीवनी। भला बताइए, क्या यह ऐसी किताब है कि जिसे बगैर रिजर्वेशनवाले लंबे समय में मजे से समय काटने के लिए पढ़ा जा सके?

बुकस्टॉल से कोई रंगीन चटपटी पत्रिका ले आता, मगर यात्रा पूर्व की हौलदिली या नर्वसनेस का कुछ ऐसा असर था कि बेंच से उठने को मन नहीं हुआ। 'सत्य के प्रयोग' खोलकर बैठ गया। कनखियों से कंडक्टरों, कुलियों और यात्रियों की साँठगाँठ की हँड़िया पकते हुए देखता जाता था।

कुली के साथ पसीना पोंछते हुए रोली-तिलकधारी पति ने लौटकर उदास बैठी पत्नी को बताया कि इंतजाम हो गया है। कुली ने कुछ देर तक लल्लो-चप्पो करके दस का नोट उनसे झटका और नए शिकार की तलाश में चल दिया। पति-पत्नी के वार्त्तालाप से मुझे पता चला कि डिब्बे में जगह देने के लिए उन्होंने चालीस रुपए चढ़ाए हैं। मैंने फिर 'सत्य के प्रयोग' में आँखें गड़ा लीं। पढ़ने में भला क्या मन लगता, सोचने लगा, गांधीजी हमेशा थर्ड क्लास में यात्रा करते थे, लेकिन उनके लिए थर्ड क्लास और फर्स्ट क्लास में क्या फर्क होता होगा? उनके प्रवेश करने मात्र से वह डिब्बा अति विशिष्ट और गरिमामय हो उठता होगा। आजकल के नेता तो खैर, रेल में चलते ही नहीं। शायद यात्रियों की परेशानियों का खयाल करके, मगर गांधीजी सत्य पर इतना जोर क्यों देते थे? क्या हुआ जोर देने से? उनका सत्य उनके साथ ही चला गया। यही सब सोचते हुए सहसा मेरे जेहन में एक नायाब आइडिया कौंधा। शायद 'सत्य के प्रयोग' शीर्षक की प्रतिक्रिया के कारण मैं फुरती से उठ खड़ा हुआ।

मैंने रोनी सूरत बना ली और सीटिंगवाले डिब्बे के कंडक्टर की तलाश करने लगा। कई लोगों से पूछताछ की, तब वह नजर आया। गहरे काले रंग और चेचक के दाग भरे चेहरेवाला चिड़चिड़ा सा शख्स। उसे घेरकर मिन्नत कर रहे दो-तीन लोग जब झिड़कियाँ खाकर अलग हुए, तब मैं उसके सामने जाकर रिरियाने लगा, "साहब, मेरी तकलीफ पर जरा गौर करें, मैं बहुत परेशानी में हूँ। मेरा छोटा भाई घर से भाग गया है। हम लोग चारों तरफ उसे तलाश कर रहे हैं। मेरी माँ हार्ट पेशेंट है, अगर वह एक-दो रोज में नहीं मिला तो बेचारी मर जाएगी··· प्लीज! मेरी मदद कीजिए। किसी तरह भी हो, मुझे इस गाड़ी में ले चलिए। मेरे पास न तो कोई सामान है, न ही मुझे वहाँ रुकना है। एक-दो जगह उसके मिलने की उम्मीद है, फिर उलटे पाँव ही वापस लौटना है। प्लीज हेल्प मी।"

उसने अपनी पैनी नजर से मुझे देखा। मैंने कभी भी मंच पर अभिनय नहीं किया, मगर जाने कैसे उस समय मैं इतना रुआँसा और उदास बन गया था कि

वह चिड़चिड़ा कंडक्टर तक कुछ नरम पड़ गया। उसने पूछा, ''कितनी उम्र थी आपके भाई की?''

''यही साहब, कोई चौदह-पंद्रह साल।''

''क्या फेल हो गया इम्तिहान में?''

मैं 'हाँ' कहते-कहते रह गया। मुझे याद आ गया कि उस समय परीक्षा परिणामों का मौसम नहीं था। 'हाँ' कहते ही पकड़ा जाता।

''नहीं साहब, यों ही घर में कुछ कहा-सुनी हो गई। वह नादानी कर बैठा। हम लोगों के गले मुसीबत पड़ गई। साहब, किसी तरह से भी मुझे अपने साथ ले चलिए। नहीं तो माँ...''

''ठीक है, गाड़ी में कोच लग जाए तो आप मेरेवाले कंपार्टमेंट में आ जाना। खड़े-खड़े चलना पड़ेगा, क्योंकि जगह बिल्कुल नहीं है, समझे?''

लीजिए, अंधा क्या चाहे, दो आँखें। मैंने उनकी ओर हाथ जोड़कर श्रद्धापूर्वक सिर झुकाया और कुछ कहने ही जा रहा था कि वह आगे चल दिया।

मैं संतुष्ट हो बेंच तक लौटा तो देखा एक सफारी सूटधारी थुल-थुल व्यापारी मेरी जगह बैठा था। मैं अपना बैग उठाने लगा तो उसने मुसकराकर पूछा, ''क्यों गुरु, हो गया न काम? कितने रुपए लिये? अपन से तो चालीस रुपए पकड़ लिये हैं। कहता है, आगे बर्थ भी दिलवा देगा। आपको क्या मिली सीट?''

मैंने हामी में सिर हिलाया। बोला कुछ नहीं।

'स्पीड क्वीन' मामूली गाड़ी नहीं। जैसी रंग-बिरंगी बाहर है, वैसी ही आरामदेह और शानदार अंदर, मगर उनके लिए, जिनका आरक्षण हो। मैंने पूरे डिब्बे में धक्के और झिड़कियाँ खाते हुए एक चक्कर लगाकर यह पाया कि सामान्य गाड़ियों के डिब्बों की तरह इसके सीटिंग कंपार्टमेंट में बैठने या सामान धरने के लिए खाली फर्श कहीं भी नहीं है। एक ओर तीन सीटोंवाली पंक्तियों थीं तो दूसरी ओर दो वाली। बीच में सँकरा गलियारा आने-जाने के लिए। दरवाजों के पास सिर्फ इतना गलियारा कि डिब्बे में चढ़ा-उतरा जा सके। बैठना तो दूर रहा, उस डिब्बे में खड़े होने के लाले थे। स्टेशन पर गाड़ी रुकी थी, इसलिए बहुत से लोग प्लेटफॉर्म पर उतरकर चाय, फल या हवा ले रहे थे। इस आवागमन की वजह से किसी जगह टिककर खड़े होना भी मुश्किल था। मैंने देखा कि यही हाल नवविवाहित जोड़े और थुल-थुल व्यापारी का था। उन्हें सीट-वीट

मिली नहीं थी, सिर्फ डिब्बे में घुसा लिया गया था। इसके लिए चालीस रुपए की लूट है। मैंने मन में सोचा, इससे तो मेरा 'असत्य का प्रयोग' ही अच्छा रहा।

अंत में हम सब मुसीबत के मारे एक जगह इकट्ठे हुए। थुल-थुल व्यापारी इस बीच शायद कंडक्टर से मिल आया था, उसने मिलते ही कहा, "भई, थोड़ी देर की तकलीफ है, फिर आगे कंपार्टमेंट में बर्थ खाली हो जाएगी।"

गाड़ी चली तो हम लोग डिब्बे के तीन दरवाजों में से बीचवाले दरवाजे के पास गैलरी में जा खड़े हुए। अब वह स्थान खाली था। उस व्यापारी ने अपने सूटकेस में से एक कीमती चादर निकालकर नीचे बिछा दी। हम लोग बैठ गए। पति-पत्नी दरवाजे से सटकर, व्यापारी बीच में और गैलरी के अंत में मैं। थोड़ी देर में सीटों के बीचवाले रास्ते में आने-जानेवालों के घुटने और जूते मेरी पीठ पर बजने लगे। मैंने आगे सरकना चाहा, मगर उस नवविवाहिता को घुटनों में मुँह देकर सिसकते देखकर जहाँ था, वहाँ बैठा रहा। व्यापारी भी घबराकर मेरी ओर खिसक आया था।

पति-पत्नी में धीमे-धीमे होनेवाली बातचीत से पता चला कि वह जिद करके बिना मुहूर्त के पत्नी को विदा करवा लाया था। उसे ससुरालवाले बुधवार को विदा करने के पक्ष में नहीं थे, मगर वह अड़ गया था। इससे बात इतनी बढ़ गई कि झगड़ा होते-होते रह गया। बेमन से लड़की को विदा किया और स्टेशन तक कोई छोड़ने भी नहीं आया। वह कह रही थी कि अगर पापा की बात मानकर एक दिन रुक गए होते तो इस तरह फर्श पर बैठकर यात्रा नहीं करनी पड़ती। वे लोग कुछ-न-कुछ इंतजाम कर ही लेते।

पति ने फिर वही बात दोहराई कि उसे एक दिन को भी छुट्टी नहीं मिल सकती थी। बृहस्पतिवार को ड्यूटी ज्वॉइन करना जरूरी था।

पत्नी ने रोने से लाल हो गई बड़ी-बड़ी आँखों में रोषपूर्वक उसे देखकर कहा, "तुमने पापा का बहुत अपमान किया है। कितना दुःख होगा उन्हें। हे भगवान्!" वह फिर सिसकियाँ भरने लगी।

मैं बैग खोलकर किताब निकाल और अललटप जहाँ से भी खुल गई, पढ़ने लगा। गांधीजी दक्षिण अफ्रीका में यात्रा कर रहे हैं। इससे पहले कि मैं इस प्रसंग को पढ़ना शुरू करूँ, वह स्त्री बिफरकर बोली, "प्लीज डोंट टच मी! स्त्री होती ही क्या है? पैर की जूती। जब भी चाहा, पहनकर चल दिए। जब

मन में आया, उतारकर फेंक दी।''

पति उसको कवर करके इस तरह हम लोगों की तरफ पीठ करके बैठ गया कि हमें समझ में नहीं आया कि क्या करें।

उस व्यापारी ने मेरे हाथ से किताब लेते हुए कहा, ''गुरु, क्या पढ़ रहे हो? कोई नाविल-शाविल है क्या?''

मैं चुप रहा। उसने आवरण पृष्ठ देखा और तुरंत वह पुस्तक मुझे लौटा दी। उस स्त्री की सिसकियाँ मंद पड़ रही थीं।

थुल-थुल व्यापारी ने उन दोनों की ओर आँख से इशारा करके एक मुस्कान मारी, मुझे यह बेहूदापन लगा। मैं पढ़ने लगा।

उस डिब्बे में लड़कों का एक दल था, जो राजधानी से कोई अंतर्राष्ट्रीय तमाशा देखकर लौट रहा था। इन लोगों ने डिब्बे को सिर पर उठा रखा था। वे किसी अहिंदीभाषी राज्य के थे और अटपटी-सी भाषा में लोगों का ठट्ठा करते चल रहे थे। बीच-बीच में धड़ल्ले से अंग्रेजी झाड़ने लगते। खैर, अपने को क्या? इसी भावना से डिब्बे के शेष यात्री उनकी जा-बेजा हरकतों को सहन कर रहे थे। कभी वे हॉकरों को तंग करते तो कभी डिब्बे में चढ़नेवाले नवागंतुकों को गाली देते और बाहर खदेड़ते। कुछ तो सिर्फ अंडरवियर पहनकर घूम रहे थे, जैसे उनके घर का आँगन हो! हम लोगों पर उनका हमला तब हुआ, जब गाड़ी एक स्टेशन पर रुकी।

डिब्बे में तीन दरवाजे थे, अगर एक, जहाँ हम बैठे थे, बंद भी रहता तो कोई खास परेशानी किसी को नहीं होती, मगर लड़के कहाँ माननेवाले थे! उन्होंने चीखना-चिल्लाना शुरू कर दिया। व्यापारी ने उन्हें समझाना चाहा तो वे उसी पर चढ़ गए। उसने भी तैश में आकर कह दिया, ''नहीं हटते, जो करना हो, कर लो।''

एक लड़का आगे बढ़कर बोला, ''ऐई, तुम लोग हटो यहाँ से।''

हम लोग चुपचाप बैठे रहे।

वह आगबबूला होकर बोला, ''नहीं हटेगा तो हम तुमको जूता से मरेगा।''

बस फिर क्या था! व्यापारी उठ खड़ा हुआ। उसने आव देखा न ताव, उस लड़के का गिरेबान पकड़ा और रोकते-रोकते दो हाथ जमा दिए। डिब्बे में हड़कंप मच गया। कई लड़के व्यापारी को मारने के लिए उतारू हुए। वह भी

कम नहीं था, गरजकर बोला, ''आओ, आज हो जाए। मैं अकेला हूँ, तुम हो बीस, मगर एक-दो को तो अपने साथ ले ही लूँगा।''

उसके तेवर देखकर इन लड़कों का नेता बोला, ''तुम लोग अनअथोराइज्ड पैसेंजर हो। ऊपर से मारपीट करता है। कम ऑन! लेट अस काल दि कंडक्टर।''

नेता की इस बात ने उनको धर्मसंकट से उबार लिया। कंडक्टर को ढूँढ़ने के लिए बहुत से लड़के वहाँ से कम हो लिए। व्यापारी मूँछों पर ताव देने लगा। बोला, ''साले, छटाँक-छटाँक भर के हैं, मगर रोल मचा रखी है। कसम से आज दो-चार के नट-बोल्ट ढीले कर देता, मगर भाग गए साले मैदान छोड़कर।''

मैं निश्चिंत नहीं हो सका। हम लोग अवैध यात्री तो थे ही, जाने अब क्या होगा। शायद कंडक्टर हम लोगों को डिब्बे से बाहर करने के लिए मजबूर हो जाए। गाड़ी स्टेशन से चल दी, मगर कंडक्टर नहीं आया। मैं किताब पढ़ने में डूब गया।

संयोग की बात किताब में मैं गांधीजी की रेल-यात्रा का प्रसंग पढ़ रहा था। वे डरबन से प्रिटोरिया जा रहे थे, फर्स्ट क्लास में (क्योंकि तब तक 'महात्मा' नहीं हुए थे, सिर्फ बैरिस्टर थे)। मुझे रस आने लगा। किताब उतनी बोर नहीं थी, जितनी मैं समझ रहा था—वह चला गया। इस बीच एक यात्री आया। उसने मेरी तरफ देखा, मुझे भिन्न वर्ण का पाकर वह परेशान हुआ, बाहर निकला और एक-दो अफसरों को लेकर आया। किसी ने मुझे कुछ न कहा। आखिर अफसर आया। उसने कहा—''इधर आओ। तुम्हें आखिरी डिब्बे में जाना है।''

मैंने कहा, ''मेरे पास पहले दर्जे का टिकट है।''

उसने जवाब दिया, ''इसकी कोई बात नहीं। मैं तुमसे कहता हूँ कि तुम्हें आखिरी डिब्बे में जाना है।''

''मैं कहता हूँ कि मुझे इस डिब्बे में डरबन में बैठाया गया है और मैं इसी में जाने का इरादा रखता हूँ।''

अफसर ने कहा, ''यह नहीं हट सकता। तुम्हें उतरना पड़ेगा और न उतरे तो सिपाही उतारेंगे।''

मैंने कहा, ''तो सिपाही भले उतारें, मैं खुद तो नहीं उतरूँगा।''

सिपाही आया। उसने मेरा हाथ पकड़ा और मुझे धक्का देकर नीचे उतारा। मेरा सामान उतार दिया। मैंने दूसरे डिब्बे में जाने से इनकार कर दिया। ट्रेन चल दी।'

कुछ लड़कों ने आकर कहा, ''सब लोग उठो। कंडक्टर वहाँ बुलाता है सबको।''

व्यापारी, मैं और वह पति तीनों उठ खड़े हुए। लड़कों के पीछे-पीछे डाइनिंग कार की ओर चल दिए, जहाँ कंडक्टर बैठा था। मैं सोच रहा था कि इन दोनों ने तो कंडक्टर को पैसे खिलाए हैं, एक मैं हूँ मुफ्तखोर! मुझे अगले स्टेशन पर उतार दिया जाएगा और इससे पहले कि मैं किसी दूसरे डिब्बे में जगह खोज पाऊँ, ट्रेन चल देगी।

खैर, ऐसा कुछ नहीं हुआ। उल्टे कंडक्टर ने लड़कों को समझाया, ''देखिए ये बेचारे बड़ी मुसीबत में हैं। इनका भाई घर से भाग गया है। उसे ढूँढ़ने जा रहे हैं। आन ह्यूमैन ग्राउंड इन्हें मैंने अलाऊ किया है और ये जो सज्जन हैं, इनकी वाइफ प्रेगनेंट हैं, प्रेगनेंट! जरा सोचिए, क्या इन्हें डिब्बे से धक्का मारकर उतारा जा सकता है? आन ह्यूमैन ग्राउंड जरा सोचिए?''

लड़के हम लोगों की सच्ची-झूठी मुसीबतें सुनकर कुछ शांत हो गए। दरअसल वे सच में तो पीछे पड़े थे व्यापारी के। कंडक्टर ने उनकी यह बात मान ली। दूसरे डिब्बे में एक बर्थ खाली होनेवाली थी। व्यापारी तुरंत अपना सामान लाने चला गया।

लड़के बोले, ''ठीक है। ये दोनों लोग बैठ सकता है, लेकिन दरवाजा के पास नहीं। दूसरा जगह बैठेगा।'' कुछ देर बहस के बाद यह निष्कर्ष निकला कि हम डिब्बे के संडासों के बीच वाली गैलरी में बैठ सकते थे।

मैंने और उस पति ने राहत की साँस ली। झगड़ा सुलझ गया था। ट्रेन तेज गति से गंतव्य स्थल की ओर जा रही थी हमको लेकर। यही बहुत था। व्यापारी मय सामान दूसरे डिब्बे में चला गया। डाइनिंग-कार छोड़ने को मन नहीं हो रहा था। हमने इरादा किया कि चाय वहीं पी जाए। कुछ सोचकर हमने कंडक्टर को भी चाय के लिए आमंत्रित कर लिया।

डाइनिंग-कार में सुरुचिपूर्ण साज-सज्जा थी। मेजों पर हलके रंग के मेजपोश बिछे थे, गुलदान रखे थे। जाकर बैठे तो बड़ा सुहावना लगा यह परिदृश्य। खासतौर पर यह सोचकर कि वापस लौटकर दो संडासों के बीचवाली जगह में बैठना होगा।

पति जैसे अपने आपसे ही बोला, 'साला आज का दिन ही खराब है। पता

नहीं किसका मुँह देखा उठकर! सबेरे से झगड़ा ही झगड़ा हो रहा है। खामखाँ मैं फादर-इन-ला से भिड़ गया। अरे, एक दिन लेट हो जाते तो कौन फाँसी लग जाती। हुँह गाड़ी में आए तो यहाँ झगड़ा!'

मैं और कंडक्टर चुपचाप उसके स्वगत कथन को सुनते रहे। हमें उसमें कहने को था भी क्या! किताब हाथ में साथ चली आई थी। कंडक्टर ने यह कहते हुए ले ली, "क्या पढ़ रहे हैं आप?" कुछ देर तक वह किताब को उलटता-पलटता रहा, फिर साश्चर्य बोला, "क्या आप गांधीवादी हैं?"

चूँकि मैंने उसे एक नया पैसा भी घूस नहीं दिया था, इसलिए मैं सगर्व कह सकता था, मगर जल्दी से बोल पड़ा, "नहीं तो।" जाने उस समय गांधीवादी कहलाना क्यों अखरा? शायद इसलिए कि मैंने झूठ बोलकर डिब्बे में जगह पाई थी। भले ही संडास के पास क्यों न हो! तब तक चाय आ गई। मैं चाय पीते-पीते इतना उदास बन गया कि कंडक्टर ने सहानुभूतिपूर्वक कहा, "भाई साहब, चिंता मत करिए, आपका भाई जल्दी ही लौट आएगा। सब लौट आते हैं।"

मैं दुःख में डूबे हुए आदमी की तरह खामोश रहा। मेरा सफर का साथी वह पति भी सहानुभूति से मुझे देखने लगा। "सब ठीक हो जाएगा।" उसने कहा। पता नहीं मेरे लिए या खुद के लिए! कंडक्टर किताब के पन्ने उलटने लगा, फिर जाने कैसे उसके मन में आया कि वह कह उठा, "जानते हैं, मैं खुद एक बार बचपने में घर से भाग गया था।"

हम दोनों ने चौंककर उसे देखा, मैं कल्पना करने लगा कि वह श्यामवर्ण का बचपन में कैसा लगता होगा! पति खुशामदी स्वर में बोला, "अरे आप···आप बचपन में! कमाल है!" जैसे घर से भाग जाना बहादुरी की बात हो!

कंडक्टर ने तब तक स्मृतियों के स्वीमिंग पूल में छलाँग लगा ली थी। वह कहता गया, "इंटर में फिजिक्स का पेपर खराब हो गया तो, ऐसा लगा कि आसमान टूटकर सिर पर गिर गया है। बस, चुपचाप 'बंबई मेल' में जा बैठे। वह भी बगैर टिकट। पहुँच गए बंबई, लेकिन साहब चार-छह दिन में ही होश ठिकाने आ गए। दुम दबाकर लौट आए। आकर देखा, माँ ने रो-रोकर आँखों की रोशनी कम कर डाली थी। पिताजी तो पागल हो गए थे। तभी तो कह रहा था कि आपका भाई लौट आएगा। जरूर लौट आएगा।"

मेरा मन भारी होने लगा। मुझे लग रहा था, जैसे सचमुच मेरा छोटा भाई

भाग गया है। रोते-रोते माँ की आँखें सूज गई हैं और पिताजी बदहवास होकर पागलों की तरह दौड़ रहे हैं। वह खूबसूरत झूठ मुझे छलावे की तरह छल गया। मेरी आँखें भर आईं। मैंने रुमाल में मुँह छुपा लिया।

हम संडासों के बीच बैठे इधर-उधर की बातें करते रहे। गाड़ी की चमक-धमक के मुकाबले संडास बेहद गंदे और दुर्गंधयुक्त थे। थोड़ी-थोड़ी देर बाद लोग आते। हम सिमटकर उनके लिए रास्ता छोड़ देते। संडास का दरवाजा खुलता और संडास के मारे जी मिचला जाता, लेकिन मजबूरी थी। हम दोनों तो जैसे-तैसे झेल रहे थे, मगर पत्नी की बुरी हालत थी। वह कई बार उल्टियाँ कर चुकी थी और बराबर नीबू का टुकड़ा चाटे जा रही थी।

हम लोग अच्छी तरह घुल-मिल गए। कई बार चाय का दौर चला। पति दरअसल नई उम्र का भावुक इनसान था। ताव में आकर ससुरालवालों से लड़ तो आया था, मगर उसके पश्चात्ताप का अब कोई अंत नहीं था। लगभग पूरे समय वह अफसोस ही जाहिर करता रहा। रात को हमने पूरी लंबाई में कपड़ा बिछा लिया। रात को कौन आता है टायलेट में? डिब्बे के लोग नींद की गोद में होते जा रहे थे। एक-दो शरीफ आदमी हाजत के लिए आए, मगर हमें फैला देखकर लौट गए। दूसरी तरफ दो संडास थे। कुछ ऐसे भी थे, जो बिना इस बात की परवाह किए कि चादर पर पाँव पड़ रहा है, संडास में जाकर ही माने।

धीरे-धीरे रात गहराने लगी। मेरा मन किताब में लग गया था। मैं जागकर पढ़ता रहा। वे दोनों दीवार से टिककर सो गए। मुझे नींद नहीं आ रही थी, यही लेशमात्र जगह थी कि टिककर या पैर फैलाकर कुछ देर सो लेता।

मैंने गौर किया कि एक लड़का बार-बार हाजत के लिए आता और धड़ल्ले से चादर पर गीले जूते के निशान बनाता हुआ गुजर जाता। बुरा तो लगा, मगर उससे क्या कह सकता था? डील-डौल में भी मुझसे दोगुना था। मुझे उसका आना-जाना इतना बुरा नहीं लग रहा था, जितनी कि उसकी अशिष्टता। वह कुछ सकुचाते हुए, 'आ'म सॉरी' कहते हुए भी जा सकता था, मगर वह तो आते-जाते ठोकर मारता-सा लगता। सप्रयास मैंने उसकी ओर ध्यान देना छोड़ दिया और गांधीजी की जीवनी में निमग्न हो गया। ट्रेन से उतार दिए जाने के बाद उनकी चार्ल्सबर्ग से जोहान्सबर्ग तक की सिकरम (घोड़ागाड़ी) की यात्रा भी कम लोमहर्षक नहीं थी। वैध टिकट होने के बावजूद उन्हें अंदर गोरे

यात्रियों के पास न बैठाकर कोचवान के पास बैठाया गया। जब सिकरम के गोरे मुखिया को सिगरेट की तलब लगी तो वह बाहर आया कोचवान के पास बैठने। गांधीजी को उसने नीचे पैरों के पास बैठने का हुक्म दिया। गांधीजी ने इनकार कर दिया। उन्होंने कहा, ''मैं अंदर जाने को तैयार हूँ, पर तुम्हारे पैरों के पास बैठने को तैयार नहीं।''

''मैं मुश्किल से इतना कह पाया था कि मुझ पर तमाचों की वर्षा होने लगी और वह गोरा मेरी बाँह पकड़कर मुझे नीचे खींचने लगा। बैठक के पास ही पीतल के सींखचे थे। मैंने भूत की तरह उन्हें पकड़ दिया और निश्चय किया कि कलाई चाहे उखड़ जाए, पर सींखचे न छोड़ूँगा। मुझ पर जो बीत रही थी, उसे अंदर बैठे हुए यात्री देख रहे थे। वह गोरा मुझे गालियाँ दे रहा था, मार भी रहा था, पर मैं चुप था। वह बलवान था और मैं बलहीन...''

पढ़ते-पढ़ते मेरा खून खौलने लगा। एक बैरिस्ट्री पास, इंग्लैंड में पढ़कर आए आदमी के साथ यह सलूक था तो उन बेचारे अनपढ़ भारतीय श्रमिकों का क्या हाल होता होगा, जो 'गिरमिट' होकर वहाँ जाते थे? गांधीजी ने बलवानों को बलहीनों पर जुल्म ढाते देखकर अहिंसा का हथियार ईजाद किया होगा! मैं इन्हीं भावों में डूब-उतरा रहा था कि ''ऐई हटो! हटो! इधर'' का कर्कश विवाद सुनाई पड़ा।

वही लड़का फिर आया था। सिर्फ एक कच्छा और बनियान पहने, मगर इस बार शौचालय का रास्ता अवरुद्ध था। पत्नी, जो पहले एक संडास के सहारे पीठ टिकाए सो रही थी, अब पति की गोद में सिर रखे सामने चादर पर हिंदी के सात अंक की तरह पसरी पड़ी थी, कुछ अजीबोगरीब स्थिति में। वह लड़का उन दोनों को उलाँघकर नहीं जा सकता था, इसलिए आवाज देकर जगा रहा था। उसने कई आवाजें दीं, लेकिन उस बेसुध पड़े जोड़े के कान पर जूँ नहीं रेंगी।

''कैसा जानवर का माफिक सोता है? सूअर कहीं का!'' ऐसा लग रहा था कि उसको हाजत की बेचैनी थी, क्योंकि वह कसमसा रहा था। मैं समझ नहीं पा रहा था कि क्या किया जाए? चाहता तो उन्हें जगा देता, मगर उस लड़के की आवाजाही से आजिज आ चुका था। चुप रहा, देखें क्या करता है!

उस लड़के ने पैर के जूते की नोक से पत्नी के पैरों की ओर कोंचा। वह उठी तो नहीं, मगर करवट बदलकर उस तरफ से इस तरफ आ गई। ''देखो,

कैसा सोता है! एकदम जानवर का माफिक!''

एक बार उसने जूते की नोक से उस स्त्री के मर्मस्थल पर आघात किया। वह सकपकाकर उठ बैठी।

इस कमीनी हरकत को देखकर मेरे तन-बदन में आग लग गई। मैं आवेश के मारे काँपने लगा। गुस्से से चीखा, ''तुम खुद जानवर हो। जंगली जानवर! तुम्हें शर्म नहीं आती एक सोती हुई औरत को लातें मार रहे हो! कमीने!''

मेरी तमतमाहट देखकर वह भौचक्का रह गया, फिर अपने को सँभालकर बोला, ''ज्यादा बकवास मत करो। ये सोने की जगह नहीं। लैट्रीन का रास्ता है। जो भी यहाँ सोएगा, हम उसको लात मारकर हटा देगा। सूअर कहीं का!''

वह स्त्री और उसका पति आँखें मलते हुए यह दृश्य देख रहे थे। स्त्री का चेहरा गुस्से में लाल हो रहा था, फिर भी वह खामोश थी। इस शोरगुल को सुनकर डिब्बे से दो-चार यात्री उठकर वहाँ आ गए। वह लड़का चाहता तो चुपचाप संडास में घुस जाता, मगर वह खड़ा आग्नेय नेत्रों से हमें घूरता रहा।

मैंने पाया कि लात की धमकी मेरे लिए असह्य थी। वह सामने चुनौती देता-सा खड़ा था। उससे भिड़ने की तैयारी मुझमें नहीं थी। वह बलवान था, मैं बलहीन। मुझे गांधीजी की याद आई। बस मैं किताब हाथ में पकड़कर संडासों के बीचवाले रास्ते में लेट गया। एक हाथ सिरहाने रखकर मैंने उसे ललकारा, ''ले, मैं यहाँ लेटा हूँ। अब तू मुझे लात मारकर उठा! मार, जितनी लातें मार सकता हो!''

मेरे इस दाँव को समझने में उसे कुछ समय लगा। उसने सहज ही मुझे उलाँघने के लिए पैर बढ़ाया। स्त्री यह समझकर कि वह मुझे लात मारने जा रहा है, बिफर पड़ी, ''गुंडे, बदमाश! तुझे रातभर हो गई लैट्रीन जाते! कब से तू मेरे को ठोकरें मार रहा है। तेरे घर में माँ-बहन नहीं हैं क्या? खबरदार, जो इनको छुआ भी! दूर हट!''

उसने जल्दी से अपना बढ़ा हुआ पैर वापस खींच लिया। पलभर में वहाँ यात्रियों की भीड़ इकट्ठी हो गई। उसके कई साथी भी आ गए। उनको देखकर उस लड़के का हौसला बढ़ा। उसने नथुने फुलाकर क्रोधपूर्वक कहा, ''हटो, हट जाओ लैट्रीन का रास्ता से। नहीं तो हम लोग तुमको उठाकर फेंक देगा।''

उसकी धमकी से सिहरकर पति महोदय ने मुझे समझाने के लिए कहा,

"भाईजी, छोड़िए भी, इसे संडास जाना है, तो जाने दीजिए। अपने को तो सफर काटना है किसी तरह।"

मैंने देखा कि पत्नी गुस्से से कुछ कहने जा रही है। उसके शील के रक्षार्थ मैं जल्दी से बोल पड़ा, "आपको मालूम नहीं है। आप तो सो रहे थे। आपकी 'वाइफ' के साथ इस गुंडे ने क्या सलूक किया है ? मैं इसे किसी हालत में यहाँ से गुजरने नहीं दूँगा।"

तमाशबीन यात्री भी लड़कों की व्याजस्तुति करने लगे। कोई जाकर कंडक्टर को उठाकर लाया। बात समझते ही कंडक्टर ने उस लड़के को डाँटा—"जानते हो एक लेडी से मिसबिहेव करने का नतीजा क्या हो सकता है ? अगले स्टेशन पर ये रिपोर्ट लिखवा देंगी तो बँधे-बँधे फिरोगे। सारी दादागिरी निकल जाएगी।"

कई लोग बोले, "रेलवे पुलिस बुलाओ।"

वह लड़का पुलिस के नाम पर ढीला पड़ गया—"पुलिस में हम भी रिपोर्ट लिखाएगा। आने दो। हम देखेगा! साला लैट्रीन जाने का रास्ता ब्लॉक करता है।"

एक सरदारजी बोले, "ओए, तू दूसरी तरफ नहीं जा सकता ? उधर भी बाथरूम है। यहाँ एक जनानी बैठी है तो उधर ही चला जा।"

एक बुजुर्ग बिगड़कर बोले, "दिल्ली से ही इन लोगों ने नाक में दम कर रखा है। कभी किसी हॉकर को पीटते हैं तो कभी मुसाफिरों को धक्के देते हैं। गाली से नीचे तो बात नहीं करते माँ के लाल। हद हो गई। गाड़ी क्या इनके बाप की है ? कोई पूछे इनसे ?"

लड़का मुँहजोरी में कम नहीं था, "हम ब्लैक में रिजर्वेशन किया है। तीस टका खरचा किया है सीट के लिए। जहाँ हमारा मरजी होगा, वहाँ जाएगा। ये अनअथराइज्ड पैसेंजर हमको बाथरूम जाने से रोक नहीं सकता।"

इस बार स्त्री दृढ़ स्वर में कंडक्टर से बोली, "आप पुलिस को बुलाइए। मैं इसकी रिपोर्ट करूँगी।"

वह बुजुर्ग बोले, "हम सब विटनेस हैं। गवाही देंगे।"

मामला बढ़ता देखकर लड़का सारी हेकड़ी भूल गया। झूठ-मूठ पाँव पटकता साथियों को पुकारता वापस डिब्बे की तरफ चला गया।

कंडक्टर ने मुसकराकर कहा, "नेताजी! उठिए, वह तो मैदान छोड़ गया। मान गए, भई, आप पक्के गांधीवादी हैं।"

एक सज्जन ने पूछा, ''क्या ये गांधीवादी हैं? इनके कपड़ों से तो नहीं लगता! ये तो टेरीकॉट डाले हैं!''

कंडक्टर मेरे हाथ से 'सत्य के प्रयोग' लेकर सबको दिखाते हुए बोला, ''अरे, कपड़ों से क्या होता है? यह देखिए, इनके हाथ में कौन सी किताब है?''

लोग ताज्जुब से कभी मुझको और कभी किताब को देखने लगे। मुझे अपने पास बैठाने के लिए होड़ सी लग गई। मैं सहसा सबकी नजर में सम्मानजनक व्यक्ति हो उठा। मैंने सीट देने के इच्छुक कृपालु सहयात्रियों से हाथ जोड़कर कहा, ''मुझे यहीं रहने दें। मेहरबानी करके इन बहनजी को अपने पास बिठा लें। देखिए, इन्हें इस हालत में इस गंदी जगह बैठना पड़ा है। बहुत तकलीफ पाई है इन्होंने।''

मेरी अपील का तुरंत असर हुआ। बहनजी और उनके पति को हाथोंहाथ ले जाया गया। मुझसे बहुत कहा-सुना गया, मगर मैंने सविनय नकार दिया। मेरे लिए सत्याग्रह स्थल ही ठीक था। मैं वहाँ बैठकर 'सत्य के प्रयोग' पढ़ने लगा।

गाड़ी अंधाधुंध दौड़ी जा रही थी। हिचकोले खाती। मुझे लग रहा था कि मेरे अंदर कुछ है, जो बाहर आने को छटपटा रहा है। धीरे-धीरे बेचैनी बढ़ती जा रही थी। बापू की किताब 'सत्य के प्रयोग' मेरे आगे थी, मगर चित्त एकाग्र नहीं हो रहा था। ऐसी भावना जैसे मैले गंदे हाथों में मैंने कोई पवित्र चीज पकड़ रखी हो!

मेरे पास से जाकर कंडक्टर ने डिब्बे के यात्रियों को मेरी नकली व्यथा-कथा सुनाकर मुझे और अधिक आहत कर दिया था। इस शहर में रहनेवाले कई लोग आकर सहानुभूतिपूर्वक मुझे तसल्ली दे गए कि मैं फिक्र न करूँ। भाई को ढूँढ़ने में वे मेरी मदद करेंगे।

मैंने पाया कि मन की बेचैनी धीरे-धीरे ग्लानि में बदलती जा रही है। यह सही था कि मैंने निर्बल होते हुए भी एक बलशाली समूह पर विजय पाई थी, मगर यह विजय जल्दी ही एक ऐसी पराजय में बदल गई, जो सिर्फ मेरे तक ही सीमित थी। इससे निजात पाने का एक ही तरीका था।

गाड़ी जैसे ही अगले स्टेशन पर रुकी, मैं झटके से अपना एयरबैग लेकर उठ खड़ा हुआ। प्लेटफॉर्म पर उतरकर कंडक्टर को खोजने लगा। थोड़ी ही देर बाद वह एक टी स्टाल पर चाय पीता नजर आया। मैंने उसके पास जाकर कहा,

"सुनिए! मैंने झूठ बोला था। मेरा कोई भाई कहीं नहीं भागा है, मैंने सिर्फ गाड़ी में जगह पाने के लिए यह नाटक किया।"

वह हक्का-बक्का होकर बोला, "क्या! क्या तुम्हारा भाई नहीं भागा है?"

"नहीं, मैंने आपसे झूठ बोला। क्या आप मुझे इसके लिए माफ कर सकते हैं? बड़ी कृपा होगी। अब मैं उस डिब्बे में नहीं बैठूँगा, जनरल कंपार्टमेंट में जा रहा हूँ।"

"ताज्जुब है साहब! खैर, क्या फर्क पड़ता है! मेरी ड्यूटी तो यहीं तक थी। यहाँ से दूसरा कंडक्टर डिब्बे में चलेगा।"

"देखिए, मैं जनरल डिब्बे में जा रहा हूँ। सिर्फ आपसे माफी माँगने आया था। निश्चित रूप से आप बहुत उदार और सहृदय व्यक्ति हैं। अच्छा चलूँ।"

"अरे, सुनिए तो! कमाल की चीज हैं आप भी। रेल की नौकरी में नित नए अजूबे देखते हैं, मगर आपने तो सब को मात कर दिया। खैर, जनरल डिब्बे में क्यों जाते हैं? मैं यहाँवाले कंडक्टर से कह देता हूँ, वह आपको आराम से वहाँ तक ले जाएगा।"

मैंने हाथ जोड़कर उससे साग्रह विदा ली। जनरल डिब्बे के दरवाजे पर धक्का-मुक्की हो रही थी। कोई भी अंदर नहीं आ पा रहा था। मैं भी भीड़ में शामिल हो गया। सहसा एक जोरदार रेला आया और ज्वार में बहते आदमी की तरह जाने कब मैं अपने आप डिब्बे के अंदर पहुँच गया। उस डिब्बे में भीड़ बहुत ज्यादा थी। आदमी पर आदमी चढ़ा था। भीषण उमस और गरमी थी, मगर एक खुलापन था। निर्दोषता थी। मैंने बाकी सफर एक टाँग पर खड़े होकर 'सत्य के प्रयोग' पढ़ते हुए तय किया।

□

आगे ही नहीं, पीछे भी

अजीब उधेड़-बुन में फँसे हैं सी.एल. धनुष। वे चाहें तो चुटकी मारते ही इस ऊहापोह से बाहर निकल आएँ, भुला दें अपने अतीत को, उस कम्बख्त चिरौंजी को, जो प्रेतबाधा की तरह इन दिनों उन्हें सता रहा है। शोभा भी यही चाहती है कि अब पीछे मुड़कर नहीं देखा जाए, तीस-बत्तीस साल में उन दोनों ने अपने अतीत से, घर-गाँव से, कुटुंब से जोड़नेवाले बारीक से बारीक रेशों को चुन-चुनकर काट लिया है। पूर्वजों और परंपरा से कटकर रहना सहज नहीं होता, परंतु सी.एल. धनुष ने अपनी प्रतिभा, लगन और मेहनत से अपनी जिंदगी के ताने-बाने के लिए रेशम का सूत काता। रेशम के कीड़े की तरह, निरंतर लहूलुहान होते हुए, छपरैंदा गाँव की प्राइमरी पाठशाला से लेकर नामी विश्वविद्यालय तक और साधारण किरानी से आला अफसर तक जो दुर्द्धर्ष संघर्ष किया, उसमें फटेहाल चिरौंजी का इसी जून में पुनर्जन्म जनाब सी.एल. धनुष के रूप में हुआ। खल्ला गाँव की जुओं से भरे सिरवाली सोभिया भी पति के साथ कदम-से-कदम मिलाकर आगे बढ़ती गई। ग्रैजुएट, महिला क्लब में फर्राटे से अंग्रेजी बोलनेवाली शोभा को अब पुराने दिनों के जिक्र से भी चिढ़ होती है। होनी भी चाहिए, इस गलीज अतीत से पीछा छुड़ाने के लिए कितनी तपस्या की थी उन दोनों ने, इस बात को उनके बच्चे कभी समझ सकेंगे, कभी-कभी यह सवाल उनके मन में उठता। दो पुत्र ज्ञान-विज्ञान और एक पुत्री थी मेधा। तीनों प्रतिष्ठित पब्लिक स्कूल में पढ़े। अब ज्ञान बी.एससी. में था, मेधा इंटर में और विज्ञान हाईस्कूल में। पढ़ने-लिखने में तीनों अच्छे चल रहे थे, लेकिन सी.एल. को उस समय बहुत आघात पहुँचा, जब लगातार दो वर्षों तक इंजीनियरिंग प्रवेश परीक्षा में, बावजूद कोचिंग और एड़ी-चोटी का जोर लगाने के, ज्ञान सफल नहीं हो सका।

इस वर्ष बी.एससी. के साथ-साथ फिर से इंजीनियरिंग प्रवेश परीक्षा की जोरदार तैयारी चल रही थी, फिर भी सी.एल. आश्वस्त नहीं थे। अगर ज्ञान औसत दर्जे का छात्र होता तो उन्हें बुरा नहीं लगता, लेकिन अब प्रतियोगिता का स्तर संभवत: उनके दिनों के मुकाबले बहुत ऊपर उठ चुका था। मेधा होटल मैनेजमेंट कोर्स की प्रवेश-परीक्षा की तैयारी कर रही थी। सप्ताह में दो दिन कोचिंग के लिए जाती थी। अतीत से कटने के लिए लड़की का आत्मनिर्भर और सर्वगुण संपन्न होना जरूरी था, तभी कोई सपनों का राजकुमार घोड़े पर सवार होकर आ सकता था, उनके द्वार। ज्ञान को लेकर भले ही सी.एल. का आत्मविश्वास कुछ डिग गया हो, शोभा को मेधा पर पूरा भरोसा था। उसके प्रोत्साहन का ही परिणाम था कि मेधा एन.सी.सी. खेल-कूद और नृत्य-अभिनय आदि में हमेशा कोई-न-कोई पदक या पुरस्कार लाती रही। तीनों बच्चों में विज्ञान ही था, जो फिलहाल इन कॅरियर संबंधी चिंताओं से मुक्त था।

गृहस्थी में इस प्रकार की छोटी-बड़ी चिंताएँ लगी रहती हैं। धनुष परिवार ही इसका अपवाद भला क्योंकर होता? कुल मिलाकर सी.एल. धनुष की तुलना उस परिश्रमी और भाग्य के धनी माली से की जा सकती है, जिसकी बगिया में हर तरह के फूल-ही-फूल थे और फल लगनेवाले थे। इसके लिए जितनी अच्छी देखभाल, गुड़ाई-निराई और खाद-पानी किया जा सकता था, वे कर रहे थे। जीवन-चक्र अपनी मंथर गति से यों ही चलता रहता कि सहसा सदियों से नींद में गाफिल पड़ी सामाजिक चेतना ने एक अँगड़ाई ली और अर्द्धोन्मीलित नेत्रों से बीसवीं सदी को विदा होते हुए देखा। बस फिर क्या था, चारों तरफ खलबली मच गई। कोहराम इतना कि कानों के परदे फट जाएँ। बेचैनी का सैलाब उमड़ पड़ा। इस अफरातफरी में यह किसी ने नहीं देखा कि चेतना फिर गहरी नींद सो गई थी।

समय के इसी भँवर में फँसकर बेचैन हुए सी.एल. धनुष। हमेशा की तरह उतर रही थी शाम अफसर-बँगलों पर। इस समय माली सतर्क हो जाते हैं, खुशनुमा लॉन और कुंज अमीर मालिकों की राह देखने लगते हैं। लेकिन धनुष दंपती अंत:पुर से बाहर निकले ही नहीं। पीछे सर्वेंट क्वार्टरों में बच्चों के खेल-कूद और दीया-बत्ती की तैयारी की चहल-पहल न होती तो सन्नाटे में डूब जाता वह बँगला। ज्ञान-विज्ञान और मेधा घर में नहीं थे।

बँगले की सलीकेदार नौकरानी सुशीला चाय लेकर अंत:पुर में दाखिल हुई। वह सी.एल. के दफ्तर के चपरासी रामभरोसे की पत्नी थी। ये लोग बरसों से

धनुष परिवार की खिदमत करते हुए सर्वेंट क्वार्टर में रह रहे थे। महिला क्लब के प्रौढ़ शिक्षा कार्यक्रम के अंतर्गत शोभा ने सुशीला को लिखना-पढ़ना सिखाया और बच्चों को पढ़ाने के लिए हमेशा प्रोत्साहित किया। रामभरोसे तो हाईस्कूल से आगे अपने लड़के रमेश को पढ़ाना नहीं चाहता था, परंतु बीबीजी के सहारे सुशीला ने उसे इंटर में दाखिला दिला ही दिया। रमेश ज्ञान के पुराने कपड़े पहनते हुए बड़ा हो रहा था और उसकी ही पुरानी किताबों के सहारे क्लास-दर-क्लास पढ़ता गया।

सुशीला को देखकर दोनों चुप हो गए। वह चली गई तो शोभा ने कहा, "दिस रिमाइंड्स मी, सुशीला कह रही थी कि उसका बेटा इस बार आई.आई. टी. एंट्रेंस एग्जाम में बैठना चाहता है, सौ रुपए एडवांस माँग रही थी, दे दूँ?"

धनुष हैरान होकर बोले, "क्या कह रही हो! रमेश, रमेश आई.आई.टी. में जाएगा? देख रही हो इन स्पाइट ऑफ बेस्ट एफर्टस, अपना ज्ञान लगातार दो बार रह गया। मेरिट में नहीं आ सका तो बेचारा रमेश कैसे कंपीट करेगा? आक्स हर टू फोरगेट इट, सौ रुपए पानी में डालने हों तो और बात है।"

"लो, अभी खुद ही इसको लेकर बहस कर रहे थे और खुद-ही पूछ रहे हैं कि रमेश कैसे मेरिट में आ जाएगा? सामाजिक-चेतना नींद से जागती है तो ऐसे चमत्कार हो जाते हैं। न भी हो, मगर उम्मीद तो हुई है।"

सी.एल. धनुष ने सुना और गहरे सोच में डूब गए।

कुछ देर चुप रहने के बाद शोभा ही बोली, "आप क्यों फिक्र करते हैं? क्या आपके पिताजी ने ऐसी फिक्र की थी? ज्ञान-विज्ञान भी आपकी तरह ही अपनी जगह ढूँढ़ लेंगे। ज्ञान दो बार कंपटीशन में रह क्या गया, आप तो एकदम निराश हो गए।"

धनुष गंभीरता से बोले, "शोभा, तुम या तो समझ नहीं रही हो या समझ-बूझकर अनजान बनी हुई हो। यह एक भयावह स्थिति है।"

"कैसी भयावह स्थिति? ऐसा कौन आसमान टूटकर गिरनेवाला है?"

"शोभा, जरा सोचो, एज यू से कि चमत्कार से ही सही, मान लो रमेश आई.आई.टी. में चला जाता है और अपना ज्ञान रह जाता है, तब तुम्हें कैसा लगेगा?"

"आप उनके टेलेंट पर भरोसा क्यों छोड़ बैठे हैं? आखिर आपके ही बेटे हैं, कुछ-न-कुछ करेंगे ही।"

"नो-नो! लिसिन शोभा! जो फैसिलिटी रमेश को मिलने जा रही है, वह

ज्ञान-विज्ञान को भी मिल सकती है। बाहर हम चाहे जो भी दिखाते रहें, पर अंदर तो यह बात मन में आती ही है। समय के साथ-साथ बदलते रहना ही प्रगतिशीलता है। इस झूठी शान में क्या रखा है, सोचो, इसपर सोचा नहीं तो...''

''नहीं तो? क्या हो जाएगा? क्यों रुक गए बोलते-बोलते?''

''कहा नहीं जा सकता। वह जमाना अब नहीं है कि थोड़ा सा अबव एवरेज हुए कि प्रतियोगिता में निकल गए। अब लाखों शिक्षित युवक छोटी-छोटी नौकरियों के लिए भटक रहे हैं। जरा कल्पना करो।'' कहते-कहते वे उत्तेजित हो उठे, ''कहीं, ऐसा न हो कि सर्वेंट क्वार्टर में पलनेवाला रमेश कल ऐसे ही किसी बँगले में रहने लगे और ज्ञान-विज्ञान को सिर छिपाने की जगह न मिले।''

सुनकर स्तब्ध रह गई शोभा, उसे कर्मठ और चतुर पति पर जरूरत से ज्यादा भरोसा था, नाज था। वह ऐसी पलायनवादी मनोवृत्ति प्रदर्शित करे, इसे सहन न कर पाने के कारण उसकी बड़ी-बड़ी आँखें डबडबा उठीं।

धनुष समझ गए, लोहा गरम है। अभी ही घन चलाना चाहिए।

आँसुओं को अनदेखा करते हुए बोले, ''अभी भी कुछ नहीं बिगड़ा है, बस एक बार लौटकर अपने गाँव जाना होगा। पेरेंट्स के गुजर जाने के बाद भले ही हमने अपने आप को गाँव से पूरी तरह काट लिया हो, परंतु गाँव थोड़े ही भुला सका होगा। प्रधान या सरपंच जो भी हो, खुशी-खुशी सर्टिफिकेट दे देगा। उसके बेसिस पर डी.एम. के यहाँ से पक्का कागज मिल जाएगा। फिर भगवान् ने चाहा तो ज्ञान, मेधा और विज्ञान जिंदगी की दौड़ में बहुतों को पीछे छोड़कर निकल जाएँगे।''

शोभा ने मुँह बनाकर कहा, ''और लोग क्या कहेंगे? यहीं देखना, ऑफिसर कॉलोनी में तमाम तरह की बातें उड़ेंगी। अभी तक तो स्टेटस बनाकर रखा है, जो इज्जत है, सब धूल में मिल जाएगी। उफ!''

''देखो, लोग अभी भी पीठ पीछे तमाम कयास लगाया करते हैं। इस कूपमंडूक समाज में अपने अतीत से कटना किसी के लिए भी आसान नहीं हो सकता। ज्ञान-विज्ञान की नौकरी की चिंता छोड़ भी दें, तो मेधा के भविष्य पर तो विचार करना ही पड़ेगा। कोई जरूरी नहीं कि जात-पाँत में यकीन न रखनेवाला सुयोग्य युवक उसके जीवन में आ ही जाएगा। नहीं कुछ हुआ तो बिरादरी में ही कोई पढ़ा-लिखा अच्छा लड़का देखना होगा। कहने का मतलब, हमें लौटना ही पड़ेगा अपनी रूट्स ही तरफ।''

शोभा दु:खी मन से बोली, "तुम जैसा ठीक समझो, करो। हाँ, आज तक यहाँ-वहाँ लेडीज के बीच मैं जो भी झूठ-सच बोलती रही हूँ, उसको देखते हुए शायद ही किसी को मुँह दिखा सकूँ। और तो और, सर्वेंट्स के बीच भी वह इज्जत नहीं रह जाएगी।"

धनुष मन-ही-मन प्रसन्न हुए। पिघली तो सही, "तुम घबराती क्यों हो? किसी से कहने-सुनने की कोई जरूरत नहीं है। मुझे कॅरियर में जो मिल सकता था, वह मिल ही चुका है। मुझे डिक्लेयर करने की कोई जरूरत नहीं है। इस सर्टिफिकेट का उपयोग तो ज्ञान, विज्ञान और मेधा के सुनहरे भविष्य के लिए करना है। खैर, यह सब तुम मुझ पर छोड़ दो।"

"लेकिन बच्चों को तो बताना ही पड़ेगा। उनपर जाने क्या असर पड़े, इस बात का! उन्हें तो कुछ पता ही नहीं है कि उनके दादा-दादी कैसी जिंदगी जीते रहे हैं।"

"देखो, सचाई को छुपाया नहीं जा सकता। बच्चे अभी नहीं तो बड़े होकर कभी-न-कभी जान ही जाएँगे। फिर उन्हें मतलब भर की बात बताना। पूरी रामायण सुनाने की क्या जरूरत है? ठीक है, लेट मी गो अहेड। फार्म वगैरा भरने का सही समय आ रहा है।"

शोभा रुआँसे स्वर में बोली, "सुनिए, ऐसा नहीं हो सकता कि अपना ज्ञान बहुत मेहनत से पढ़े, कोई अच्छी कोचिंग ज्वॉइन कर ले। कुछ भी कर ले, जिससे कि इस जलालत से बचा जा सके। हम सब ऐसे ही बने रहें।"

सी.एल. धनुष के अट्टहास से कमरा गूँज उठा। ऐन मौके पर शोभा ने जिद की, मैं भी गाँव चलूँगी।

□

सिर आँखों पर बिठाया गाँव ने उन्हें। एक ही क्षण में तीस-बत्तीस साल की गर्द झड़ गई। उन्हें सब पहचानते थे, कुछ तो उनकी सामाजिक प्रतिष्ठा और हैसियत के बारे में भी जानते थे। प्रधानजी की बैठक में सी.एल. उर्फ उस गाँव के भूतपूर्व बाशिंदे चिरौंजी का जोरदार स्वागत-सत्कार हुआ। ग्राम पंचायत ने दोपहर बाद ग्रामीणों की एक सभा आयोजित की, जिसमें सी.एल. को बतौर मुख्य अतिथि भाषण देना पड़ा। उनके स्वागत में बोलते हुए प्रधानजी ने गाँववालों की ओर से करबद्ध निवेदन किया कि "आप तो इतने ऊँचे ओहदे पर शोभायमान हैं। इस गाँव के पढ़े-लिखे युवक रोजगार की तलाश में भटकते हुए निराश हो गए

हैं। अगर आप कृपा करके इनमें से कुछ को नौकरी दिलवा सकें तो गाँव भर में आपके गुण गाए जाएँगे। सभी उम्मीदवारों के प्रार्थना-पत्र आपकी सेवा में आपके रवाना होने से पहले प्रस्तुत कर दिए जाएँगे, इत्यादि।''

सी.एल. मन में सोचने लगे, 'मैं खुद इसी चक्कर में यहाँ आया हुआ हूँ! खैर, इस स्वागत वगैरह के बाद प्रधान से किस मुँह से अपने मतलब की बात कहीं जाए। कैसे कहा जाए कि तीन दशक पहले जैसा मैं था, उसके आधार पर एक प्रमाण-पत्र दे दो।' यह ऊहापोह ज्यादा नहीं रही। अफसरी ने उन्हें मतलब निकालने की कला अच्छी तरह सिखा दी थी। उन्होंने ग्राम प्रधान को अलग से जाकर कहा और पलक झपकते ही काम हो गया।

विदा होने लगे तो नाना प्रकार की ग्रामीण सौगातों से कार की डिकी भर गई, गुड़, तिल, खटाई, आँवले, उड़द, धनिया और जाने क्या-क्या! दस-बारह हस्तलिखित अर्जियाँ भी नौजवानों ने उनके हाथ में रखीं। गाड़ी में बैठने के पहले शोभा से गले मिल-मिलकर गाँव की औरतें खूब रोईं। किसी तरह औपचारिकताएँ पूरी हुईं तो सी.एल. ने गाड़ी बढ़ाई। ''चलो, पीछा छूटा!'' उन्होंने पसीना पोंछते हुए कहा।

गाड़ी अभी कच्चे में ही थी कि शोभा रोने लगी। अचकचाकर उन्होंने गाड़ी रोक दी, ''डियर, क्या हुआ। तबीयत घबरा रही है क्या?'' आखिर बेचारी सुबह से गाँववालों को झेल रही है।

कुछ हिचकिचाँ लेने के बाद शोभा ने रोष प्रकट किया, ''हम लोग गाँव में अपना घर देखने तक नहीं गए। टूटा-फूटा झोंपड़ा ही सही, है तो पुरखों की निशानी।'' सी.एल. ने धीरे से कहा, ''हाँ, हमें जाकर देखना चाहिए था। हो सकता है, कच्चा मकान गिर गिरा गया हो, मगर क्योंकि कोई रहनेवाला तो बचा नहीं। होता तो गाँववाले खुद ही दिखाने ले जाते।''

इसी भारी वातावरण में शोभा ने कुछ संकोच दिखाते हुए कहा, ''मैं सोच रही हूँ, जब यहाँ तक आए ही हैं तो कुछ देर के लिए मेरे गाँव भी हो लेते। माँ-बाबा न सही, चाचा-चाची तो होंगे। मिल लेते उनसे भी।''

वे कुछ घबराए, ''देखो, शाम होने में ज्यादा देर नहीं है। खल्ला जाने का रास्ता तो और भी खराब है। फिर कभी देखेंगे।''

लेकिन शोभा ने आग्रह किया तो वे मान गए। तय हुआ कि रात शोभा के गाँव में ही बिताएँगे। सत्तर-अस्सी किलोमीटर का घुमावदार रास्ता था। कुछ दूरी

तक तो स्मृति के सहारे चले, फिर पूछ-पूछकर।

अँधेरा घिरने लगा था। उन्हें लगा कि वे रास्ते से भटक गए हैं। सामने एक नितांत अजनबी सा गाँव था। एक किसान के यहाँ गाड़ी रोकी और पूछताछ की। सचमुच गलत दिशा में आ गए थे वे। किसान ने पथ-प्रदर्शन के लिए अपने लड़के को उनके साथ भेजने की पेशकश की। जलपान के लिए भी आमंत्रित किया, क्योंकि वह लड़का उस समय भैंसें दुह रहा था।

शोभा ने अपनी बास्केट से चाय की पत्ती निकालकर दी और उनके लिए दो गिलासों में लाया गया दूध वापस भिजवाया।

चाय आने और पी जाने के दौरान किसान ने पूछा, ''साहब! सुनते हैं कि सरकार हमारे लोगन को नौकरियाँ बाँटनेवाली है, क्या यह सच है, साहब?''

सी.एल. हँसकर बोले, ''कहाँ से सुन लिया आपने? आप लोग खेती-बाड़ी में लगे हैं, क्या करेंगे नौकरियों का?''

''खेती में क्या रखा है साहब? एक-एक घर में चार-चार लड़के बैठे हैं, बरफी के से टुकड़े कट जाएँगे जमीन के तब? कुछ नौकरी पा जाएँ, कुछ खेती में रहें तभी गुजारा है।''

सी.एल. धीरे से बोले, ''आप ठीक कहते हैं, लेकिन शहरों में भी अब नौकरियाँ रह कहाँ गई हैं? एक अनार सौ बीमार वाली हालत है।''

''साहब! हमारा छोटा भाई आठवीं पास करके शहर चला गया था। वहाँ किसी आप जैसे बड़े साहब की सेवा-टहल में है। उन्होंने नौकरी दिलवा दी, रहने को जगह दे दी अपने बँगले में। सो हर तरफ से सुखी है। उसी की चिट्ठी आई थी कि अब हमारे लोगों को सरकारी नौकरियाँ मिलेंगी। उसके साहब की मेहरबानी से उसके लड़के-बिटवा भी पढ़-लिख रहे हैं, तो यह है शहर की महिमा! गाँव में तो लिखने-पढ़ने का माहौल ही नहीं है।''

यह सुनकर सी.एल. धनुष चौंके, ''क्या नाम है आपके भाई का?''

''रामभरोसे, साहब। वह अपने लड़के को किसी ऊँची पढ़ाई में भेजना चाहता है। इसके लिए ग्राम पंचायत से कागज बनवाकर भेजना है, तभी उसे दाखिला मिलेगा। हमने कागज बनवा लिया है, पर भेजें कैसे? यहाँ तो डाकिया हफ्ते-दस दिन में चक्कर लगाता है। कोई शहर जानेवाला मिलता तो उसके हाथ भिजवा देते।''

कार में बैठकर उन्होंने किसान से कहा, ''लाओ, वह कागत हम रामभरोसे

को पहुँचा देंगे। उसके साहब को हम जानते हैं।''

रमेश का चचेरा भाई सहमा-सकुचा सा उनकी कार में बैठा था। वह रमेश से लगभग उतना ही पीछे था, जितना रमेश ज्ञान से। घटनाक्रम पर संजीदा हुए बगैर नहीं रह सके। उनकी जेब में ग्राम पंचायतों द्वारा जारी किए गए एक जैसे प्रमाण-पत्र थे, जिनकी बदौलत जिंदगी की दौड़ में शामिल दो धावकों के बीच का अंतर कभी भी मिटनेवाला नहीं था।

□

वह नहा-धोकर जैसे ही नाश्ते के लिए बैठे, अखबार पर उनकी नजर गई...एक मोटी हेडलाइन थी, 'शिक्षा संस्थाओं में प्रवेश के लिए रियायत नहीं।' यह स्पष्टीकरण पूर्व घोषित सामाजिक चेतना जाग्रत् होने के संदर्भ में था। उन्हें लगा, जैसे ताश के पत्तों की बनी उनकी किलेबंदी सहसा ढह गई।

उन्होंने शोभा से कहा, ''येल्लो, हो गया खेल खत्म! सारी भागदौड़ बेकार गई। इंजीनियरिंग एंट्रेंस एग्जामिनेशन में हम लोगों को कोई छूट नहीं मिलेगी। हुँह!''

''हे राम, आपने तो आफत मचा डाली। सब्र से काम लेना था। यह मालूम होता तो गाँव जाते ही नहीं। अब देर-सबेर रामभरोसे को सब पता चल जाएगा, फिर देखना पूरी कॉलोनी न जान जाए तो! नौकरों के पेट में कोई बात पचती है क्या?''

''मारो गोली नौकरों और कॉलोनी को। मुझे तो गुस्सा इन लोगों पर आ रहा है। बेकार हैं ये सब वोट-बटोरू घोषणाएँ। अरे, जब तक पढ़ाई में छूट नहीं दोगे, तो नौकरी के लिए कोई क्वालीफाई ही नहीं करेगा। कुछ देना ही था तो यहाँ देते। ख्वाहमख्वाह बेकार ही बेवकूफ बने।''

''अब तो ज्ञान को भी जी-जान से जुटना होगा। तभी कुछ होगा।''

''और क्या, इन्होंने तो दिखा दिया ठेंगा। ज्ञान, विज्ञान, मेधा तीनों को मेरी तरह ही संघर्ष करके अपनी जगह बनानी पड़ेगी। शायद बना भी लें, लेकिन शोभा, आइ एम सॉरी टू टैल यू कि बेचारे रमेश के लिए कोई चांस नहीं दिखाई देता। खैर, अभी तुम कुछ कहना नहीं। दिल टूट जाएगा रामभरोसे का।''

जब घोषणा पर वाद-विवाद समर्थन-विरोध, आंदोलन...शमन का लंबा सिलसिला चलता रहा, जिससे निरपेक्ष सी.एल. धनुष और रामभरोसे ने पंचायत की तहरीर के आधार पर पक्के प्रमाण-पत्र बनवाकर रख लिये।

भविष्य में किसी भी संभावित उपयोग के लिए।

अफसर कॉलोनी में धीरे-धीरे चर्चा जोर पकड़ने लगी कि धनुष साहब सचमुच के धनुर्धर नहीं हैं। जैसा कि अपने अभिजातपूर्ण व्यवहार से दर्शाते रहे हैं। मियाँ-बीबी कुछ झेंपे-झेंपे से हो गए। पोंगापंथी समाज की कटावपूर्ण निगाहों की आशंका समझिए कि और कुछ, उन लोगों ने क्लब जाना लगभग बंद ही कर दिया।

एक शनिवार की शाम मान-न-मान मैं तेरा मेहमान की तर्ज पर दो सहकर्मी अफसर सपत्नीक उनके घर आ धमके।

कुछ देर तक इधर-उधर की बातें चलीं, फिर मि. शर्मा ने कहा, "अरे, भई क्या बात हुई कि आप लोगों ने आना-जाना ही बंद कर दिया? हफ्तों हो गए आपको क्लब में नजर आए! हम लोग इसीलिए आए हैं, सब खैरियत तो है?"

धनुष तो चुप रहे। शोभा ने बहाना बनाया, "इधर पिछले दिनों से इनकी तबीयत कुछ ढीली चल रही है। लो बी.पी. की वजह से वक्त-बेवक्त डिप्रेशन हो जाता है। अब ऐसी हालत में कहाँ जाएँ?"

मिसेज वर्मा बोलीं, "बी.पी. तो हमारे इनका भी लो हो रहा था। उसी कम्बख्त सामाजिक चेतना के जाग्रत् होने के चक्कर में।"

मि. शर्मा ने कहा, "खामोखाँ गुनाह बेलज्जत हुआ। न खुदा ही मिला न बिसाले सनम। मगर इसमें डिप्रेस्ड होने की क्या बात है डियर?"

मिसेज शर्मा ने व्यंग्यपूर्वक कहा, "मुरादाबादी कलई जो उतर गई।"

शोभा हैरान होकर कभी मिसेज शर्मा का मुँह देखे तो कभी मिसेज वर्मा का, जब नहीं रहा गया तो पूछ ही बैठी, "बहनजी, क्या आप लोग भी?"

मिसेज वर्मा हँसकर बोलीं, "जी हाँ, हम भी वही हैं, जो आप हैं।"

मिसेज शर्मा ने नाटकीय ढंग से घोषणा की, "सो लेडीज एंड जेंटिलमैन! लेट अस सेलिब्रेट इट!"

उस रात देर तक छतफाड़ ठहाकों से गूँजता रहा वह बँगला।

हर बार ट्रे हाथ में लेकर अंदर दाखिल होने से पहले परदे के पीछे ठहरकर महफिल का हाव-भाव मालूम करती रहनेवाली सलीकेदार नौकरानी सुशीला तो इतनी खुश होकर दौड़ी फिर रही थी कि कुछ पूछिए मत।

□

दबंग

जाड़े की एक गुनगुनी दोपहर थी। बरामदे में बैठा कुछ पढ़ रहा था कि पहली बार उनका फोन आया। मोबाइल के स्क्रीन पर नंबरों की एक अजनबी पंक्ति उभरी। जल्दबाजी भरे अंदाज में एक नारी स्वर ने मेरा नाम पुकारा। ताकीद होने पर उधर से लंबी साँस छोड़कर कहा गया, "शुक्र है, आप मिले तो! जाने कहाँ-कहाँ भटका दिया आपके दफ्तरवालों ने।"

मैंने पूछा, "आप कौन बोल रही हैं?"

"अरे भैया मैं सलिला हूँ। सलिला ठाकुर···अब तो पहचान लिया न?"

मैंने स्मृति को टटोला तो एक क्षीण झलक किसी कोने से उभरी और तुरंत ही बिला गई, "माफ कीजिए! मैं आपको पहचान नहीं पा रहा हूँ।"···मुझे बीच में ही काटकर उधर से उलाहने के स्वर में कहा गया, "अच्छे भाई हैं आप! छोटी बहन को नहीं पहचानते? अरे भई, मैं सलिला हूँ, कथाकार, लघुकथाकार और बाल साहित्यकार। हर महीने तो आप किसी-न-किसी पत्रिका में मेरा चित्र देखते हैं, कहानी पढ़ते हैं, मगर फोन पर हाजिर हूँ तो अनजान बन रहे हैं। वाह-वाह!!"

"सॉरी, वेरी सॉरी सलिलाजी, अब मुझे ध्यान आ गया। आप (अमुक शहर) में रहती हैं न!"

"चलो, आपने पहचाना तो! लगता है आप अपनी ही धुन में रहते हैं, नहीं तो सच कहती हूँ भैया···पूरा हिंदी-जगत् मुझे जानता है। जितने भी छोटे-बड़े लेखक-संपादक हैं, हमेशा दीदी-दीदी लगाए रहते हैं। ···के पिछले अंक में ही कहानी 'मैं चुप नहीं रहूँगी' छपी है, जिस पर देश-विदेश से कम-से-कम पचास लेटर आए हैं। एक कहानी 'साहित्योदय' में, एक 'विमर्श' में···कहाँ तक

गिनाऊँ। खैर, भैया फोन तो इसलिए किया है कि मेरी कहानी कब छाप रहे हो?''

मैंने फिर दिमाग पर जोर डाला, लेकिन स्क्रीन ब्लैंक था। पूछा, ''कौन सी कहानी, सलिलाजी?'' मेरी नजरों से तो नहीं गुजरी आपकी कोई रचना। क्या शीर्षक था उसका?''

''अरे भैया, बनो मत! क्यों अपनी छोटी बहन को तंग करने में बहुत मजा आता है। स्वीकृत किए बैठे हो और अनजान बन रहे हो? जल्दी छापो न उसे!''

अब मेरे कान खड़े हुए, ''आप यह क्या कह रही हैं? कहानी का शीर्षक बताइए।''

''अरे भई, वही 'कुँवारी माँग का सिंदूर', जिसे पढ़कर आप गमगीन हो गए थे। आप किसी से कुछ बोले बगैर ऑफिस से घर चले गए थे।''

''लगता है आप हँसी-मजाक के मूड में हैं। मैंने इस नाम की कहानी देखी भी नहीं है।...और आपको कैसे पता कि मैं उसको पढ़कर घर चला गया था?''

''अरे जनाब! हम बहनें अपने भाइयों की नस-नस से वाफिक होती हैं। मैंने छुपकर ऑफिस में स्टाफ से बात करके सब पता कर लिया है। खैर, आप कहते हैं कि नहीं पढ़ी तो मान लेती हूँ। आज उसे पढ़ लीजिए, कल इसी समय फिर फोन करके पूछूँगी। ठीक है भैया। बाय!'' और फोन कट गया।

दफ्तर में कहानी थी। पढ़ी, उसका कुछ सिर-पैर समझ में नहीं आया। एक खेदपूर्ण पत्र लिखा, सविनय दूसरी कोई रचना सुविधानुसार भेजने का अनुरोध किया। अगले दिन क्या, हफ्ते भर उनका उनका कोई फोन नहीं आया, लेकिन चौथे-पाँचवें दिन कूरियर से कहानी आ गई। साथ में नेह में डूबा पत्र—कितना प्यारा-पत्र लिखता है मेरा भाई। अरे, कहानी पसंद नहीं आई तो खिसियाने की क्या जरूरत है? बहनें तो हमेशा ही भाई का मंगल चाहती आई हैं। ऐसी हजार कहानियाँ कुरबान हैं मेरे भैया पर। इस बार ऐसी कहानी भेज रही हूँ, जिसे मैंने रो-रोकर लिखा है। कहानी लिखते हुए तीसरे दिन जब रेखा की मौत हुई तो जैसे मन का बाँध टूट गया। मैं सिसक-सिसककर रोई, बेहाल हो गई तो डॉ. साब (तुम्हारे जीजाजी) ने एंटी डिप्रेसेंट गोली खिलाकर सुला दिया। रात को बड़े शौक से बनवाया हुआ उनका मनपसंद बटर चिकन धरा-का-धरा रह गया। तो ऐसा है हम छोटी बहनों का दिल! अब पढ़ो और छापो इसे। मेरी सलाह मानो तो इसे ऑफिस में मत पढ़ना, घर लौटकर और खाना-वाना खाकर पढ़ना।

हमने तो बटर-चिकन फिर अगले रोज खाया। भैया, तुम वेज हो या नॉन वेज?

कहानी थी—'देहरी पर, थके पाँव'। शीर्षक पढ़कर आस जगी कि इस बार शायद यह हृदयग्राही, मर्मबेधक कथा हो। क्या हुआ अगर बहन बतक्को है, क्या पता इसके आँसुओं में ज्यादा क्षार हो! कहानी को सचमुच घर ले आया और डिनर के बाद पढ़ने बैठा। पहला पृष्ठ पढ़ते-पढ़ते समझ में आ गया कि बहनजी टी.वी. चैनल पर बढ़ती हुई टी.आर.पी. वाले सीरियल खूब देखती हैं और वही इन्हें थोक भाव से कथासूत्र मुहैया कराते रहते हैं। किसी तरह कहानी पढ़कर खत्म की। इतनी ख्यात और पत्रिकाओं की चहेती कथाकार की सीमाओं ने बहुत दु:खी किया। अगले दिन एक किंचित् लंबा पत्र उन्हें लिखा कहानी की शव-परीक्षा करते हुए; भाषा और शिल्प की कमजोरियों का सोदाहरण उल्लेख करते हुए। परामर्श भी दिया कि कथ्य उत्पादित मत करिए, आस-पास की जीवन-स्थितियों से सीधे उठाइए। पत्र और कहानी को लिफाफे में बंद करके चैन की साँस ली।

इस बार फोन आया। लहजा कुछ सख्त था, "भैया, क्यों लौटा दी कहानी?...नहीं, नहीं, चिट्ठी में जो आपने कारण गिनाए हैं, सब एकेडमिक है। असली बात बताइए। नहीं, नहीं, इस बार मैं नहीं मानूँगी, अच्छी कहानी भेजी थी मैंने।...इसे आप कमजोर कहेंगे तो यह बताइए कि मजबूत कहानी कौन सी है? एक कहानी का नाम बता दीजिए, मैं मान लूँगी।"

बहुत देर तक बहस चली तो तंग आकर कह दिया, "ठीक है, मेरे ही निर्णय में दोष होगा। इसे आप और कहीं क्यों नहीं भेज देतीं?"

उनके स्वर में माधुर्य कुछ-कुछ लौटा, "भैया मेरी परीक्षा लेना चाहते हो? ठीक है, बताइए हिंदी की किसी भी पत्रिका का नाम और मैं इसे उसमें छपवा दूँगी। नहीं छपवा पाई तो फिर कभी तुम्हें तंग नहीं करूँगी।"

उन दिनों साहित्यिक पत्रिकताओं में 'युग' का रुतबा कुछ ज्यादा ही बुलंद था। संपादक स्वयं अच्छे कथाकार और बहुपठित-बहुश्रुत थे। अपरंपार पांडित्य के लिए ही नहीं, तीखे तेवरों के लिए भी जाने जाते थे। मैंने 'युग' का नाम सुझाया तो बोलीं, "अगले अंक को छोड़ दें, उसके लिए देर हो गई, लेकिन उसके बाद वाले अंक में देख लेना, यह कहानी प्रकाशित होगी। और संपादक की विशेष टिप्पणी के साथ, तब तो मानोगे?"

मुझे लगा सलिलाजी में जरूरत से ज्यादा आत्मविश्वास है। मुँह की खाएँगी तो आटे-दाल का भाव पता चल जाएगा। दो-तीन दिन बाद उनकी कुछ लघु कथाएँ मिलीं। उनमें एक ठीक-ठाक लगी, उसे रख लिया। फिर समीक्षार्थ उनकी किताबें आईं। एक कथा संकलन, एक खंडकाव्य और एक शोधग्रंथ—सलिला ठाकुर की कहानियों में बदलते सामाजिक परिदृश्य का चित्रण। फ्लैप पर दिए कृतिकार परिचय को पढ़कर दंग रह गया। उन्होंने 40 से अधिक पुस्तकें लिखी थीं, जिनमें से एक दर्जन पुरस्कृत थीं और कई विश्वविद्यालयों के पाठ्यक्रमों में शामिल थीं। राष्ट्रपति से लेकर बाबा रामदेव तक उनकी पुस्तकों का विमोचन करते आ रहे थे। जी हाँ, शोधग्रंथ में पूरी चित्रावली थी। इनके कृतित्व पर कई शोधकार्य चल रहे थे, जिनकी सूची में सबसे मजेदार विषय था—'सलिला ठाकुर के लेखन पर लोहियावादी स्त्री चिंतन का प्रभाव।'

जाहिर है कि इन जानकारियों का मेरे चेतन और अवचेतन मन पर प्रभाव पड़ा होगा। कुछ हेकड़ी तो झड़ ही गई। इसके बाद सलिलाजी भी मौन हो गईं। उन्हें भुला देने का उपक्रम होने लगा। संकलन में उनकी कहानियों को पढ़कर कहीं से नहीं लगा कि उनमें कुछ विलक्षणता या मौलिक या अलग हटकर है। हाँ, समृद्ध परिवार की थीं और पति बड़े डॉक्टर थे। संभवतः शौक के लिए साहित्य-सृजन में उतरी थीं और फिर वापिस नहीं लौटीं।

यों दो या तीन महीने बीत गए। एक दिन फुरसत में 'अफेयर्स मैन' नामक सैलून में बाल कटवा रहा था। दरअसल बाल इतने कम बचे हैं कि हेयर कटिंग औपचारिकता मात्र है, मगर इस बहाने वातानुकूलित पार्लर में फेस और हैड मसाज आदि कराने का अपना ही आनंद है। तनी हुई नसें कुछ ढ़ीली पड़ जाती हैं। बाल कट ही रहे थे कि मोबाइल घनघनाया, कैंची चलाते हाथ थम गए—"साब! देख लीजिए।" जेब से मोबाइल निकालकर कान पर लगाया—"भैया को छोटी बहन का प्रणाम! कहाँ हैं आप, गाने की सी आवाज आ रही है?"

"सलिलाजी, मैं सैलून में कटिंग करा रहा हूँ।" मैंने झल्लाकर कहा।

"हाय-हाय! तो जालिम कैंची काट रही है मेरे भैया के लंबे-लंबे बाल। लेकिन घबराना नहीं, माथा हल्का हो जाएगा और खूब स्मार्ट दिखोगे।"

मेरा मन हुआ कि अपना माथा पीट लूँ, "प्लीज सलिलाजी! बाद में बात करते हैं।"

''सॉरी भैया! मैंने तो सिर्फ याद दिलाने के लिए फोन किया था कि 'युग' का नया अंक आ गया है। वो कहानी जो आपने लौटाई थी, उसमें छपी है। आप देख लेना।''

सचमुच 'देहरी पर थके पाँव' कहानी 'युग' में छपी थी—संपादकीय टिप्पणी के साथ। साथ ही नियमित छपनेवाले उनके चित्र के बजाय उनका हथेली पर ठोड़ी टिकाए एक मनोहर चित्र छपा था। संपादकीय टिप्पणी में उनकी तारीफ में जमीन-आसमान के कुलाबे बाँधे गए थे। और यह दावा किया गया था कि घनघोर स्त्रीवादी इस निष्ठुर दौर में वह अकेली लेखिका हैं, जो पुरुषों के प्रति संवेदनात्मक और प्रोत्साहक रवैया रखती हैं।—मैंने मन-ही-मन कहा, जय हो!

दूसरे दिन फोन पर बड़ी शालीनता से पूछा गया, ''भैया आप फ्री हैं? कुछ देर बातें कर सकते हैं? आपने मेरी कहानी 'युग' में देख ही ली होगी।''' नहीं, नहीं, इसमें बधाई की क्या बात है। बधाई तो तब लूँगी, जब आपको मेरी कहानी जँच जाए।''

मैंने कुछ पिघलकर कहा, ''आप क्या कह रही हैं, सलिलाजी! 'युग' बहुत ही प्रतिष्ठित पत्रिका है। उसके मुकाबले हमारे यहाँ छपने का कोई खास महत्त्व नहीं है।''

''भैया आपको कुछ पता नहीं, 'युग' का संपादक कितना पाजी है! फोन पर चिपक जाए तो पीछा छुड़ाना मुश्किल। करेगा-धरेगा कुछ नहीं, बस औरतों से बातें करना उसका शगल है। मरा आधी-आधी रात को फोन मिलाया करे है। यह तो अच्छा हुआ कि उस समय मैं अपने लिखने के कमरे में थी, नहीं तो डॉक्टर साहब मेरी जाने क्या गत बनाते। यह तो आपने चैलेंज कर दिया, नहीं तो मैं उसे मुँह लगानेवाली नहीं थी।''

किसी को जान लेना आसान होता है क्या! 'युग' और उसके यशस्वी संपादक के बारे में मेरी धारणा बदल गई। सलिलाजी की नई कहानी भी आ गई, 'मीन पियासी'। पढ़कर मैं सोच में डूब गया। पति-पत्नी के अंतरंग संबंधों पर एक बेबाक कथा। चौंका देनेवाली बोल्डनेस, जो प्रथम पाठ में ही आरोपित लगने लगी। फिर भी उनकी पिछली पढ़ी गई कहानियों से एकदम जुदा। भाषा के स्तर पर भले ही कहीं फूहड़पन आ गया हो, परंतु कथ्य में जान थी। मुश्किल यह थी कि ऐसी चीजें विशुद्ध साहित्यिक पत्रिकाओं में ही प्रकाशित की जा

सकती हैं। मैं फोन पर प्रतीक्षा करने लगा।

"अब मैं कुछ नहीं सुनूँगी। यह तो आपको छापनी ही पड़ेगी। आखिर आप लोग चाहते क्या हैं? गुडी-मुड़ी कहानियाँ लिखो तो सास-बहू छाप नजर आती हैं। सच लिखो तो नयापन नहीं मिलता। किसी आदर्श की बात करो तो पौराणिक का ठप्पा लग जाता है। सारे के सारे कहानियों में सेक्स की तलाश में मरे जाते हैं। अब लो सेक्स!"

"सलिलाजी, मेरा मानना है कि पारिवारिक किस्म के प्रकाशनों में हम ऐसी छूट नहीं ले सकते। वैसे भी यौनिक विषय ऊँचे दर्जे की कलात्मकता की माँग करते हैं।"

"रहने दीजिए। बहन से न्याय नहीं करेंगे, यही न? इस बार बख्श देती हूँ, हालाँकि अपनीवाली पर उतर आऊँ तो आपसे इसे छपवाकर ही मानती। ऐसी कहानी पर तो क्या पाठक, क्या संपादक और क्या आलोचक, सब लार टपकाए घूमते हैं।"

कुछ दिनों बाद वह कहानी 'मस्ताना जोगी' के सेक्स अंक की शोभा बन गई।

मैंने जान-बूझकर उनका नाम अपने फोन में फीड नहीं किया था। असलियत तो यह है कि अपने नारीभीरू और दब्बू स्वभाव की वजह से कुछ-कुछ डरने लगा था। फोन की स्क्रीन पर नाम फड़फड़ाता तो कॉल उठाने की हिम्मत शायद नहीं जुटती और किसी की कॉल को न लेना शिष्टाचार के विरुद्ध होता। धीरे-धीरे मैं अंकों को पहचानने लगा, नंबर में तीन एक और दो आठ दिखाई पड़ते तो एक कठिन वार्त्तालाप के लिए अपने को तैयार करता।

एक दिन अजीबोगरीब नंबर से कॉल आई। उठाने पर सलिलाजी की स्नेहसिक्त वाणी सुनाई दी। उस समय वह अमेरिका में थीं, फ्लोरिडा से बोल रही थीं। प्रवासी भारतीयों की एक साहित्यिक संस्था ने उन्हें सम्मानित करने के लिए बुलाया था। समारोह के बाद वह अपनी विदेश में बस गई बहन से मिलने गई हुई थीं। दोनों बहनें क्रिसमस पूर्व कपड़ों की सेल में खरीदारी कर रही थीं।

"भैया, जल्दी से अपनी शर्ट का साइज बताओ—42 है या 44?"

"सलिलाजी, बहुत-बहुत धन्यवाद! मगर मैं रेडीमेड कपड़े पहनता ही नहीं।"

''क्यों ? ये क्या बात हुई ? सब संपादकों और मित्रों के लिए ले रही हूँ तो आपकी क्यों नहीं लूँगी ?''

''देखिए, मुझे रेडीमेड वस्त्र कभी फिट नहीं आते और पॉलिस्टर से, चाहे एक प्रतिशत ही हो, सख्त एलर्जी है।''

''छोड़िए, आपके लिए टाई ठीक रहेगी। हाँ, भाभी को लार्ज साइज का नाइट गाउन लगता है या एक्स्ट्रा लार्ज ? यहाँ ऐसे-ऐसे सुंदर डिजाइन हैं कि देखते ही रह जाओ। वो भी सेल में। चलो अभी तो इकट्ठे ले लेती हूँ। साइज-वाइज वहाँ जाकर देख लेंगे।''

मैंने फोन बंद कर दिया और चैन की साँस आधी ही ली होगी कि मोबाइल बजने लगा।

''भैया एक बात तो बताना भूल ही गई। वह कहानी थी न 'देहरी पर थके पाँव' उसे यहाँ...''

फोन रखा तो लगा, मेरा माथा घूम रहा है। मुझे लगा कि अच्छी कहानी के मानक अब बदल गए हैं। मेरे पास जो हैं, वह प्रचलन में से बाहर हो चुके हैं। बेहतर यही होगा कि अपनी सोच और समझ को दुरुस्त कर लूँ और जब तक ऐसा हो पाए, निर्णय लेने से बचता रहूँ। या फिर ऐसा किया जाए कि इस कसौटी पर जो एकदम खरी न उतरी हो, उस रचना को सिर-माथे पर ले लूँ।

विदेश से लौटते ही उन्होंने फोन किया, ''भैया, आपको अपना कथासंग्रह और खंडकाव्य भेजा था, उसकी समीक्षा आपने नहीं करवाई हो तो बताइए मैं करवा देती हूँ।''

''हम किताबों की समीक्षा खुद करवाते हैं। प्रायोजित समीक्षाएँ नहीं छपतीं।''

''अरे, आप भी तो किसी-न-किसी को भेजेंगे। किसी अच्छे को भेजेंगे तो दस नखरे करेगा। मैं चुटकियों में करवा दूँगी। आप समीक्षक का नाम बताइए, मैं उससे फटाफट करवा के भिजवाती हूँ।''

''छोड़िए सलिलाजी, हमारा काम हमीं को करने दीजिए। और माफ कीजिए, आपने यह कैसे मान लिया कि आपकी किताब की समीक्षा हम छापेंगे ही ?''

''आप भी भैया! साली नहीं तो सा से ही ठिठोली। ज्यादा बड़ी बात तो

नहीं बोलती, लेकिन आपका इशारा भर हो, समीक्षा तो मैं···से भी करवा दूँगी। आप कह भर दीजिए।''

मैंने फोन काट दिया। यह झूठे आत्मविश्वास की इंतहा थी।

लेकिन दोस्तो! ऐतिहासिक तथ्य यह है कि कुछ महीनों बाद 'साहित्यांचल' में ···की लिखी हुई सलिलाजी की दोनों पुस्तकों की समीक्षा प्रकाशित हुई।

□

मुझे खुद ही आश्चर्य होने लगा कि सलिलाजी की न तो रचनाएँ आ रही हैं, न कोई फोन। संभावना यही थी कि मेरे मूर्खतापूर्ण रूखेपन और बेनियाजी से उकता-कर उन्होंने खुद ही किनारा कर लिया हो। सच कह रहा हूँ कि इससे जितनी खुशी होनी चाहिए थी, मुझे नहीं हुई।

खिली धूप में वर्षा लहर! एक दिन अचानक मोबाइल पर उनका नंबर चमका। हीरे की लौंग के लश्कारे की तरह, ''भैया बधाई देने में भी कंजूसी! अरे तुम्हारी बहना को अवार्ड मिला है, 'फुरसत लिटरेरी ट्रस्ट' से। कॉल्स और एस.एम.एस. का ताँता लगा है और भाई को जैसे खबर ही नहीं! अखबार नहीं पढ़ते क्या?''

''बहुत-बहुत बधाई हो सलिलाजी। भगवान् करे आपको और बड़े-बड़े अवार्ड मिलें। बस आप जमकर लिखती रहिए।''

''आपने मेरा सी.वी. नहीं पढ़ा होगा। सारे तो अवार्ड मिल चुके हैं, एक अकादमी का और एक वो ज्ञानपीठ का रह गया है, सो मुझे भी कोई जल्दी नहीं है। थोड़ा रुक-रुककर मिलते रहें तो अच्छा लगता है। देखो भैया, राजभवन में समारोह होना है। उसमें आपको और भाभी को जरूर-जरूर आना है। आप मेरी तरफ से एक काली शेरवानी या बंद गले का कोट सिलवा लीजिए और भाभी को एक बढ़िया सी साड़ी दिलवा दीजिए। मैं बिल लेकर आपको चेक पकड़ा दूँगी।''

''आप क्या मुझे इतना गरीब समझती हैं कि बहन की खुशी के लिए एक शेरवानी भी न सिला सकूँ? बस हफ्ते-दस दिन पहले बता दीजिएगा।''

''लो आप तो नाराज हो गए? होंगे आप बड़े लेखक-साहित्यकार, लेकिन एक बहन के दिल की गहराई में पैठकर नहीं देख पाते। खैर, इसे इशू नहीं बनाऊँगी। झगड़ा करने का मूड होगा तो और भी मुद्दे हैं। हाँ, सम्मानित होने के बाद अपने भाई-भाभी के लिए जो मुझे करना है, वह तो करूँगी ही।''

कुछ दिन बाद 'फुरसत लिटरेरी ट्रस्ट' की ओर से एक बेहद खूबसूरत निमंत्रण-पत्र मिला समारोह में आने के लिए। राजभवन की मर्यादा के अनुसार अभ्यागतों को निर्दिष्ट समय से 15 मिनट पहले अपना स्थान ग्रहण कर लेना था। सभी आमंत्रितों को आने-जाने का यथोचित यात्रा-व्यय ट्रस्ट की ओर से मिलना था। ठहरने की व्यवस्था होटल 'ताज' में थी। रात्रि भोज भी वहीं होना था।

न तो मुझे वहाँ जाना था, न ही गया। मन में थोड़ी कशमकश जरूर बनी रही, आखिरी वक्त तक। अगले दिन टी.वी. और अखबारों में सम्मान समारोह की कवरेज बड़ी उत्सुकता से देखी। लगा, वहाँ न जाकर अच्छा ही किया। हिंदी जगत् के बड़े-बड़े सितारे समारोह और पाँच तारा रिसेप्शन में मौजूद थे और ताज्जुब की बात सब-के-सब काली शेरवानी या बंद गले का कोट पहने थे। यहाँ तक कि धोतीधारी भी।

बाद में जब उन्हें फुरसत मिली तो फोन पर जबरदस्त खिंचाई करने के बाद उन्होंने अपने गौरवपूर्ण क्षणों को मुझसे शेयर किया। मैं भी लगातार क्षमा याचनाएँ करता रहा। बोलते-बोलते उनका स्वर कुछ करुण हो उठा, "भैया ईश्वर की कृपा से मुझे जो भी चाहा, भरपूर मिलता रहा है। बस एक ही हसरत टीस की तरह दिल में कभी-कभी उठती है। आज सोचती हूँ कि कह दूँ आपसे।"

मैंने कहा, "हाँ-हाँ, आप कह डालिए। हालाँकि मैं किस लायक हूँ, फिर भी…"।

□

अज्ञातवास

दूसरे दिन

कोर फैकल्टी रंगनाथन के हमेशा की तरह दिलचस्प लेक्चर के साथ ही प्रात:कालीन सत्र का स्वल्पाहार अवकाश हुआ। गंगाधर अपने विचारों में खोया हुआ यंत्रचालित-सा बाहर निकला। कुछ काजू और कॉफी का प्याला उठाकर बाहर गलियारे में निकल आया। आज लेक्चर में नहीं लगा था उसका मन, बार-बार तारतम्य टूट जाता और वह सामने बैठी के. चटर्जी की मेज के नीचे उसके पैरों को देखने लगता। पिछले दिन के मुकाबले बहुत परिवर्तन आ गया था। मटमैले रंग की मर्दानी नायलोन की जुराब और पुरानी मोटी पट्टियों वाली चप्पल की जगह अब एक जोड़ा साफ-सुथरे पाँव थे—नेल पॉलिश और नई हल्की हीलवाली खूबसूरत चप्पल भी। उसकी दृष्टि पड़ते ही क्रॉस बनाए पाँव धीरे-धीरे हिलने लगे थे। वह सुखद आश्चर्य में डूबकर रह गया। कम्युनिकेशन (संप्रेषण) पढ़ाया जा रहा था, उसे के. चटर्जी में कोर्स के दूसरे दिन परिलक्षित हुआ परिवर्तन बहुत प्रासंगिक लगा। पहले दिन वह अपनी खामोश निगाह से सामने बैठी प्रतिभागी की वेशविन्यास के मामले में बरती गई लापरवाही की जो आलोचना मन-ही-मन करता रहा था, उसे बिना कहे समझ लिया गया। सूक्ष्म संकेत के ऐसे द्रुत और प्रभावी संप्रेषण की व्याख्या कई तरह से की जा सकती थी। उसने सामने धाराप्रवाह बोलते चुस्त-दुरुस्त रंगनाथन से 'आई कांटेक्ट' बनाए रखते हुए मन-ही-मन व्याख्याओं का क्रम जारी रखा। अंत में उसे लगा कि वह किसी निष्कर्ष की ओर पहुँच रहा है।

वह कॉफी का प्याला मुँडेर पर रखकर मानो भूल ही गया। "किस सोच में डूबे हो यार?" अजय सूर ने उसके कंधे पर हाथ रखा। वह सकपकाकर

कॉफी पीने लगा। अजय उसका सहकर्मी था, दोनों एक हजार किलोमीटर की उस दुर्गम यात्रा में साथ ही आए थे—सैलानियों की तरह तफरीह करते, हँसते-गाते। तीन दिन और दो रातों के लंबे सफर में दोनों एक-दूसरे के चाहे कितने ही करीब आ गए हों, परंतु गंगाधर के मन में क्या खिचड़ी पक रही थी, इसका अजय को आभास भी नहीं था।

"आओ यार, सामनेवाली छत पर चलते हैं। वहाँ कुछ रौनक है।" अजय ने इशारे से दिखाया। उस खाली छत की मुँड़ेर पर रिफ्रेशर कोर्स की दोनों महिला प्रतिभागी अपना-अपना कप लिये बैठी थीं। गंगाधर पहले तो हिचका, परंतु आसमान में घिरती घटाओं को देखकर रुक न सका। उन दोनों को आते हुए देखकर जाने किस बात पर महिलाएँ हँसीं, गंगाधर का दिल धक् से रह गया। उसने अजय का हाथ पकड़ा और उनसे कुछ दूर एक दूसरी मुँडेर के पास जा खड़े हुए। दोनों ओर नीचे प्रशिक्षण संस्थान में लगाए गए फूलों से भरे उद्यान को देखने लगे। चारों ओर काजू के वृक्षों का एक बौना जंगल सा था—उस हरियाली को देखते हुए आँखें जुड़ा जाती थीं।

दोनों ने कनखियों से देखा ई. जया कुमारी वापस जा रही थी। के. चटर्जी अकेली नीचे संस्थान से बाहर को जानेवाले सर्पिल पथ पर निगाहें गड़ाए थी। घिरती घटाओं के कारण धीरे-धीरे उजाला कम होता जा रहा था। गंगाधर ने सिगरेट सुलगाते हुए देखा, मोरपंखी सिल्क की साड़ी पहने साँवली-सलोनी के. चटर्जी मुँह उठाकर आसमान की ओर देख रही थी। उसे लगा, जैसे कोई मोर सुहाने मौसम में प्रमुदित होकर नाचने की तैयारी में है।

अजय ने कहा, "चलो, मिस चटर्जी से बात करते हैं।" गंगाधर का चेहरा लाल हो उठा। सारी परिपक्वता धरी रह गई।

"क्या हम लोग आपको डिस्टर्ब कर सकते हैं?" कहते हुए अजय ने उसका एकांत भंग कर दिया।

"आइए, मैं तो ऐसे ही खड़ी हूँ। यू नो, इतना लंबा लेक्चर था कि पूछिए मत। अपने पल्ले तो आधा भी नहीं पड़ा।" बहुत सहृदयता से उसने कहा, मगर नजरें बाहर जानेवाली सड़क से नहीं हटाईं।

अजय कहाँ चूकनेवाला था, "लगता है, आप किसी की राह देख रही हैं?"

"हाँ, ट्रेनिंग इंस्टीट्यूट के आगे है यहाँ का इंटर कॉलेज। मेरा भाई इलेवंथ में पढ़ता है। इसके आने का समय हो रहा है। उसी को देख रही हूँ, देखिए वो आ रहा है, साइकिल पर।" एक पतला-दुबला कमनीय सा लड़का हाथ हिलाते हुए साइकिल पर गुजरा। के. बहुत उत्साहपूर्वक हाथ हिला रही थी। उसके जाते ही वह मुड़ी, "आइए, चला जाए। लेक्चर शुरू होनेवाला होगा।"

"अभी कम-से-कम दस मिनट हैं। क्यों न यहीं इस सुहाने मौसम का आनंद लें?" अजय ने आग्रह किया।

'यह भी फिदा हो गया है इस पर,' गंगाधर ने मन में खेदपूर्वक सोचा, 'हटाओ, मुझे क्या लेना-देना।' हल्की फुहारें पड़ने लगी। 'अब यह भाग जाएगी यहाँ से। सिल्क की साड़ी…' मगर के. वहीं खड़ी रही। उसने सावधान होने का मौका दिए बिना वार किया, "आप दोनों लखनऊ से आए हैं, शायद कोई पैक्ट करके कि एक आदमी बोलेगा, दूसरा चुप रहेगा।"

परम वाचाल गंगाधर तब भी चुप था। वह अभी भी यही सोचे जा रहा था कि कल की के. में और आज की के. में इतना फर्क क्यों है? उसने सुना, अजय कह रहा था, "जी, बात ये है कि मिस्टर गंगाधर जब कुछ देख रहे होते हैं तो बोलते नहीं और जब बोल रहे हों तो देखते नहीं। फिलहाल यह यहाँ की नैचुरल ब्यूटी को बड़े ध्यान से देख रहे हैं।"

के. कुछ हँसी, फिर एकदम भोली बालिका की मुद्रा में बोली, "लेकिन मि. सूर, यहाँ पेड़-पौधों-पहाड़ों के अलावा देखने के लिए और है क्या?"

अजय सूर ने तपाक से कहा, "दैट इज, मैडम, ए मिलियन डॉलर क्वेश्चन।"

तीनों हँस पड़े। हँसी फुहारों से भी ज्यादा भिगोनेवाली सिद्ध हुई, क्योंकि तीनों लेक्चर हॉल की ओर लपके। रंगनाथन का बोलना शुरू हुआ ही था कि मूसलाधार वर्षा होने लगी। एक चपरासी ने आकर खिड़कियाँ बंद करनी शुरू कीं, क्योंकि तेज तूफानी हवा में पानी अंदर आने लगा था। सभी ट्यूब लाइटें जला दी गईं। दोपहर के पहले ही बरसात की रात जैसा नजारा हो गया।

ग्रुप डायनेमिक्स के इस अध्ययन में एक अभ्यास आयोजित किया गया। प्रतिभागियों के मिश्रित ग्रुप बनने थे, तीन-तीन व्यक्तियों के। रंगनाथन ने सबसे पहले महिलाओं को अपना ग्रुप बनाने का अवसर दिया। के. उठी और सीधे गंगाधर के सामने आकर खड़ी हो गई, वह अचकचाकर खड़ा हो गया। एक कोई

तीसरा भी आ गया, कोई बिंदुराव, हैदराबादवाला। तीनों पास-पास बैठ गए, दिए गए विषय पर कुछ सर्वसम्मत विचार बनाने लगे। इस बीच जाने कैसे गंगाधर के अंदर सोया प्रशिक्षण अधिकारी जाग उठा था। उसने ग्रुप का नेतृत्व सँभाल लिया। बोलना शुरू किया तो फिर बीस मिनट तक बोलता ही गया। मिस के. चटर्जी की कौतुकप्रिय आँखें उसके चेहरे पर टिकीं तो टिकी ही रह गईं। तीसरा आदमी कोई भला मानुस था, उसने भी टोका-टाकी नहीं की।

लिखने का दायित्व सँभाला के. ने—पाँच मिनट में उसने मोती जैसे अक्षरों में ग्रुप के विचार-विमर्श का सार संक्षेप लिख डाला। गंगाधर और बिंदुराव कलम हाथ में लिये उसे पढ़ते रहे, परंतु कहीं भी कलम के स्पर्श की आवश्यकता नहीं थी। शेष ग्रुप अभी डिस्कशन में ही लगे थे। गंगाधर ने के. से इजाजत लेकर सिगरेट जलाई, बिंदुराव ने पान मसाला निकाला और व्यक्तिगत बातचीत का एक छोटा सा दौर शुरू हुआ, जिसके लिए गंगाधर का मन पहले दिन से ही छटपटा रहा था। जानना तो वह बहुत कुछ चाहता था, परंतु जानकारी कुल इतनी ही मिल पाई—के. चटर्जी अर्थात् कु. करोबी चटर्जी (करबी एक फूल का नाम है, जिसे हिंदी में 'कनेर' कहते हैं। यह दो रंगों में होता है लाल और सफेद) समाजशास्त्र में स्नातकोत्तर उपाधि के साथ बी.एड.। पिता एच.पी.सी. में डिप्टी मैनेजर—स्वयं स्थानीय डिग्री कॉलेज में लेक्चरार। एम.फिल. का इरादा, सिविल सर्विस परीक्षा की तैयारी। परिवार के अन्य प्राणी—माँ और छोटा भाई। अंग्रेजी और बँगला साहित्य में गहन रुचि, नाटकों का शौक लेकिन वहाँ स्तरीय नाट्य संस्था का अभाव होने से कॉलेज के वार्षिकोत्सव के संयोजन तक ही सीमित।

सोनागाँव पहुँचने के लिए दो बड़े-बड़े पहाड़ों को पार करना पड़ता है। पाँच घंटे की चक्करदार सड़कोंवाली बस यात्रा को झेलना हर किसी के बस की बात नहीं। गंगाधर और अजय उल्टी रोकनेवाली गोली निगलकर लगभग खाली पेट ही बैठे थे, इसलिए बचे रहे, नहीं तो एक बार शुरू होने पर उल्टियों का जो ताँता लगा, उसने आधे से अधिक मुसाफिरों को हलकान करके ही दम लिया। छोटी सी पहाड़ी पर बने गेस्ट हाउस के समाने उन्हें मय सामान उतारकर बस तो चली गई, लेकिन सामान लेकर ऊपर पहुँचने में दोनों पसीना-पसीना हो गए। खाना खाकर शाम तक सोते रहे, फिर चाय पीकर बाहर से आए अन्य प्रतिभागियों से मिलने-जुलने के लिए निकल पड़े। उनके अलावा छह व्यक्ति

और थे, नासिक, हैदराबाद और मुंबई से। मिल-मिलाकर जब कोई खास बात बनती नजर नहीं आई तो बाजार घूमने के इरादे से निकल पड़े। लेकिन कैसा बाजार! ऊँचे-नीचे भूखंडों पर बने पत्थर के सुंदर क्वार्टरों का सिलसिला भले ही दो-ढाई किलोमीटर तक फैला हो, बाजार के नाम पर टाउनशिप के केंद्र में बनी एक दर्जन दुकानें भर थीं, जिसमें रोजमर्रा की जरूरत की चीजें मिलती थीं। एक होटल था, जिसमें बेहद कड़वी कॉफी पीकर उनका मन खराब हो गया। बेमतलब इधर-उधर टहलते रहे। एक क्लबनुमा सामुदायिक केंद्र नजर आया, जहाँ कुछ लड़के-लड़कियाँ बैडमिंटन खेल रहे थे, कुछ देर उन्हीं को देखते रहे।

लौटते समय रात के नौ भी नहीं बजे होंगे, लेकिन गेस्ट हाउस की ओर जानेवाली लंबी और ऊँची-नीची सड़क एकदम सूनी पड़ी थी। दोनों ओर घना जंगल। कुछ देर बाद उन्हें अपने पदचापों के साथ-साथ कुछ अजीबोगरीब आवाजें सुनाई देने लगीं। ऐसा लगा जैसे सड़क किनारे के घने पेड़ों के पीछे कुछ वन्य प्राणी उनके साथ-साथ चल रहे हैं। हवा में हल्की सी खुनक थी, परंतु उन्हें पसीना आने लगा। लगा, जैसे नियोन रोशनियों से नहाई वह साफ-सुथरी चमकती हुई काली सड़क कभी खत्म नहीं होगी। हालाँकि ऊँचाई पर जगमगाता गेस्ट हाउस बराबर दिखाई दे रहा था। कुछ हिम्मत जुटाकर एक मोड़ पर वे ठहर गए, साथ ही ठहर गई वह रहस्यमय सरसराहट। अँधेरे में डूबे झुरमुट में एक मानवाकार काली छाया का आभास हुआ, जो वहम भी हो सकता था। कुछ समझ में नहीं आया। चलने लगे तो फिर किसी के साथ चलने की-सी अनुभूति होने लगी। सहसा गंगाधर ने अजय का हाथ पकड़ा, ''भागो···।'' बुरी तरफ हाँफते हुए लस्टम-पस्टम दोनों गेस्ट हाउस तक पहुँचे। गेट पर चौकीदार ने उनकी राहबीती सुनकर नसवार सूँघते हुए बड़े मजे से कहा, ''अरे साहब, भालू होगा। यहाँ के जंगल में भालू ही भालू हैं।''

रात को उन्हें देर तक नींद नहीं आई। सोनागाँव को कोसते और करवटें बदलते रहे।

दूसरे दिन की शाम की चाय पीते ही गंगाधर ने कहा, ''अजय चलो, आज जल्दी से निकल चलते हैं। टाउनशिप का एक चक्कर लगा आएँ, फिर बार में चलेंगे।''

बहुत देर तक सड़क-दर-सड़क चहलकदमी करते रहे। गंगाधर के मन में

बेचैनी बढ़ती जा रही थी। उसके अनुमान से कहीं बहुत अधिक विस्तृत थी वह कॉलोनी। मिलने-मिलाने के संयोग सहज तो नहीं ही थे। टाइप 'ए से लेकर जे' तक जाने कितनी तरह के क्वार्टर थे। सैकड़ों छोटी-छोटी सड़कें और बेशुमार मोड़। हर क्वार्टर के आगे-पीछे बगीचा, तरह-तरह के पेड़-पौधे। भटकते-भटकते पैर दुख गए, परंतु कोई परिचित चेहरा दिखाई नहीं दिया। यों भी उनके परिचित चेहरे उस सोनगाँव में थे ही कितने—आठ अध्यापक-अध्यापिकाएँ, जो उनके साथ उस 'ट्रेकिंग फॉर ट्रेनर्स प्रोग्राम' में प्रतिभागी थे। ये सब एच.पी. सी. के डिग्री कॉलेज में पढ़ाते थे।

गंगाधर ने अनुमान लगाया कि डिप्टी मैनेजर रैंक के पदाधिकारी किस टाइप के क्वार्टर में रहते होंगे। वहाँ खूब दूरबीनी से काम लिया, तब जाकर एक खुली खिड़की में जानी-पहचानी सी नारी आकृति दिखाई पड़ी। बस फिर क्या था, गंगाधर का दिल बल्लियों उछलने लगा। उसने उत्तेजित स्वर में फुसफुसाते हुए कहा, "अजय! देखो के.। यही है उसका घर।" अजय शायद पहले ही भाँप रहा था। उसने खुशी जाहिर करते हुए कहा, "तो जम जाएँ सामनेवाली पुलिया पर। रातभर यहीं बैठे रहें।" दोनों पुलिया पर बैठ गए और लगातार खिड़की पर नजरें टिकाए रहे। जाने कितनी देर के बा'द वह नारी आकृति फिर से गुजरी। गुजरी क्या खिड़की के पास आ खड़ी हुई। "यह के. नहीं है।" अजय ने पुलिया छोड़कर उठते हुए कहा। गंगाधर उतना आश्वस्त नहीं था, कुछ देर तक आँखें फाड़कर देखता रहा, फिर मन मसोसकर खड़ा हो गया, "अजय, एक पिक्चर थी देवआनंद की, तेरे घर के सामने, तुमने देखी थी?"

"हाँ! उसमें एक ऐसा ही सीन था—स्कूटर पर दिल्ली से चलकर मसूरी पहुँचा हीरो रात को सड़क-सड़क, गली-गली हीरोइन को गाना गाते हुए ढूँढ़ता फिर रहा है।"

"करेक्ट। वह गाना था—तू कहाँ, ये बता, इस नशीली रात में, माने ना मेरा दिल दिवाना।"

पहले गंगाधर ने तान छेड़ी, बाद में अजय ने भी अपना स्वर उसके साथ मिला दिया। दोनों मस्ती में आ गए। खुले गले से गाते हुए चले तो एक-एक करके कई खिड़कियाँ खुलीं। लोगों को हैरानी हुई होगी, लेकिन किसी ने रोका-टोका नहीं।

चौराहे पर आकर गाना रुका तो गंगाधर ने कहा, "अजय, तुम नहीं पहचान पाए। वह के. का ही घर था। आइ एम श्योर।"

अजय बोला, "शर्त हो जाए! एक डबल पेग व्हिस्की की।"

"लेकिन फैसला कैसे होगा?"

"वेरी ईजी। लौटकर चलते हैं, गेट पर लगी नेम-प्लेट से पता चल जाएगा।"

दोनों गाते हुए लौट पड़े। वह क्वार्टर नजदीक आया तो गंगाधर को कुछ घबराहट सी महसूस हुई। उन्होंने देखा कि खिड़की के फ्रेम में जड़ी एक नारी आकृति जैसे अचल हो गई है। उसके पार्श्व से कमरे का भरपूर प्रकाश बाहर आ रहा था, परंतु चेहरा अँधेरे की ओर था। गंगाधर को लगा कि वह देख लिया गया है, उसने अजय का हाथ पकड़कर कहा, "आओ, वापस चलते हैं। मैं शर्त हार गया।"

अजय कहता रहा, "एक बार नेम-प्लेट देख लेने में क्या हर्ज है? रुको तो सही, तुम तो ऐसे भागे जा रहे हो, जैसे भालू दिखाई दे गया हो।"

"हाँ, भालू ही है। जल्दी निकल चलो।"

"कहाँ है भालू?"

"नेम-प्लेट के पीछे। तुम परेशान क्यों हो; गेस्ट हाउस पहुँचकर पिलाता हूँ, तुम्हें व्हिस्की का एक डबल पेग।"

तीसरे दिन

लेक्चर देना जिनका व्यवसाय है, उन्हें लेक्चर सुनना भी आता है। मन न लग रहा हो, तब भी किस तरह अपना मनोयोग लेक्चर पर जाहिर करना चाहिए, यह गंगाधर को आता था। प्रात:कालीन सत्र इसी मूक अभिनय में गुजरा। कॉफी ब्रेक में पिछले दिन की तरह ही के. और ई. जया उस छत पर चली गईं। कुछ देर बाद ये दोनों भी जा पहुँचे। सामान्य शिष्टाचार का आदान-प्रदान हुआ।

के. ने रहस्यमय मुसकान के साथ अजय से पूछा, "कैसा लग रहा है सोनागाँव आप लोगों को?"

"एकदम बोर। शाम होते ही यहाँ के लोग घरों में घुस जाते हैं और सूनी सड़कों पर भालू गश्त किया करते हैं। अजीबोगरीब जगह है।"

"अच्छा तो भालू दिखाई दे गया आपको भी। जरा बचकर रहिएगा उससे।"

"अच्छा हो, आप यह सलाह भालू को ही दे दें।"

समवेत हँसी। ई. जया बोली, "वैसे भालू बहुत शरीफ जानवर होता है। जबतक कोई उसे छेड़े नहीं, नुकसान नहीं पहुँचाता।"

"काश! आदमी भी ऐसे ही हुआ करते," एक ठंडी साँस भरकर के. ने कहा, "कल रात की बात सुनोगी तो हैरान रह जाओगी।"

"क्या हुआ? कोई केस हो गया क्या तुम लोगों की तरफ?" ई. जया ने उत्सुकता से पूछा। अजय ने टाँग अड़ाई, "क्या यहाँ केस भी हुआ करते हैं?"

के. ने भँवें तिरछी करके कहा, "जी हाँ, यहाँ केस भी होते हैं। यहाँ रहनेवालों को एकदम बुद्धू समझते हैं न आप। जया! कल शाम मि. रंगनाथन डिनर पर हमारे यहाँ आए हुए थे। पापा के पुराने दोस्त हैं। हम सब ड्राइंगरूम में बैठे बातचीत कर रहे थे कि बाहर से गाने की आवाज अंदर आने लगी। मैंने उठकर खिड़की से झाँका तो लगा जैसे कोई चालू किस्म की हिंदी फिल्म का सीन चल रहा हो। दो दीवाने सड़क पर जोर-जोर से गा रहे थे। गाना भी ऐसा कि कभी सुना नहीं। पता नहीं पिए हुए थे या पगला गए थे। मन में आया कि बाहर जाकर उनसे कहूँ—क्या आपको गाने के लिए हमारे घर के सामने ही जगह मिली है? फिर सोचा, हटाओ, ऐसे लोगों का क्या भरोसा? पीने के बाद कुछ लोगों को एकदम होश नहीं रहता।"

"हाऊ सिल्ली!" जया ने मुँह बनाकर कहा, "खासतौर पर ऐसे में, जबकि घर में कोई रेस्पेक्टेबुल गेस्ट बैठा हो।"

पहले तो गंगाधर और अजय सकपका गए, फिर अजय ने बनावटी गंभीरता से कहा, "सचमुच! हम तो सोच रहे थे कि यहाँवाले एकदम डल हैं। आपकी बातों से तो लगता है कुछ डेयर-डेविल किस्म के नमूने यहाँ भी हैं। बहरहाल, भालुओं के रहते आप लोगों को किस बात की चिंता! सड़कों पर तो उन्हीं का राज है।"

सहसा के. ने अपनी नजरें गंगाधर के चेहरे पर गड़ाकर चोर पकड़नेवाले भाव से कहा, "क्या आप हमेशा चुप रहते हैं। आपका क्या विचार है इस घटना के बारे में? यह न्यूसेंस है कि नहीं?"

गंगाधर ने चुनौती स्वीकार करके कहा, ''मैडम! मैं आपसे सहमत नहीं हूँ। सोशल जस्टिस की कसौटी पर कसकर देंखे। एक ओर तो वे खुशकिस्मत लोग हैं, जो हर शाम कहीं-न-कहीं चाय या डिनर पर बुलाए जाते हैं, जिनकी व्यस्तता का कोई ठिकाना नहीं है, तो दूसरी तरफ ऐसे उपेक्षित और ठुकराए हुए अभागे हैं, जिनके लिए हर शाम सड़कों पर आवारगी का अभिशाप बनकर आती है। जिनकी भावनाएँ सुनने को कोई तैयार नहीं होता, जिनके मरने-जीने की परवाह किसी को भी नहीं होती। वे अपना दुखड़ा अगर सूनी सड़कों को गाकर सुनाने लगे तो इसमें हर्ज क्या है? अभिव्यक्ति की स्वतंत्रता का गला घोंट देना चाहती हैं क्या आप?''

तैश में आकर किए गए इस नेताई भाषण से त्रस्त होकर के. और जया स्तब्ध रह गईं। अजय ने मुसकराकर कहा, ''चलिए, ब्रेक खत्म हो गया।'' चारों चुपचाप लेक्चर हॉल की तरफ हो लिये। यह लेक्चर रंगनाथन के सहायक को लेना था, जिसका नाम शास्त्री था।

गंगाधर के अंदर सोया विद्रोही जाग उठा था। अपना गुस्सा उसने शास्त्री पर उतारा। लेक्चर के बीच प्रश्न पूछ-पूछकर उसने शास्त्री की नाक में दम कर दिया। प्रश्न चूँकि प्रासंगिक थे, इसलिए उसे झेलने पड़े। गरमी, नर्मी और वाक्पटुता से काम नहीं चला तो शास्त्री ने आक्रामक रुख अपना लिया। उसमें और गंगाधर में जबरदस्त सैद्धांतिक बहस छिड़ गई, जिसका निष्कर्ष निकलना सहज नहीं रह गया। झल्लाकर शास्त्री ने कहा, ''मैं डेमोक्रेसी में विश्वास करता हूँ। आप लोग मेरे और मिस्टर गंगाधर के व्यूज को सुन चुके हैं। जो मि. गंगाधर से सहमत हों, कृपया अपना हाथ उठाएँ—विदाउट एनी रिजर्वेशन। इससे कोई फर्क नहीं पड़ता कि मैं फैकल्टी मेंबर हूँ और ये पार्टीसिपेंट हैं। प्लीज रेज योर हैंड्स।''

गंगाधर के समर्थन में सिर्फ एक हाथ उठा, के. का। पूरी क्लास हैरान रह गई।

गेस्ट हाउस में लंच के बाद शास्त्री ने गंगाधर को अपने पास बुलाया। दुःखी स्वर में कहा, ''तुम भी इस पॉलिटिक्स में शामिल हो? मैंने तुम्हारा क्या बिगाड़ा है?''

''कैसी पॉलिटिक्स मि. शास्त्री, इट वाज जस्ट ए डिसकशन। मुझे ऐसा

मालूम होता कि आप हर्ट होंगे तो शायद चुप रह जाता।''

''फारगेट दि डिस्कशन फॉर गॉड सेक। तुम्हें पता है कि रंगनाथन मुझे पुल डाउन करना चाहता है। यह टॉपिक मुझे जानबूझकर लास्ट मोमेंट पर दिया, ताकि मेरी खिंचाई हो सके।'' मिस चटर्जी इज ए पार्टी इन दिस गेम। उसके बाप से रंगा की बहुत पटती है, लेकिन तुम तो आउटसाइडर हो, तुम क्यों आ कूदे इसमें? गंगाधर को अफसोस हुआ कि नाहक ही शास्त्री का दिल दुखाया। उससे ज्यादा अफसोस यह जानकर हुआ कि के. भोली और मासूम नहीं है। रंगनाथन के चक्कर में फँसी है। संभव है शास्त्री को हराकर उसी को फैकल्टी में लेने की योजना हो।

मध्याह्न सत्र में 'पब्लिक स्पीकिंग' अभ्यास था। हर किसी को एक विषय चुनकर, उस पर पाँच मिनट बोलना था। ज्यादातर प्रतिभागियों ने शैक्षणिक और तकनीकी विषय चुने। गंगाधर ने जानबूझकर ऐसा विषय चुना, जिसके बहाने के. पर एक जोरदार हमला (पिछली शाम के संदर्भ में) किया जा सके—'फिल्मी गानों का सामाजिक प्रभाव', उसके विषय की परची पढ़ी गई तो के. ने रंगनाथन से अनुरोध किया कि उसका पूर्व घोषित विषय बदल दिया जाए। गंगाधर कॉफी ब्रेक के बाद से ही मन में इस विषय की तैयारी कर रहा था। सांप्रदायिक, जातिवाद और संकीर्ण सामाजिक सोच के विरुद्ध फिल्मी गीतों द्वारा लंबे अरसे से लड़ी जा रही लड़ाई की बड़ी विस्तृत और तर्कपूर्ण जानकारी उसने अपने भाषण में दी। कुछ गीतों की पंक्तियाँ गुनगुनाईं, तो कुछ को सीधे-सपाट काव्यांश की तरह प्रस्तुत किया। अंधविश्वास, दहेज प्रथा, छुआछूत, फिरकापरस्ती जैसी सामाजिक बुराइयों के प्रति सामाजिक चेतना जगाने के अलावा अंतरजातीय, अंतरधार्मिक विवाह, विधवा विवाह, वेश्या उद्धार जैसी प्रगतिशील नई परंपराओं की स्थापना में सिनेमा और सिनेमाई गीतों का जो योगदान है, उसे गंगाधर ने बहुत प्रभावशाली ढंग से व्याख्यापित किया। के. को बाद में बोलना था, परंतु उसके द्वारा दोबारा चुना गया विषय 'ईविल्स ऑफ सिनेमा' लाख कोशिशों के बावजूद जम नहीं पाया।

अंत में रंगनाथन ने पूरे आयोजन का विश्लेषण प्रस्तुत किया। वक्ताओं की खूबियाँ और खामियाँ बताईं, परंतु आशा के विपरीत गंगाधर के मुकाबले के. की स्पीच को तकनीकी दृष्टि से अधिक बेहतर बताया। उनका कहना था कि

गंगाधर जरूरत से ज्यादा उत्तेजित होकर बोल रहे थे।

उस शाम गंगाधर और अजय ने बार में कई पैग चढ़ाए और वहाँ रखे रेडियोग्राम पर ढूँढ़-ढूँढ़कर पुराने रिकार्ड बजाए। दरअसल वहाँ पुराने रिकार्ड ही थे। किसी दिलजले अफसर ने कभी खरीदवा दिए होंगे। बाद में बार के प्रबंधकों को नए रिकार्ड लाने की जरूरत महसूस नहीं हुई होगी। जब खूब चढ़ गई तो उन दोनों ने खुद भी गाना शुरू कर दिया। उनकी हरकतों को ज्यादातर मद्यप्रेमियों ने नजरअंदाज कर दिया, परंतु एक बुजुर्गाना हस्ती अपना गिलास उठाकर उनके पास आई, अपना परिचय दिया, जिसे सुनते ही उन दोनों का आधा नशा काफूर हो गया। यह क्वात्रा थे, एच.पी.सी. के एक डिप्टी जनरल मैनेजर। उन्हें फैक्टरी की टाउनशिप और बागवानी का उत्तरादायित्व देकर प्रशासनिक लफड़ों से लगभग मुक्त कर दिया गया था। टाउनशिप, गेस्ट हाउस और सड़कों के किनारे वृक्षों की योजना, दर्शनीय बाग-बगीचे सब उन्हीं की कल्पना की उपज थे।

बहुत दिलचस्प आदमी थे क्वात्रा साहब। पुराने फिल्मी गानों के बेहद शौकीन। उनकी पत्नी को गुजरे काफी समय हो चुका था। बड़े से बँगले में अकेले रहते थे। हर शाम बिला नागा बार में आते थे और अपना पैग लिये अलग बैठे रहते थे। उन दोनों से जल्दी ही घुल-मिल गए। उनकी तरफ से शराब का एक दौर और चला, पुराने गानों पर चर्चा हुई। उनसे विदा लेकर चलने लगे तो उन्होंने कहा, "आप लोग कल शाम को छह बजे तैयार रहिएगा। मैं कार भेजूँगा। आपको यहाँ के बाग-बगीचे मैं खुद दिखाना चाहता हूँ। कुछ चीजें ऐसी हैं कि आप हैरत में रह जाएँगे।"

चौथे दिन

गंगाधर ने प्रशिक्षण में मन लगाया। रंगनाथन और शास्त्री बहुत तेज गति से चल रहे थे, क्योंकि कम समय में ज्यादा विषय निपटाने थे। आखिर सात ही दिन तो थे, उसमें भी अंतिम सत्र में औपचारिक समापन होना था। ट्रांजेक्शन एनेलिसिस की भूल-भुलैया में मन ऐसा फँसा कि के. चटर्जी ध्यान से उतर गई। लंच के बाद बस में वापस इंस्टीट्यूट लौटते समय वह अपनी किशोर सुलभ नादानी पर विस्मित हुआ। उसे लगा कि पिछले दो दिनों से उसका आचरण और व्यवहार भद्र व्यक्ति जैसा नहीं रहा है। मगर इस पट्ठे अजय को क्या हो गया,

आखिर हम दोनों बीवी-बच्चोंवाले लगभग सुखी गृहस्थ हैं, फिर उसे कॉलेज के छोकरों की तरह उस मामूली सी लड़की के पीछे पड़ने की क्या जरूरत थी। अपनी पत्नी सुजाता के मुकाबले के. उसे उन्नीस नहीं, बल्कि सत्रह लगी। है क्या उसमें? थोड़ा नखरा, थोड़ी अदाएँ, बुद्धिजीवी होने का दर्प, यही न! भले ही अपने आप को बहुत बड़ी तोप समझती हो। रंगनाथन से अलग फँसी हुई है। लेकिन कहते हैं न अंधों में काना राजा। इस निर्जन जंगल में ले-देकर एक वही तो है, जिसे देखते हुए कुछ समय काटा जा सकता है। ई. जया तो एकदम होपलेस है। अच्छा हुआ, उसकी सीट मेरे सामने नहीं पड़ी, नहीं तो उसे लगातार देखते हुए दिमाग खराब हो जाता।

क्लास छूटने पर वह जानबूझकर देर से बाहर निकला। तब तक सब लोग नीचे जाकर मिनी बस में बैठ गए। वह के. के सामने पड़ने से बचना चाहता था, लेकिन लेक्चर हॉल से निकलते ही वह प्रतीक्षा में अकेली खड़ी दिखाई दी। गंगाधर की हृदयगति असामान्य हो गई—क्यों रुकी हुई है यह?

के. ने उसे सोचने का मौका ही नहीं दिया, ''आज शाम आप हमारे यहाँ चाय पर आएँ तो हमें बहुत खुशी होगी। मि. सूर को भी लेते आएँ।''

उसे लगा जैसे यह आमंत्रण नहीं, माँगी गई भीख है। मन में तिलमिलाहट उत्पन्न हुई, लेकिन उसने सायास विनम्रतापूर्वक कहा, ''थैंक्स मिस चैटर्जी! हम लोग जरूर आते, लेकिन आज शाम के लिए पहले ही एक इनविटेशन एक्सैप्ट कर चुके हैं। एनी हाऊ, इट इस नाइस ऑफ यू टू…''

वह कुछ आहत हुई, मनोभाव छुपाने की कोई कोशिश नहीं की उसने, ''ओह! मैंने तो कल रात ही पापा-मम्मी से बात कर ली थी। बाइदवे, मैं पूछ सकती हूँ कि आपका इनविटेशन आज कहाँ है?''

''मि. क्वात्रा के यहाँ। आप जानती होंगी उन्हें। शाम को वे हमारे लिए कार भेजेंगे।''

''अच्छा जी, तो डी.जी.एम. के यहाँ जा रहे हैं आप लोग। हम गरीबों को कौन पूछेगा, मगर क्वात्रा अंकल तो चाय नहीं पीते, फिर आपको कैसे पिलाएँगे?''

''जी, मैंने यह तो नहीं कहा था कि उन्होंने चाय पर बुलाया है!''

''ओ.के.! थैंक्स फॉर नॉट कमिंग।'' उसने तुनककर कहा और तेजी से

सीढ़ियों की ओर भागी। नीचे बस का ड्राइवर हॉर्न दे रहा था।

□

क्वात्रा साहब हार्टिकल्चर के विशेषज्ञ थे। बागवानी का अथाह ज्ञान था उन्हें। उन्हीं के दिशा-निर्देश में सोनागाँव स्वर्गोद्यान बन गया था। उन्होंने बड़े उत्साह से एक-एक चीज दिखाई, जाने कितनी तो नर्सरी थीं वहाँ, जहाँ दुलर्भ किस्म के पौधे तैयार होते थे। अनगिनत पार्क और बगीचे थे। रोज गार्डन में सैकड़ों तरह के गुलाब थे, ट्यूलिप और रजनीगंधा के तो मानो खेत लगाए गए थे जिन्हें देखकर फूलों की घाटी होने का आभास होता था। खुद उनके बँगले के चारों ओर फूल-ही-फूल थे, जिनके बीच बैठकर एक छोटी सी महफिल जमी। सहगल के.सी.डे. पंकज मल्लिक, सी.एच. आत्मा के गीत गाए गए, जगमोहन-जी.एम. दुर्रानी की चर्चा हुई और बेहतरीन किस्म की विलायती व्हिस्की के दौर चले।

उन्हें गेस्ट हाउस पहुँचाने के लिए ड्राइवर को बोलकर क्वात्रा साहब अंदर चले गए तो गंगाधर ने उनके बगीचे से एक फूल चोरी से तोड़कर जेब में रख लिया। जाने क्यों? हालाँकि ऐसी हरकत उसने पहले कभी भी नहीं की थी। तोड़ा गया फूल एक दुर्लभ विलायती गुलाब था, जिसका रंग गाढ़ा कत्थई था। टाउनशिप की चिकनीकाली सड़कों पर कार मानो तैर रही थी, स्कॉच के घूँट भाप बनकर ऊपर उठ गए थे, बादलों की तरह। दोनों मंत्रमुग्ध से कार की खिड़कियों से बाहर का नजारा देख रहे थे—धरती पर ऐसी प्रदूषण मुक्त जगह भी है। ऐसे में सड़क पर घूमता भालू मिल जाता तो भी उन्हें ऐसा झटका नहीं लगता, जैसा सामने से टहलते हुए आती के. को देखकर लगा। वह अकेली नहीं थी, भाई साथ में था, परंतु उसे देखकर कोई भी कह सकता था कि वह अकेली है, नितांत अकेली!

"ड्राइवर गाड़ी रोको।" गंगाधर ने उत्तेजित होकर कहा। गाड़ी रुकते ही वह दरवाजा खोलकर बाहर आ गया। के. ने उसे कार से उतरते हुए देखा, फिर भी वह रुकी नहीं। अनदेखा करके आगे बढ़ गई। उसका भाई जरूर मुड़-मुड़कर देखता रहा उन लोगों को। अजय भी उतर गया था। गंगाधर तेज कदमों से आगे बढ़ा और कोई स्थिति होती तो यह संभव नहीं था कि के. मुड़कर नहीं देखती। गंगाधर ने आवाज दी, "हेलो! मिस चैटर्जी, जस्ट ए मिनट प्लीज!"

ड्राइवर भी गाड़ी से नीचे उतर आया। अजय ने उससे कहा, "आप गाड़ी

ले जाइए, यहाँ से हम लोग पैदल चले जाएँगे। हमें रास्ता मालूम है।'' लेकिन वह भला आदमी वहाँ से हिलने को भी तैयार नहीं था, ''कोई बात नहीं साब! वो साब चटर्जी मिस से मिलकर आएगा, तब तक हम यहीं रुकता है। आपको छोड़कर नहीं आएगा तो डी.जी.एम. साहब नाराज होगा।''

उधर के. ने बिफरकर कहा, ''मिस्टर धर! प्लीज, प्लीज गो अवे! आई डोंट वांट एनी फरदर ह्यूमिलेशन!''

''करोबी! सुनो, आई एम सो सोरी। मुझे मालूम होता कि तुम चाय के लिए बुलानेवाली हो तो क्वात्रा तो क्या, प्राइम मिनिस्टर का भी इनविटेशन छोड़ देता। सुनो, हम लोग कल शाम को…''

के. रुआँसी होकर बोली, ''चुप रहो। आगे एक शब्द भी नहीं बोलना। मेरे घर की तरफ मुँह भी नहीं करना। यू आर नॉट इनवाइटेड, नॉट इनवाइटेड…नाऊ प्लीज गो!''

पाँचवें दिन

प्रशिक्षण की रोल प्ले प्रद्धति का अभ्यास होना था। इसमें वैयक्तिक अंतर्संबंधों की जाँच-पड़ताल वास्तविक पात्रों का अभिनय करके की जाती है। अभिनय के लिए गंगाधर, श्यामल दास, के. और ई. जया चुने गए। एक ही समस्या पर दो अलग-अलग प्रस्तुतियाँ होनी थीं। इन चारों को शास्त्री ने अपने कमरे में बुलाकर भूमिकाओं का वितरण किया। संबंधित नोट्स दिए, फिर अलग-अलग बैठाकर तैयारी के लिए दस मिनट का समय दिया।

गंगाधर को एक युवा प्रशिक्षु (अप्रेंटिस) का रोल करना था, जोकि प्रशिक्षण के प्रारंभ में अच्छे लड़कों में गिना जाता था, फिर धीरे-धीरे असामान्य होता गया। सहपाठियों से झगड़ा, मार-पीट करने लगा। प्रशिक्षक ने समझा-बुझाकर उसे अनुशासित करना चाहा तो सफलता नहीं मिली। अंत में उसे प्रशिक्षण अधिकारी के सामने पेश होना था। यह भूमिका के. को मिली। उसके सामने प्रशिक्षु के विरुद्ध रिपोर्टों की फाइल रखी है, आज्ञा लेकर समस्याग्रस्त युवक प्रवेश करता है…यही नाटक क्लास में सबके सामने खेला जाना था।

के. ने पूरी गंभीरता और रुआब से प्रश्न पूछना प्रारंभ किया। गंगाधर धीरे-धीरे खुला। उसको बेजुबाँ और सिर झुकाए देखकर के. ने एक लंबा उपदेश

पिलाया तथा सुधार न होने पर सख्त कार्यवाही का भय भी दिखाया। वह सोचने लगी कि एक बिगड़े हुए बालक की भूमिका निभाना गंगाधर को नहीं आया। अभिनय हरेक के बस की बात नहीं।...लेकिन यह क्या, शर्म से जमीन में गड़े जा रहे लड़के (गंगाधर) की हिचकियाँ दबाए नहीं दब रहीं, वह धीमे-धीमे सिसकने लगा। के. ने उठकर उसके कंधे पर हाथ रखा कि उसके सब्र का बाँध टूट गया, वह फफक-फफककर अपनी रुलाई को जिस तरह से रोकने की चेष्टा कर रहा था, उसे देखकर क्लास में सन्नाटा छा गया। के. ने कुशल अभिनेत्री की तरह उससे कहा, "सुनील (पात्र का नाम)! मेरी ओर देखो।" और अपने हाथ से उसका चेहरा ऊपर उठा दिया। आँखों से धारासार आँसू बह रहे थे...सुनील ने अटकते हुए टुकड़ों में अपनी पारिवारिक त्रासदी कुछ इस तरह से कह सुनाई कि सबके दिल पसीज गए। कर्जों से लदा शराबी बाप, कई बच्चोंवाली कठोर हृदय विमाता, कदम-कदम पर निरादर-उपेक्षा-अभाव की अनुभूति। सबको लगने लगा कि यह नाटक नहीं, किसी अभागे की अश्रुसिक्त रामकहानी है। के. असमंजस में पड़ गई, उसने सुनील को कुरसी पर बिठाया, उसके सिर पर हाथ फिराया और एक माँ की तरह समझाने-बुझाने लगी...लेक्चर हॉल तालियों से गूँज उठा।

बाद में दोनों प्रस्तुतियों का विलेषण करते हुए रंगनाथन ने गंगाधर के अभिनय की सराहना तो की, लेकिन प्रस्तुति को कमजोर बताया, 'दि होल थिंग बिकेम टू इमोशनल!'

हल्की रिमझिम के बावजूद गंगाधर और अजय सूर्यास्त से पहले ही के. के घर पहुँच गए। वह प्रतीक्षा कर रही थी। उसके पापा बहुत तपाक से मिले और जल्दी ही उन्होंने अपने मित्र रंगनाथन की तारीफ के कसीदे पढ़ना शुरू कर दिया।

चाय के साथ गरमागरम मच्छी के रोल्स थे और तला हुआ चिवड़ा। के. की माँ बहुत शरमीले स्वभाव की महिला मालूम पड़ीं। उन्हें आकर बैठने को कहा गया तो उनका चेहरा आरक्त हो उठा, आँचल मुँह पर दबाकर किसी तरह पाँच मिनट बैठीं, फिर बँगला में कुछ कहकर अंदर चली गईं। मि. चटर्जी अजय को अपने कॅरियर की गौरवगाथा सुनाने लगे। कुछ देर गंगाधर भी हाँ-हूँ करता रहा, फिर उसने देखा कि के. बाहर बगीचे में चहलकदमी कर रही है। वह धीरे से उठकर बाहर आ गया। वह पल्लू कमर में खोंसे, सिर को दाएँ-बाँए झुलाती

क्यारियों के बीच बनी कच्ची पगडंडी पर इधर से उधर गुनगुनाती हुई घूम रही थी।

"थैंक्स फॉर कमिंग। फिश रोल्स का डफ कल से तैयार रखा था फ्रिज में।"

"आपने तो इनविटेशन वापस ले लिया था, यह तो हम लोगों की बेशर्मी है कि आ धमके।"

"छोड़िए वह सब। झगड़ा करना अच्छी बात नहीं है। फिर आप दो दिन के लिए आए हैं, जाकर भूल जाएँगे न?"

"किसको भूल जाएँगे?"

"यही ट्रेनिंग इंस्टिट्यूट, फैकल्टी, पार्टीसिपेंट्स वगैरह-वगैरह। इनमें कोई है भी नहीं याद करने लायक।"

"और कोई हो न हो, आपको तो नहीं भूल पाऊँगा। आपका गुस्सा, बाप रे! जानती हैं, कल क्वात्रा साहब के गार्डन से एक फूल चुराया था आपको भेंट करने के लिए। आपने डाँट-फटकारकर भगा दिया। देखिए, कैसा मुरझा गया है पॉकिट में पड़े-पड़े। अब इसे साथ ही ले जाना पड़ेगा।"

"जी नहीं, इसे आप बिल्कुल नहीं ले जाएँगे। मुझे दीजिए, नहीं तो आपकी चोरी की रिपोर्ट क्वात्रा अंकल तक पहुँच जाएगी। खामखाँ पकड़े जाएँगे चोरी के इलजाम में।"

"करोबी जी! यह रंगनाथन और शास्त्री के बीच क्या चल रहा है? आप क्यों इनवॉल्व हैं इस पालिटिक्स में। उस दिन शास्त्री बहुत फील कर गया।"

"आप नहीं समझेंगे इन बातों को। आपने तो झाड़ी के पीछे छिपा हुआ एक भालू देखा और डर गए। यहाँ तो आदमी की खाल ओढ़े जाने कितने भालुओं के बीच रहना पड़ता है। यह सभ्यता के उत्कर्षवाली आपकी जगमग दुनिया नहीं है, एक आदिम पड़ाव है, जहाँ रोजी-रोटी के चक्कर में सैकड़ों लोग जैसे यातना शिविर में आ फँसे हैं। पहले जब यह फैक्टरी नहीं बनी थी, तब यहाँ आदिवासी रहते थे। उन्हें अपना भोजन शिकार के जरिए मिलता था...छोड़िए आपको क्यों बोर किया जाए।" वह चुप हो गई। गंगाधर ने गौर से देखा, वह बहुत अधिक उत्तेजित थी... उसकी साँस धौंकनी की तरह चल रही थी। उसने धीमे स्वर में कहा, "मैं समझ गया करोबी! यू हैव टू चूज ए लेसर ईविल।"

अजय सूर उन लोगों के पास चला आया, "सॉरी पार्टनर, मैं डिस्टर्ब नहीं करना चाहता था, मगर मुझे लगा कि अब चलना चाहिए।"

"अरे इतनी जल्दी! अभी-अभी तो आप लोग आए हैं। बैठिए, कुछ देर और। भई आपके लखनऊ की तरह यहाँ टी.वी. या मीनाबाजार तो है नहीं कि दिल बहल जाए। चलिए दो रोज और रह गए।"

"नहीं, अब हम लोग चलेंगे। शानदार फिश रोल्स और चाय की फ्लेवर भूल नहीं पाएँगे। ओ.के. बाय।"

"रुकिए हमारे बगीचे का एकआध फूल तो लेते जाइए।" उसने दो फूल तोड़कर उन्हें भेंट किए।

छठे दिन

प्रोजेक्ट रिपोर्ट बनाने की गहमागहमी में दिन कैसे गुजर गया, वह पता ही नहीं चला। शाम को जनरल मैनेजर की ओर से गेस्ट हाउस में एक सेरेमोनियल डिनर का आयोजन था, इस प्रशिक्षण कार्यक्रम के प्रतिभागियों के निमित्त। इस डिनर में कंपनी के सभी उच्चाधिकारी सपत्नीक भाग लेनेवाले थे, इसलिए सुबह से ही गेस्ट हाउस की सफाई और कायाकल्प का काम चल रहा था।

दिसंबर के बावजूद सोनागाँव में नाम को भी सर्दी नहीं थी। वे लोग लखनऊ के लिहाज से गरम सूट वगैरह लाए थे, जिन्हें पहनने का कोई अवसर नहीं मिल सका। डिनर के लिए उन्होंने अपने सूट पहन लिये और परफ्यूम छिड़ककर नीचे आ गए। खास मेहमान आने शुरू नहीं हुए थे, परंतु मद्यप्रेमी बार में भीड़ लगाए थे। गंगाधर और अजय भी वहाँ जमकर बैठ गए। एक-एक पैग चढ़ा चुकने के बाद अजय ने कहा, "गुरु! इरादे क्या हैं? क्या मिस चैटर्जी को साथ लेकर लौटोगे?"

गंगाधर ने कहा, "समझदारी से काम लो। बार मैन। दो डबल कर देना।"

अजय ने कहा, "कल शाम मुझे लगा कि मामला सीरियस होता जा रहा है।"

गंगाधर ने तीसरे पैग का ऑर्डर किया तो अजय ने मना कर दिया, "भई, अब अपनी लिमिट से बाहर हो जाएगी। तुम्हें पीना हो तो पियो।"

"मेरी आज कोई लिमिट नहीं है।"

तीसरा पैग खत्म होते ही क्वात्रा साहब आ गए। एक दौर उनके साथ होना ही था। यह तो अच्छा हुआ कि डिनर के लिए बुलावा आ गया, नहीं तो बार से हटनेवाले नहीं थे लोग। डाइनिंग हॉल को खूब सजाया गया था। दर्जनों विभूतियाँ

सपत्नीक वहाँ पहुँच चुकी थीं। गंगाधर ने चारों तरफ खोजा परंतु के. नजर नहीं आई। उसने अजय से कहा, ''चलो, उसको रिसीव करने गेट पर चलते हैं।''

बाहर पोर्च में कई ए.जी.एम. और डी.जी.एम. जनरल मैनेजर की अगवानी के लिए खड़े थे। उनसे कुछ कतराकर दोनों गेट के बाहर पहुँचे।

गेट पर बड़े साहब की आमद के लिए दो दरबान मुस्तैदी से खड़े थे। उन्हें आगे निकलना पड़ा। तभी मि. चैटर्जी का स्कूटर उनके पास आकर रुका और पीछे की सीट से किसी अप्सरा सी सजी-धजी के. उतरी। ''यू कम बैक विद रंगनाथन।'' कहकर उन्होंने स्कूटर वापस घुमाया और चले गए।

के. उनके सामने मुसकराती हुई खड़ी थी। गंगाधर ने उसे देखकर दोनों हाथों से आँखें मलने का अभिनय किया तो वह खिलखिलाकर हँस पड़ी। उधर जी.एम. की कार ने गेस्ट हाउस में प्रवेश किया।

''चलिए, जी.एम. साहब तो आ गए।'' उसने बेचैन होकर कहा तो नशे की रौ में कुछ-कुछ बहकते हुए गंगाधर ने कहा, ''मारो गोली जी.एम. साब को। हमारी चीफ गेस्ट तो आप ही हैं। हम लोग आपको एस्कोर्ट करके ले चलेंगे।''

अजय ने कहा, ''सचमुच मिस चैटर्जी, आप तो बिजलियाँ गिरा रही हैं।''

इंद्रधनुषी जरी के कामवाली साड़ी में, आकर्षक केशविन्यास और मेकअप के कारण के. एकदम बदली हुई सी लग रही थी। तीनों डाइनिंग हॉल में घुसे तो एक क्षण के लिए दर्जनों निगाहें इन पर आ टिकीं।

पारंपरिक स्पीचें हुईं। जी.एम. ने प्रशिक्षण कार्यक्रम में बाहर से आए मेहमानों का स्वागत किया, रंगनाथन ने औपचारिक कृतज्ञता ज्ञापन किया। डिनर शुरू हो गया। के. ने एक प्लेट उठाकर गंगाधर को दी और एक खुद उठा ली। दोनों अपनी-अपनी प्लेटें भरकर कोने में जा बैठे।

''आप इस तरह क्यों देख रहे हैं? क्या इस एटायर में मैं बहुत आक्वर्ड लग रही हूँ?''

''काश, मैं आपको बता पाता कि मैं क्यों देख रहा हूँ और क्या देख रहा हूँ?''

''मैं कभी मेकअप नहीं करती। आज मम्मी ने जिद करके मेरा यह हुलिया बना दिया है। सच बताना, बहुत खराब तो नहीं लग रही हूँ?''

इस बीच के. को ढूँढ़ते हुए रंगनाथन वहाँ आ पहुँचे। उनको देखकर वह

तो खड़ी हो गई, लेकिन गंगाधर बैठा रहा।

"मिस चैटर्जी! व्हाट आर यू डूईंग हीयर। रोल प्ले विद दिस चैप। कम ऑन ज्वाइन अस देयर। जी.एम. एंड एवरी बिग शॉट इज देयर।"

"जस्ट अ मिनिट सर! वी आर जस्ट डिस्कसिंग कम्यूनिकेशन।"

"ओ.के. आई विल बी वेटिंग।" कहकर वह गए तो गंगाधर ने गुस्से में दाँत पीसते हुए कहा, "बास्टर्ड! स्वाइन! सन ऑफ ए गन!!"

"गुस्सा तो आपका भी कम नहीं है। कल मुझे कह रहे थे।" के. ने छेड़ा तो वह लाल-पीला होकर बोला, "एक बात कान खोलकर सुन लीजिए। आप उसके साथ नहीं जाएँगी वापस।"

"तो फिर किसके साथ जाऊँगी? देखा नहीं, रास्ते में कैसे भालू घूमा करते हैं!"

"टु हैल विद भालू। आपको छोड़ने मैं चलूँगा, सिर्फ मैं।"

"और फिर आपको छोड़ने कौन आएगा?" कहकर वह अति विशिष्ट समूह की ओर चली गई। गंगाधर भुनभुनाता रहा।

अजय को ज्यादा चढ़ गई थी। उसका जी मिचलाने लगा। गंगाधर उसे बाहर खुली हवा में ले गया, जहाँ उसने सब खाया-पिया उलट दिया। कुछ राहत मिली, मगर सिर चकराना बंद नहीं हुआ। उसे सहारा देकर ऊपर कमरे तक पहुँचाना पड़ा, जहाँ बिस्तर पर पड़ते ही वह सो गया। गंगाधर सिगरेट सुलगाकर बेचैनी से गलियारे में टहलने लगा। नीचे जाने की इच्छा नहीं हो रही थी और यहाँ रुककर अजीब सी छटपटाहट हो रही थी।

के. उस पाजी रंगनाथन के साथ कार में बैठकर जाए, यह दृश्य वह अपनी आँखों से देखने को तैयार नहीं था। भाड़ में जाए, मुझे क्या लेना-देना? आज की रात और बची है, फिर कल क्या हो, किसने जाना? दूसरे ही क्षण उसे आशंका हुई कि उसके चक्कर में वह न इधर की रहे, न उधर की। उसके घर तक का रास्ता किसी तरह भी अकेली लड़की के लिए निरापद नहीं था।...गाड़ियों से रवाना होने की आवाजें आ रही थीं। डिनर खत्म हो चुका था, मेहमान लौट रहे थे। कुछ प्रशिक्षणार्थी भी ऊपर आए, अपने-अपने कमरों में चले गए। वह रेलिंग के सहारे खड़ा ऊल-जलूल सोचता रहा। नशे में चित्त-बुद्धि स्थिर नहीं रहती। कभी तोला, कभी माशा।

जाने कितनी देर बाद लड़खड़ाते कदमों से वह नीचे उतरा। बाहर लॉन में जाकर देखा, पत्थर की बेंच पर प्रस्तरशिला सी वह अकेली बैठी थी। उसका कलेजा धक से रह गया। कहीं मैं ऊपर जाकर सो गया होता तो क्या यह रात भर यों ही बैठी रहती?

"करोबी!"

"आ गए आप?"

"रंगनाथन को क्या कहा तुमने?"

"झूठ बोलना पड़ा कि पापा लेने आएँगे।"

"चलो चलें। बहुत रात हो गई है।"

"क्यों, भगाना चाहते हो?"

"नहीं, घर पहुँचाना चाहता हूँ।"

"घर! हुँह, घर नहीं, गुफाएँ होती हैं इस जंगल में।"

गंगाधर के मन में न कोई भय था, न दुश्चिंता। अच्छी-खासी चाँदनी रात थी।

गेस्ट हाउस से अगले चौराहे पर वह रुक गई, "जानते हो, यह कौन सी जगह है? यह शेष जगह से सोनागाँव को जोड़नेवाला पुल है। यहाँ से गुजरते हुए हर किसी का मन सपनों में खो जाता है, खासतौर पर लड़कियों का। उन्हें लगता है कि जिंदगी और विकसित सभ्यता की ओर यह एक संभावित प्रस्थानबिंदु हो सकता है।" कहकर चुप हो गई।

"यह कौन सी जगह है? कुछ बताओ तो?"

"भूल गए। यहीं तो उतरे होंगे अपना बोरिया-बिस्तर लेकर। यह सोनागाँव का बस स्टैंड है। जाओगे तो बस यहीं से मिलेगी। यहाँ से हाथी टीला तक जाती है और फिर लौट आती है। बस खुशकिस्मत मुसाफिरों को ले जाने के लिए। यहाँ से जाने का और कोई साधन नहीं है, बस बस है।"

"जाने की याद मत दिलाओ, तुम्हें घर पहुँचाकर अकेले लौटना है मुझे।"

"सुनो, मैं यह कह रही थी कि जब कोई लड़की यहाँ से विदा होती है तो घर के पड़ोस के लोग छोड़ने आते हैं। बहुत देर खड़े रहने के बाद दूर से आती बस दिखाई देती है तो लड़की उदास हो जाती है। वह महसूस करती है कि उसे तो मुक्ति मिल रही है, परंतु उसके माँ-बाप, भाई-बहन इसी अरण्य में छूट जाएँगे।''' फिर बस आकर रुकती है कंडक्टर सब समझते हैं। देहाती लोगों को

इधर-उधर करके एक सीट खाली कराते है, जिस पर दूल्हा-दुल्हन को बिठाया जाता है। लड़की खिड़की के पास बैठती है।''

''फिर?''

''फिर क्या, रोती-सिसकती वह खिड़की के चौखटे में जड़ी पेंटिंग सी दिखाई देती है। मैंने बचपन से अब तक पचासों बार देखा है यह दृश्य। हर बार घर आकर खूब रोई हूँ, देर तक तकिए में मुँह छिपाकर।''

दोनों चुपचाप चलते रहे। एक मोड़ पर के. ने याचना के स्वर में कहा, ''गंगाधर! मेरी एक बात मानोगे? कल जब तुम बस में बैठो तो खिड़की के पास एक खाली सीट छोड़कर बैठना।...ऐसी कल्पना करना कि उस खाली सीट पर तुम्हारे साथ बैठी कोई सजी-धजी सिसकियाँ भरती नई दुलहन बैठी है।'' उसके बाद के. की रुलाई फूट पड़ी। उसका रोना क्या साधारण रोना-धोना था! सभी तटबंध तोड़कर बाढ़ में उफनती नदी की तरह प्रलयंकर घटना!

गंगाधर द्रवित हो उठा। उसने वही किया, जो सृष्टि के प्रारंभ से नर करता आया है। के. को अपनी बाँहों में समेट लिया।

वह कुछ कहना चाहता था। कुछ सच्ची-झूठी तसल्लियाँ, लेकिन होंठ जैसे पत्थर के हो गए हों, मुँह से बोल नहीं फूटा। अभिव्यक्ति और संप्रेषण के अन्य माध्यम भी हैं—जल्दी ही पत्थर के होंठ मोम हो गए। दैहिक उष्मता से मोम पिघलने लगा।

भालू जाने कहाँ थे!

अंतिम दिन

प्रोजेक्ट प्रोजेक्शन।

वैलिडिक्शन।

ग्रुप फोटो।

चाय पार्टी, फेयरवैल स्पीचें।

लेक्चर हॉल से बाहर निकले तो वातावरण भारी हो चुका था। सात दिन एक साथ घंटों रहना, अंत:प्रतिक्रियायित होना, कहना-सुनना, बहसें, प्रस्तुतियाँ...और अब विदा होने की यह घड़ी उपहारों का आदान-प्रदान होने लगा। डिग्री कॉलेज के शिक्षकों ने बाहर से आए आठों प्रतिभागियों को सोनागाँव के प्रसिद्ध शहद की

शीशियाँ और काजू भेंट किए। के. और ई. जया ने माली से फूलों के गुलदस्ते बनवा रखे थे। तय हुआ कि इन्हें बस स्टॉप पर दिया जाएगा।

सभी लोग मिनी बस में भरकर गेस्ट हाउस आए। सूटकेस, अटैची और होल्डॉल बँधे रखे थे, उन्हें बस में रखकर बस स्टैंडवाले चौराहे पर उतारा गया।

गंगाधर की मनोदशा सजा सुनाए गए अभियुक्त सी थी। उसके पास के. से कहने के लिए कुछ भी नहीं था, बस गहन विषाद में डूबता-उतरता एक अपराध-बोध था, जिससे छुटकारा पाना आसान नहीं था। उसने नजरें झुका लीं।

अजय ने उसके कान में कहा, ''जाने से पहले एक बार मिल तो लो। फिर जाने कभी मुलाकात हो न हो।'' उसने हिम्मत जुटाकर के. की ओर देखा, वह गुलदस्तों का ढेर सँभाले खड़ी थी। उसकी बड़ी-बड़ी आँखों में डरी हुई हिरणी का सा शंकित भाव था। नजरें मिलीं तो मिली ही रह गईं। गंगाधर की आँखों में जाने क्या पढ़ लिया के. ने, उसके चेहरे पर वेदना की परछाईं पड़ने लगी और आँखों में एक आहत भाव।

दूर से आती बस दिखाई दी तो सब लोग एक-दूसरे की तरफ देखने लगे। ई. जया ने गुलदस्ते देना शुरू किया। बस आकर रुकी, कुली सामान छत पर चढ़ाने लगे, बाहर से आए प्रतिभागी सबसे हाथ मिलाकर बस में बैठने लगे। जब सामान ठीक से रखकर बाँध दिया गया तो गंगाधर ने वहाँ उपस्थित समूह के सामने हाथ जोड़कर कहा, ''हमसे जो भूल हुई हो, उसे माफ कर देना। अब चलते हैं।'' वह जल्दी से बस में चढ़ गया। एक क्षण भी नीचे रुका होता तो निश्चित रूप से असंयत हो जाता।

बस में भीड़ नहीं थी, यह दूसरा ही स्टॉपेज था। कई सीटें खाली पड़ी थीं। वह खिड़की के पास एक खाली सीट छोड़कर बैठ गया। कंडक्टर ने दरवाजा बंद किया और बस चल पड़ी। गंगाधर ने देखा के. तेजी से दौड़कर उसके पासवाली खिड़की तक आई और कुछ कहा, परंतु बस चल चुकी थी, सुनाई नहीं दिया। गंगाधर के अलावा सब लोग खिड़कियों से हाथ बाहर निकालकर हिला रहे थे।

बस 'सोनागाँव आपका स्वागत करता है' वाले बोर्ड से आगे निकल गई तो उसने राहत की साँस ली। एक बोझ सा दिल से उतर गया, तभी, ''अब उसे भूल जाओ पार्टनर!'' कहते हुए अजय धम्म से उसके पास आकर बैठ गया। □

अमर नहीं यह प्यार

जिस बंदे ने मेरा जीना-मरना एक कर दिया है, उसका नाम है रवि। जी हाँ, रवि, मगर मैं उसे रवी कहकर पुकारती हूँ, छोड़िए मेरा क्या, मैं तो उसे जाने क्या-क्या और कैसे-कैसे नाम देती रहती हूँ! कुछ तो ऐसे कि बाद में याद आने पर शर्म आने लगती है और वो, वो तो ऐसा यतीम बच्चा है कि लाख रोकने-टोकने के बावजूद 'मेधाजी, मेधाजी' करता रहता है। मैंने कई बार उसे डाँटा, ''क्या मैं तुम्हारी आंटी लगती हूँ या तुम्हारी दीदी की सहेली हूँ, जो हमेशा जी-जी करते रहते हो? सीधे-सीधे मेधा नहीं कह सकते?'' अब यह आदमी या तो एकदम बुद्धू है या जरूरत से ज्यादा चालाक, कहता है, ''मेधाजी! आप नहीं जानतीं, मैं आपकी कितनी इज्जत करता हूँ। बहुत रोकता हूँ अपने आप को, मगर मुँह से 'जी' निकल ही जाता है।'' बताइए ऐसे उल्लू को क्या कहा जाए? एक बार तो मैंने चिढ़कर कह दिया, ''इस इज्जत को पटको चूल्हे में, कल को तुम रौ में बहकर अम्माजी कहने लग जाओगे तो बताओ मैं क्या करूँगी? खबरदार! आगे से मेधाजी कहा तो!'' लेकिन यह तो ठहरा चिकना घड़ा, इस पर कोई असर नहीं होता। जानते हैं, खरी-खोटी सुनकर क्या कहता है, ''मेधाजी! आप न, जब डाँटती हैं तो मुझे बहुत अच्छा लगता है।'' अब बताइए, ऐसे चुगद से पाला पड़ जाए तो सिवा माथा पीटने के और क्या किया जा सकता है?

और मैं ही कौन दूध की धुली हूँ, शुरू-शुरू में जब यह मेधाजी-मेधाजी करते हुए पीछे-पीछे घूमा करता था तो मुझे बहुत अच्छा लगता था। मैं न फूली-फूली फिरती, लड़कियों के बीच बड़ी शान से बताती कि देखो मेरे ब्यॉय फ्रेंड को, कैसे कदमों में बिछा जाता है! तुम लोग जाने कैसे बरदाश्त करती हो अपने

बदतमीज प्रेमियों को, जो तू-तड़ाक करते हैं और गुस्से में गालियाँ बक जाते हैं! उस दिन शैली ना रोते-रोते बता रही थी कि उसके बीएफ ने एक बार उसे किसी लड़के के साथ मल्टीप्लेक्स में फिल्म देखकर निकलते हुए देख लिया, बस तब से जब भी उसे वह बात याद आती है तो 'रंडी-रंडी' करके बोलता है। एक बार तो यहाँ तक कह गया कि तुम हो कॉलगर्ल, तुम्हारा रेट मुझे मालूम है; और शैली है ऐसी उल्लू की पट्ठी कि बजाय उसे लात मारने के, उसके गले से लिपट-लिपटकर रोती है। कहती है, उसे सच्चा प्यार है, तभी ना गुस्सा होता है। और तो और, दो-तीन बार पिट भी चुकी है उस जानवर से।···एक दिन जाने क्यों मैं सोचने लगी कि क्या कभी ऐसा दिन भी आ सकता है, जब रवी गुस्से में आकर मेरी पिटाई कर डाले? इंपॉसिबल! यह लड़का उस मिट्टी से बना ही नहीं है। कहीं साले में मैन्युफैक्चरिंग डिफेक्ट तो नहीं है?···छिः क्या-क्या सोच जाती हैं लड़कियाँ भी!

···वैसे सच्चाई तो है कि यह मुझे कोई ज्यादा पसंद तो था नहीं, लेकिन मजबूरी थी, मुझे कमबख्त भार्गव से पीछा छुड़ाना था। उस एरिया मैनेजर के बच्चे से। एकदम जोंक की तरह चिपका रहता था हरदम, क्योंकि पूरे दफ्तर में मैं ही ऐसी लड़की थी, जिसका कोई ब्यॉय फ्रेंड नहीं था। कुछ तो मेरी सूरत ही माशाअल्लाह है और कुछ मिजाज। ऐसा नहीं कि लड़के फँसाने के नुस्खे मुझे न आते हों, खूब जानती हूँ कि कैसे उन्हें उल्लू बनाया जाता है और साले बनते हैं, खुशी-खुशी शिकार हो जाते हैं उन कमीनियों के, मगर मुझे यह झूठ-फरेब की बुनियाद पर खड़ी प्यार की मीनारें बिल्कुल नहीं सुहातीं। इसमें कुछ इस खुशफहमी का भी हाथ है कि बैठे-बिठाए अचानक एक दिन मेरे तथाकथित सपनों का राजकुमार आएगा और सेरेमोनियल डोली में बिठाकर बादलों के पार ले जाएगा! किस्सा कोताह यह कि वह साला राजकुमार तो आया नहीं और मैं इंतजार में बत्तीस साल की हो गई। अब मैं भी मैदान में उतर गई हूँ। यह मेरी पिच का पहला बैट्समैन है, देख रही हूँ, कितनी देर तक टिक पाता है! एक बात कहूँ, जैसा भी है, उस खडूस भार्गव से तो अच्छा है। क्या हुआ थोड़ा लुल्ल है तो, उस कमबख्त शैली के ब्यॉय फ्रेंड की तरह मार-पीट तो नहीं करेगा। एक रोज झोंक में आकर शैली बोल ही गई कि उसे पिटने में मजा आता है, बेशर्म कहीं की, कह रही थी कि अच्छी पिटाई हो तो वह पूरी तरह वेट हो जाती है।

पिटाई को लेकर मैं बचपन से ही सेंटी रही हूँ। तब देखती थी कि ज्यादातर लड़के-लड़कियों की पिटाई उनके बाप करते हैं, लेकिन हमारे यहाँ उल्टी गंगा बहती थी, तीनों बहन-भाई मौके-बेमौके माँ से ही पिटते थे। जब कभी पिताजी की मौजूदगी में यह शुभ कार्य संपन्न होता तो उनका चेहरा देखते ही बनता था। उनकी उपस्थिति में माँ कुछ ज्यादा ही निर्मम हो उठतीं, जैसे बता रही हों कि ऐसे अनुशासित किया जाता है बच्चों को और वे अपने बच्चों की ठुकाई कुछ इस भाव से देखते थे, जैसे किसी कसाई की दुकान पर खड़े होकर बकरा हलाल होते हुए देख रहे हों! हमें पिटते हुए इतनी तकलीफ नहीं होती होगी, जितनी उन्हें मूकदर्शक के रूप में होती दिखती थी और माँ का गुस्सा ऐसा कि कोई बीच में पड़ने की हिम्मत नहीं जुटा पाता। जाने क्यों बुरी तरह पसीजते और विगलित होते पापा को देखकर मुझे मन-ही-मन बहुत कोफ्त होती। समझ में नहीं आता था कि माँ के बजाय वे क्यों नहीं करते हमारी मरम्मत? क्यों ऐसे डरे-डरे से हो जाते थे? सच कहती हूँ, ऐसी ही खीज मुझे रवी पर होती है। ठीक है, तुम बहुत शरीफ आदमी हो, परायी बहू-बेटियों को नहीं ताकते हो, मगर हो तो मर्द! क्यों हर समय भीगी बिल्ली बने रहते हो? अच्छा यार, एक खतरनाक सिमली नजर आ रही है। यह कमबख्त रवी कुछ-कुछ मेरे बाप जैसा लगता है ना? कुछ-कुछ नहीं, बहुत कुछ! शायद उसकी तरफ मेरा खिंचाव इस वजह से रहा हो! नहीं तो कहाँ वो कहाँ मैं! हम दोनों के एटीट्यूड में जमीन-आसमान का फर्क है, फिर भी हम एक सो-सो रिलेशनशिप का चक्कर चलाए हुए हैं; भले ही उसमें खासा लोचा हो।

लोचा ये है ना कि रवी जो है, भले की सोणा जेया मुंडा हो, लेकिन मैरिज मैटीरियल नहीं है। हो सकता है कि इसके साथ शादी करके मैं खुश रहूँ, मगर वो फोकट की खुशी होगी। उसमें कोई बड़ा सुख मिलनेवाला नहीं होगा। कारण, रवी की एंबीशंस का दायरा बड़ा छोटा है। ठीक वन बीएच के फ्लैट की तरह। यह उसी में मस्त रहेगा, एक-दो बच्चे पैदा करके उसी में काट देगा जिंदगी। बताइए कि ऐसी सोच और समझ से कहाँ तक समझौता किया जा सकता है? अब ऐसा भी नहीं है कि मैं कोई महल-दोमहले की आस में जीनेवाली लड़की हूँ (अरे, 32 की हो गई तो क्या, शादी न हो तो लड़की ही कहलाऊँगी?) लेकिन यार कुछ तो साला ठाट-बाट होना चाहिए, जिंदगी में कि नहीं? लेकिन

इसमें कुछ है, जो मुझे लगाए हुए है। कभी-कभी तो इस पर इतना प्यार उमड़ आता है कि आपसे क्या कहूँ? एक बार तो मैं ऐसी पागल हो गई कि उसको बाँहों में भरकर चूमने जा रही थी कि इस हरामखोर ने अपना मुँह मेरे सीने में छुपा लिया। एकदम बच्चों की तरह। इनोसेंटली एंड डिवाइन...और सच बताती हूँ कि एक बिल्कुल नई तरह की, अनोखी फीलिंग मेरे अंदर से उठी और मेरा मन जैसे कमल के फूल की तरह खिल उठा। उस दिन बड़ी देर तक यह मुझसे चिपका रहा। मेरा मन कर रहा था कि उसका मुँह ऊपर उठाकर उसकी आँखों में झाँककर देखूँ, अंदर क्या चल रहा है, लेकिन समर्पण के इस दुर्लभ क्षण को खो देने को मन कहाँ तैयार था! बाद में लगा कि उसे डिस्टर्ब न करके ठीक ही किया। जब उसने अंततोगत्वा वहाँ से मुँह उठाया तो कुरते पर गीलापन महसूस हुआ। क्या था, आँसू या सैलाइवा या दोनों? कह नहीं सकती। हो सकता है, मेरी देह ने ही रिएक्ट किया हो, क्योंकि जब वह वहाँ था तो मेरे सीने में जैसे कोई सैलाब लहरा रहा था।

तो जैसे काँच के बड़े बरतन को सावधानी से उठाते हैं, वैसे ही वह सुंदर मुख दोनों हथेलियों में थामकर, उसके होंठों को चूम लिया मैंने। उसकी आँखें किसी स्वप्न में डूबी थीं। अपने चुंबन की आवेगहीनता पर मुझे आश्चर्य नहीं हुआ। छोटे भाई को, जब वह बच्चा था, हम बहनें इसी तरह चूमा करती थीं। वह निश्चित रूप से एक खूबसूरत क्षण था, मगर इस रिलेशनशिप के प्रति मन में संदेह का बीज भी तभी पड़ा। देहराग की ऐसी परिणति किसी भी लड़की के मन में बदलाव लाए बिना नहीं रहेगी। ऐसा ही प्यार करना है तो अरविंद (छोटा भाई) है ना, इसकी क्या जरूरत है? मैंने सोचा। हम लोग अपनी भावनाओं को छुपाए रखना कितनी अच्छी तरह से जानती हैं, कई रोज तक इसे पता ही नहीं चला। वैसे भी ज्यादा सटने-चिपकने की इसे आदत नहीं है, जो कुछ करना होता है, वह मेरे ही हिस्से में आता है। देर-सबेर उसकी समझ में यह बात आ गई कि देयर इज समथिंग मिसिंग बिटवीन अस। यों बहुत सेंसेटिव है ये लड़का। जरूर हर्ट हुआ होगा, मगर जाहिर नहीं होने दिया। पेशेंस भी बहुत है, मेरी तरह हमेशा हड़बड़ी में नहीं रहता। एक छुट्टी के दिन हम बुद्धा जयंती गार्डन गए, मिनी पिकनिक पर। खाना-पीना हो चुका तो इसने अपनी जिंदगी की किताब के कुछ पन्ने उलट-पलटकर मुझे सुनाए। खासतौर पर अपने बचपन के बारे में। वह

अकेली संतान था। माँ की आँखों का तारा। उसे याद है, माँ उसे पाँच बरस की उम्र तक लड़कियों की तरह सजाती-सँवारती थी। मुंडन देर से होने के कारण बड़े प्यार से उसकी दो चोटियाँ गूँथी जाती थीं। पाउडर, बिंदी, काजल, लाल-हरे रिबन ही नहीं, नन्हीं-नन्हीं चूड़ियाँ और पुकारने का नाम 'गुड़िया'। पिता इस सनक पर झल्लाते, मना करते थे कि इसे लड़कियों की तरह ट्रीट मत करो, तुम समझती नहीं हो, आगे जाकर मुश्किल होगी, लेकिन माँ का मन! उन्हें औलाद क्या मिली, एक खिलौना मिल गया था।

आज ब्रेस्ट फीडिंग के इतने फायदे बताए जाते हैं, लेकिन माँ ने डे वन से जो अपना दूध पिलाना शुरू किया तो जैसे उसका कोई अंत ही न था। न उसकी तरफ से, न उनकी 'गुड़िया' की तरफ से। रवी ने छठे साल तक माँ का दूध पिया था। इसे लोगों ने विसंगति माना और लगभग सभी रिश्तेदार महिलाओं ने माँ को टोका, डाँटा। यहाँ तक कि मजाक भी उड़ाया, लेकिन माँ-बेटे ने किसी की परवाह नहीं की। छठे साल में जब वह खूब लंबा हो गया और 'गुड़िया' के बजाय 'गुड्डू' कहलाने लगा तो उलझन होने लगी। अब वह किसी तरह से भी गोद में तो समाता नहीं था, इसलिए बिस्तर पर लेटकर फीडिंग करनी पड़ती। गुड्डू ठहरा अबोध, मगर अब माँ को शर्म आने लगी। दूध छुड़ाने के लिए आदिम तरकीब आजमाई गई, कुचाग्रों पर नीम की पत्ती पीसकर लगाई गई, तरह-तरह की दूध की बोतलें आजमाई गईं, मगर लाल स्तनपान छोड़ने को तैयार नहीं हुआ। नीम लगाओ या और कोई कड़वा लेप, वह नीलकंठ की तरह उसे भी पी जाता। सब इस विकट स्थिति के लिए माँ को दोषी ठहराते और नए-नए उपाय सुझाते। यह अभियान लंबे समय तक लगभग युद्धस्तर पर चला और किसी तरह रो-पीटकर अपने अंजाम तक पहुँचा।

उस दिन रवी ने बड़ी साफगोई से कन्फेस कर लिया कि उसे ब्रेस्ट फिक्सेशन है। भरी-पूरी औरतें उसे आकर्षित करती हैं, खासतौर पर अपर स्टोरी पर वैल स्टोक्ड सुंदरियाँ! स्वभावतः संयत और शिष्ट होने के बावजूद उसे छत्तीस प्लस और ठीक-ठाक कहीं नजर आ जाए तो नजरें हटाना मुश्किल हो जाता है। सच कहती हूँ, सुनकर एक बार तो मैं इतनी शॉक्ड हो गई कि बड़ी देर तक मुँह से बोल नहीं निकला। हरामी कहीं का! क्या इसीलिए मेरे पीछे पड़ा है? मैं खुद थर्टी एट हूँ। कल को कोई और ब्लाउजी दिख जाएगी

तो भाग खड़ा होगा! लेकिन मैंने अपनी खिसियाहट को अपने तक ही रखा, क्योंकि मुझ लग रहा था कि स्टोरी में अभी और ट्विस्ट है। जो आदमी इतनी पर्सनल सीक्रेट मेरे सामने रिवील कर रहा है और इतनी सच्चाई से, उसे मुझ पर सोचो कितना भरोसा होगा! गहराई से सोचने पर मुझे लगा कि रवी बिल्कुल भी एबनॉर्मल नहीं है। ही इज ग्रेट, थैंक गॉड, इसे ब्रेस्ट फिक्सेशन ही है। हर किसी को कोई-न-कोई फिक्सेशन होता है···मुझे भी होगा, होगा नहीं बल्कि है, बिल्कुल है लेकिन सॉरी, वेरी सॉरी! मैं आपको बता नहीं पाऊँगी। मैं न तो इतनी भोली हूँ, न इतनी बोल्ड। फिलहाल तो मैं रवी को भी बतानेवाली नहीं हूँ, उसके लिए आगे भी मौके आएँगे। फिर उसने कहा कि आप भी अपने पैरेंट्स के बारे में कुछ बताइए।

मैंने कहा, मेरे पापा इस शहर के एक जाने-माने मैथ्स ट्यूटर हैं और बरसों से प्राइवेट कोचिंग चला रहे हैं। सुबह से जो स्टूडेंट्स आने शुरू होते हैं तो देर रात तक यही सिलसिला चलता रहता है। बचपन से ही हमने उन्हें सिर्फ लड़के-लड़कियों को पढ़ाते हुए ही देखा है, पिता होने का और कोई फर्ज भी होता है, यह उन्होंने नहीं जाना। सिर्फ और सिर्फ पैसे कमाना, बाकी सब काम हमारी माँ के हिस्से में रहे हैं। स्वभाव से ही पापा इतने मितभाषी थे कि शायद ही हममें से किसी ने कभी उनसे देर तक बातें की हों। बस जरूरत भर के चंद जुमलों से सब निपट जाता था। शायद इसी वजह से हम तीनों बहन-भाई छुटपन से ही सेल्फ डिपेंडेंट रहना सीख गए। बड़ी बहन ने खुद अपने लिए एक लड़का ढूँढ़ लिया तो मम्मी-पापा ने झट से उसकी शादी कर दी। भाई एम.बी.ए. कर रहा है, नौकरी मिल ही जाएगी, फिर वह भी अपने लिए एक लड़की ढूँढ़ लेगा। रही मैं, तो मेरा अल्लाह मालिक है और क्या बताऊँ अपने घरवालों के बारे में! उसने ध्यान से सब सुना, मगर मेरी आवाज में घुले-मिले दर्द को महसूस करने में वह नाकामयाब रहा। कम-से-कम मेरी यही रीडिंग है। हाँ, उसे पापा के बारे में जरूर दिलचस्पी हो गई। बोला, ''मुझे पापा से मिलवाइए ना!''

मैंने चिढ़कर कहा, ''क्यों, क्या काम है तुम्हें उनसे? क्या उनसे मिलकर मेरा हाथ माँगना चाहते हो?'' जानते हैं, उसने क्या कहा, ''अरे, आप भी खूब मजाक करती हैं मेधाजी! मैं तो उनके पैर छूने के लिए जाना चाहता हूँ। आप नहीं जानतीं, ट्यूशन पढ़ानेवाले टीचर्स के लिए मेरे मन में कितनी इज्जत है, मेरा

तो बेड़ा ही इन्होंने पार लगाया है, नहीं तो शायद मैं हाईस्कूल से आगे पढ़ ही नहीं पाता, इंजीनियरिंग और एम.बी.ए. तो दूर की बात है। मैथ्स के नाम से ही मेरे प्राण सूखते थे, टिग्नोमेट्री, कैलकुलस और कोऑर्डिनेट मेरे भेजे में उतरती ही नहीं थी, लेकिन मेरे ट्यूटर्स ने मुझे इस गहरी नदी में तैरना सिखाया और हमेशा हमेशा के लिए मेरे मन से मैथ्स का डर निकाल दिया। मेधाजी! ट्यूटर्स जो हैं, ये कुम्हार की तरह अपने स्टूडेंट्स को ट्यूशन की चाक पर गढ़ते हैं और अकसर मिट्टी को सोना बना देते हैं।''

अब बताइए, ऐसे घामड़ को मैं क्या कहती? सो एक दिन ले गई अपने पूज्य पिताजी से मिलवाने। इसके सौभाग्य से उस समय किसी स्टूडेंट के एब्सेंट हो जाने से पापा खाली बैठे थे। मैंने परिचय कराया और इसने पाँव छुए, छुए क्या, पैर कसके पकड़ लिये और ऐसे पकड़े कि आज तक छोड़े नहीं हैं। दोनों एक-दूसरे से मिलकर बहुत खुश हुए, मैं अंदर चाय लाने के लिए क्या गई, मानो रवी की प्राथमिकताओं से ही बाहर हो गई।''छोड़िए, आपको ज्यादा डिटेल्स बताकर क्यों बोर करूँ! इन नट शैल बता रही हूँ कि रवी का पापा से एक विचित्र तरह का रोमांस चलना शुरू हो गया। एक वो दिन था और एक आज का दिन है, दोनों को एक-दूसरे के बिना चैन नहीं पड़ता। कई बार तो ऐसा होता है कि ऑफिस से देर से लौटने पर देखा कि रवी जाने कब से आया हुआ है और पापा से बातों में मशगूल है। मैं फ्रेश-व्रेश होकर आती और इंतजार में बेवकूफ की तरह बैठी मन-ही-मन भुनभुनाया करती कि कब इन दोनों की बातें खत्म हों और हम उस दड़बे से बाहर निकलें! मेरी माँ को शायद रवी ज्यादा पसंद नहीं आया हो, क्योंकि वे उसके सामने आने से बचती थीं। चाय ले जाने के लिए भी मुझे ही अंदर बुलातीं, कहतीं—हमें अच्छा नहीं लगता जिस-तिस के सामने सिर उघाड़े जाना। खैर, यह तो अपनी-अपनी पसंद है!

जाने कब से वह मेरे पीछे पड़ा था कि मेरी माँ से मिलने चलो। किसी-न-किसी बहाने से टालती रही। दरअसल जब तक इस पार या उस पार जैसा कोई अहम फैसला हो न जाए, पारिवारिक स्तर पर चिपकना और गिलगिले रिश्ते बना बैठना मेरी फितरत में नहीं है। मेरी भावी योजनाओं में सास-बहू सीरियल के लिए कोई जगह नहीं है। भैया 32 की हो गई हूँ और इतने ही समय से झेल रही हूँ, माता-पिता-बहन-जीजू-भाई के बंधनों को। मेरा अपना कुछ, कोई

निजी जीवन तो जैसे है ही नहीं। लेकिन एक दिन रवी ने मुझे बातों में उलझाकर कार अपने घर की तरफ मोड़ ही दी। और एक विजेता की तरह उसने अपनी माँ के सामने मुझे पेश कर दिया (कितने कुत्ते होते हैं ये लड़के)—''माँजी! ये हैं मेधाजी, जिनके बारे में मैं आपको बताता रहा हूँ।'' उसकी मुखमुद्रा से ऐसा लग रहा था जैसे स्वयंवर में, ऊपर घूमती मछली की आँख में निशाना लगाकर मुझे लाया हो! अच्छा, मैं न ऐसी बदगुमानियों पर सुलग उठती हूँ, मगर उसकी माँ के सामने क्या कहती! कड़ुआ घूँट पीकर रह गई।

अब माँजी का हाल सुनिए, वे बेटे से बढ़कर नौटंकीबाज! ऐसे हुमककर मिलीं जैसे हिंदी फिल्म में पहली रील में उनकी बिछुड़ी हुई बेटी मिल गई हो! उठकर गले से लगा लिया। (थैंक गॉड, उनकी परफ्यूम की च्वाइस अच्छी थी। मैं समझ गई, बुढ़िया है शौकीन! इतना कोस्टली डिओ तो रवी भी यूज नहीं करता।) और रवी से कहा, ''गुड्डू, आज मेड छुट्टी पर है। बेटा, तुम ही चाय बना लो। तब तक मैं मेधा से बात करती हूँ।'' और वह नामुराद मामाज बॉय खुशी-खुशी किचन की ओर चला गया। 'अब ये मेरा दिमाग चाटेंगी!' मैंने सोचा। लेकिन वे चुपचाप सोफे पर बैठी-बैठी मुझे टकटकी लगाकर देखती रहीं। वहाँ बैठकर मुझे एक साथ पसंदगी-नापसंदगी दोनों का अहसास हो रहा था। उनका सोफा मुझे हमारे घर जाने कब से रखे सोफे जैसा ही वाहियात और फूहड़ लगा। दोनों में आश्चर्यजनक समानता थी। दूसरी ओर रवी की माँ के चेहरे और शरीर में, उम्र के बावजूद देखने लायक कमनीयता थी। मैं उनके आकर्षण से अप्रभावित रहने के लिए बार-बार अपनी निगाह उस मनहूस किस्म के सोफे पर टिकाती रही।

उन्होंने कुछ देर बाद जैसे ट्रांस से बाहर आकर कहा, ''मेधा, यहाँ मेरे पास आकर बैठो। मैं तुम्हें ठीक से नहीं देख पा रही हूँ।'' अब मैं क्या करती, उठकर गई और उनके पास जा बैठी। उन्होंने प्यार भरी नजर डाली और अपने दोनों हाथों से मेरे चेहरे को थामकर देखने लगीं। उन्होंने मेरी आँखें देखीं, होंठ देखे और मेरा सबसे बड़ा प्लस पॉइंट मेरे लंबे रेशमी बाल छुए, उन्हें सहलाया, मेरे सिर को सूँघा (थैंकफुली मैंने उसी सुबह शैंपू किया था)। फिर जाने कब तक मेरी गरदन के कर्व्स को निहारती रहीं। सच कहती हूँ, उस लेडी के स्पर्श का जादू था, वरना मैं उनका हाथ झटक चुकी होती। मैं बचपन से ही बहुत

टच सेंसेटिव हूँ, किसी ने छुआ और मेरे रोएँ खड़े होने लगते हैं (ये तो शुक्र है कि रवी ज्यादा पकड़ने-धकड़नेवाला बॉय फ्रेंड नहीं है। शायद इसलिए कि उसकी हथेली में पसीना जल्दी आने लगता है। 'माई गॉड! गीली हथेली का टच कितना थ्रिलिंग होता है, नेचुरल लुब्रिकेंट! बट दैट इज अनदर स्टोरी…') हाँ, तो मैं बता रही थी कि रवी की मॉम ने जिस तरह मेरे रूप को खुली आँखों से देखा-परखा-छुआ, वह मेरे लिए एकदम नया अनुभव था। इससे पहले किसी ने भी ऐसे मुग्धभाव से न तो मुझे देखा था, न छुआ था। पहली बार किसी स्पर्श से देह की कैमिस्ट्री में होनेवाले चेन रिएक्शन को अपने अंदर घटित होते हुए महसूस किया। उनकी निगाह वह थी, जो किसी बेनूर समझी जानेवाली नरगिस पर हजारों साल बाद पड़ती है। मैं मरी जा रही थी उन लबों से, यह सुनने के लिए कि तुम बहुत सुंदर हो! मैं अपना सारा नकचढ़ापन और स्मार्टनेस भूलकर किसी बेवकूफ लड़की की तरह अपने रूप की तारीफ सुनने को साँस रोकर बैठी थी। उन्होंने कुछ न कहते हुए भी बहुत कुछ कह दिया था, यह मुझे जल्दी ही रिएलाइज हो गया और सच कह रही हूँ, अपने आप पर इतराने का मन होने लगा। इस बीच उन्होंने मेरे बाल खोल दिए थे और शायद उन्हें नए सिरे से बाँधने के मूड में थीं कि उनका सपूत चाय की ट्रे लेकर हाजिर हो गया। माता ने आज्ञा दी—चाय की ट्रे रखकर ड्रेसिंग टेबल से मेरा कंघा उठा लाओ।

मुझे यह फीलिंग तो थी कि कुछ अनयूजुअल हो रहा है, लेकिन ठीक से समझ नहीं सकी कि हो क्या रहा है! यह नए सिरे से मेरा बपतिस्मा था। उनको बरसों तड़पने-तरसने के बाद वह खोई हुई लड़की मिल गई थी, जिसका नाम कभी बड़े शौक से उन्होंने 'गुड़िया' रखा था, जिसे बड़े जतन से सजाती-सँवारती थीं, जो उनकी आल्टर ईगो थी। वह पाँच-छह साल उनके साथ रही और फिर एक झटके से उनसे छीनकर क्रूरतापूर्वक उसे 'गुड्डू' बना दिया गया। ऐसी खोई हुई निधि मिल जाने पर कौन निहाल नहीं हो जाएगा? आंटी भी हो गईं। मैं उस दिन उस घर से निकली तो एकदम गुड़िया की तरह दमक रही थी, बड़ी तरतीब से बँधी दो लंबी-लंबी चोटियों में। रवी के साथ कार में अपने घर जाते हुए मैं इठला रही थी। सच्ची, हम लड़कियाँ कितनी पागल होती हैं! रवी ने जब बड़ी उत्सुकता से पूछा, "मेधाजी, कैसी लगीं मम्मीजी आपको?" तो मैंने बड़ा बेतुका जवाब दिया, "रवी, मुझे तुम्हारा सोफा बिल्कुल अच्छा नहीं लगा।

आखिर क्यों ऐसा घिसा-पिटा सोफा तुम लोग घर में रखे हो? कोई सेंटीमेंटल अटैचमेंट तो नहीं है इसके साथ? दैन आई एम सॉरी!''

उसने हैरान होकर अविश्वास से मेरी ओर देखा, जैसे मैं कोई मजाक कर रही होऊँ! फिर कुछ गिरी हुई आवाज में कहा, ''नहीं मेधाजी, ऐसी कोई बात नहीं है। आज तक हमें ऐसा नहीं लगा कि वह सोफा अच्छा नहीं दिखता···इसके बारे में कभी सोचा ही नहीं। अब आप कहती हैं तो कुछ करेंगे···।'' मैं समझ गई कि अगर किसी तरह मजबूरी से (जिसके बहुत आसार हैं) इस शख्स से शादी करनी पड़ ही गई तो इसको सिखाने-पढ़ाने में बहुत सिर खपाना पड़ेगा। कोई एस्थेटिक सेंस ही नहीं है इन लोगों में। यह पढ़-लिख जरूर गया है, अच्छी नौकरी भी पा गया है, मगर टेस्ट डेवलप करने का मौका ही नहीं मिला तो इसका भी क्या कसूर है? मुझे भी इसने इसी तरह सेलेक्ट किया होगा, जैसे सोफा अच्छा लगे न लगे, कोई फर्क नहीं पड़ता। ऐसे ही गर्लफ्रेंड सुदंर हो या नहीं हो, इसकी बला से! फिर दूसरे क्षण मुझे अपने घर के खूसट और उससे भी बुरे सोफे की याद आ गई तो मैं मन-ही-मन शर्मिंदा हुई और बात बदलकर बोली, ''आंटी सच में बहुत स्वीट हैं, इतनी केयर तो मेरी माँ ने भी कभी नहीं की। हम दोनों बहनें एक-दूसरे के बाल काढ़ लेती थीं। मम्मी को तो घर और बाजार से कभी फुरसत ही नहीं होती थी।'' यह सुनकर उसका चेहरा खिल उठा, ''मैंने आपको बताया था ना कि बचपन में मम्मी मुझे लड़की की तरह सजाकर रखती थीं। बाल काढ़ने का तो उन्हें शौक है।'' मेरा घर आ गया था और मैं उसे अंदर बुलाने के मूड में बिल्कुल नहीं थी, कार से उतरते ही मैंने 'बाय' किया तो वह बेशर्मी से बोला, ''रुकिए, सोच रहा हूँ कि जब यहाँ तक आ ही गया तो एक बार पापा को हैलो कर आऊँ।'' वह नीचे उतर आया और मेरी ओर देखे बिना दरवाजे की ओर बढ़ गया। मैं जल-भुनकर खाक हो गई और गंभीरता से रवी की सुटेबिलटी पर नए सिरे से विचार करने लगी।

मेरा सिक्स्थ सेंस कह रहा था कि हमारी रिलेशनशिप एक खतरनाक मोड़ पर पहुँच चुकी है। मुझे अब फायर फाइटिंग के लिए कमर कस लेनी चाहिए, नहीं तो फिर बहुत देर हो जाएगी और पछताने के अलावा कुछ हाथ नहीं लगेगा जिंदगी भर। गुस्से में भरी हुई मैं अंदर गई तो देखा, वे दोनों इतना चमी होकर बतिया रहे थे कि किसी तीसरे की मौजूदगी का उन्हें अहसास ही नहीं हुआ।

कर लो जिसे जो करना हो! उन्हें उनके हाल पर छोड़कर मैं चल दी। मम्मी सामने पड़ीं तो मेरा मन किया कि और माँओं की तरह ये भी चिंतित होकर मुझसे पूछें कि इतनी देर तक कहाँ थी मुँहजली, तुझे अपने खानदान की इज्जत का बिल्कुल खयाल नहीं है? लेकिन वो मेरी मम्मी ही क्या हुई, जो ऐसी फालतू की चिंता में घुली जाए! उन्हें रत्तीभर भी फिक्र नहीं थी कि लड़की खुलेआम एक जवान लड़के के साथ घूमा करती है, कल को कुछ हो गया तो किसी को भी मुँह दिखाने लायक नहीं रहेंगे।···बाद में अपनी इस अल्हड़ सोच पर बड़ी हँसी आई। ये साली हिंदी फिल्में देख-देखकर नई पीढ़ी का मानसिक विकास कैसे थम गया है, इसका मुझसे बेहतर नमूना और कहाँ मिलेगा?

चिंतित होना तो दूर, उन्होंने मुसकराते हुए धीरे से पूछा, ''क्या रवी आए हैं? तुम्हारे पापा लगता है, उन्हीं का इंतजार कर रहे थे। नौकर से स्वीट्स और समोसे मँगवाकर बैठे थे।'' सुन के ना मेरा दिमाग ही घूम गया। कितना घुन्ना है ये रवी का बच्चा! इसने जरा भी जाहिर नहीं किया कि यह मुलाकात प्रीअरेंज्ड है। खैर, अपने मन के भाव छुपाते हुए मैंने बात को दूसरी तरफ मोड़ दिया, ''मम्मी, मैं बहुत दिनों से एक बात कहना चाह रही हूँ, आप सुनेंगी?'' उन्होंने जाने क्या समझा कि एकदम सीरियस होकर बोलीं, ''क्या बात है मेधा? इस तरह क्यों बोल रही हो? हमने तो हमेशा अपने बच्चों की खुशी-नाखुशी को सबसे ऊपर रखा है। राधिका ने अपना दूल्हा पसंद कर लिया तो हमनें कोई एतराज किया?'' 'एल्लो, ये तो तैयार बैठी हैं,' मैंने मन-ही-मन सोचा, 'भगवान्! कैसे माँ-बाप पकड़ा दिए हैं आपने भी मुझे!' अपनी खीज को दरकिनार कर जबरदस्ती मुसकराते हुए मैंने कहा, ''नहीं मम्मी, वो बात नहीं है। मैं यह कहना चाह रही थी कि हमें एक अच्छा सा नया सोफा ले लेना चाहिए। कोई आ बैठता है तो इस सोफे की वजह से कितनी किरकिरी होती है कि मैं कह नहीं सकती। मम्मी प्लीज, चेंज दिस सोफा फॉर गॉड्स सेक!''

उन्होंने ठंडी साँस छोड़कर सिर हिलाते हुए पूछा, ''क्यों, इस सोफे में क्या बुराई है? अच्छा-खासा तो है। अभी दो साल पहले ही तो इसे रिनोवट कराया था। रेक्सीन का कलर खुद तुमने पसंद किया था। अभी इसकी एक्को टाँग नहीं हिली है और फिर निकाल फेंकने की क्या तुक है?''

सुनकर माथा पीटने को दिल किया, 'जो लोग अपना सड़ा-गला सोफा

बदलने को भी मानसिक रूप से तैयार नहीं हैं, मैं क्यों उनकी जिंदगी को बदलने के ख्वाब देखा करती हूँ?' मैंने अपने आप को धिक्कारा। कुछ ही देर में दूसरी बार यह सोफा-पुराण छेड़कर मुझे अकल आ गई। मन कर रहा था कि चीखकर कहूँ, 'भाड़ में जाओ, मेरी बला से! चिपके रहो जिंदगी भर अपने-अपने चीकट सोफों से! मगर मुझसे यह उम्मीद मत रखना कि मैं इस या उस सोफे को झाड़ते-पोंछते बिताऊँगी अपनी जिंदगी! अरे 32 साल बिता दिए, ये क्या कम हैं?''

उस दिन उस समय तो चुप लगा गई, मगर अगले रोज शाम को जब हम 'कैफे कॉफीडे' में जाकर बैठे तो मैंने रवी को खूब खरी-खोटी सुनाई—''तुम्हारा मेरे पापा से एपॉइंटमेंट है और मुझसे ही छुपाए रहते हो! यह है तुम्हारी वफादारी!···एक बात बताओ, तुम्हारा अफेयर मुझसे चल रहा है या मेरे पापा से? क्या खिचड़ी पक रही है तुम दोनों के बीच, जरा मैं भी तो सुनूँ? हमसे तो उन्होंने कभी इतनी चोंचें नहीं लड़ाईं।'' वह गंभीर होकर बोला, ''मेधाजी, बात यह है कि हम दोनों एक कोचिंग इंस्टीट्यूट के प्रोजेक्ट पर काम कर रहे हैं, जो अभी ड्राइंग बोर्ड स्टेज पर ही है। कुछ शेप लेने लगता तो आपको बताता। आपसे कुछ छिपाने की तो मैं सोच ही नहीं सकता।'' मैं जैसे आसमान से गिरी, एक बार तो अपने कानों पर विश्वास ही नहीं हुआ। किसी तरह अपने को सँभालकर बोली, ''ये तुम क्या कह रहे हो! तुम उनके साथ मिलकर कोचिंग क्लासें चलाओगे? तुम्हारी नौकरी का क्या होगा?''

रवी में और चाहे जो कमी हो, आत्मविश्वास खूब भरा है। मेरी उत्तेजना और हैरानी को दरकिनार कर वह बोला, ''मैं नौकरी में कभी भी इंटरेस्टेड नहीं था। शुरू से ही मेरे मन में अपना खुद का कुछ करने की एंबीशन रही है, लेकिन इन्वेस्टमेंट नहीं जुट पा रहा था। मेरे पापा ने तो टके सा जवाब दे दिया। शायद उनके पास इतना पैसा है भी नहीं। कई लोगों से मैंने इस प्रोजेक्ट को डिस्कस किया, मोटिवेट किया, मगर कोई पैसा लगाने को तैयार नहीं हुआ। तब तुम्हारे पापा से इंट्रो हुआ और सुनते ही वे उछल पड़े, बोले, 'मैं जाने कब से एक पार्टनर की तलाश में था! मेरे पास ज्यादातर लड़के-लड़कियाँ ऐसे ही आते हैं, जिन्हें इंजीनियरिंग एडमीशन की तैयारी करनी होती है। मैं सबको एकोमोटेड नहीं कर पाता, बहुत से निराश होकर लौट जाते हैं, क्योंकि मेरे स्टूडेंट्स का सक्सेस रेट बहुत अच्छा है।' अब मोटा-मोटी प्लान यह है कि फिलहाल किसी अच्छी

लोकेशन में किराए पर बिल्डिंग लेकर कोचिंग इंस्टीट्यूट खोलेंगे। फिलहाल मैथ्स पापा, फिजिक्स मैं और कैमेस्ट्री मेरा एक बैचमेट सँभालेगा और धीरे-धीरे बाकी फैकल्टी रिक्रूट करते जाएँगे। मेधाजी, मेरी खुशकिस्मती है कि आपके थ्रू पापा से मुलाकात हो गई और एक सॉलिड प्लान बन गया।''

यह सब सुनकर मेरा मन बुझ गया। 32 साल तक दिन-रात ट्यूशन के धंधे में लगे रहनेवाले पिता को हमने किस तरह झेला, यह हमारा दिल ही जानता था। मेरी किस्मत देखिए, अब एक संभावित पति भी उसी नस्ल का मिल गया था। मेरा चेहरा उतरते देख उसने बात सँभालने की कोशिश की, ''मेधाजी, यह सब अभी प्लानिंग स्टेज पर ही है। आपसे पूछकर ही इसमें हाथ डालूँगा। मगर एक बात समझ लीजिए, इस धंधे में इतना पैसा है कि आप शायद कल्पना भी न कर पाएँ। इन एनी केस इस प्रोजेक्ट में आप भी पार्टनर होंगी। एडमिनिस्ट्रेशन और फाइनेंस आप ही देखेंगी। बस दुआ कीजिए कि सबकुछ राइट ट्रैक पर चलता रहे।'' उसने यह कहते हुए अपनी घड़ी देखी, ''चलिए, घर चलते हैं, पापा इंतजार कर रहे होंगे। अरे, मैं तो कहना भी भूल गया, आज मम्मी ने आपको बुलाया है।'' कहते हुए वह उठ खड़ा हुआ।

''बैठ जाओ रवी! यह सब क्या है? इतनी लंबी प्लानिंग करते हुए तुम्हें एक बार भी मुझे कंसल्ट करने की जरूरत महसूस नहीं हुई? सबकुछ तय करके यह कहने का क्या मतलब रह जाता है कि मुझसे पूछकर ही इसमें हाथ डालोगे? हाथ तो तुम डाल भी चुके हो। और तो और, मुझे जो करना है, उसका भी इकतरफा फैसला तुमने ले लिया है। रवी, हाऊ यू डेयर! तुमने कैसे सोच लिया कि तुम्हारे कहने पर मैं अपनी नौकरी छोड़ दूँगी? बल्कि मैं तो कतई इस फेवर में नहीं हूँ कि तुम अपना अच्छा-खासा जॉब छोड़कर पापा की तरह घरघुसरे बन जाओ। हो सकता है कि इसमें कुछ ज्यादा कमाई होती हो, मगर आज से दस साल, बीस साल बाद की सोचो कि इस नौकरी में तुम कहाँ पहुँच जाओगे! मुझे पूरा विश्वास है कि तुम उससे भी पहले किसी कंपनी के सी.ई.ओ. हो चुकोगे। और समाज में इस कोचिंग के धंधे की क्या रेपुटेशन है, जरा पता तो कर लो!...रियली आइ एम वैरी मच डिसअपॉइंटेड! तुमने मुझे बिल्कुल भी कॉन्फिडेंस में नहीं लिया। मैं जानती हूँ कि पापा ने तुम्हारा ब्रेनवाश कर दिया। एनी हाऊ, प्लीज कीप मी आउट ऑफ दिस!''

रवी का चेहरा उतर गया। वह धम्म से वापस कुरसी पर बैठ गया। कुछ देर तक सिर झुकाए बैठा रहा, फिर जैसे कोई ज्वालामुखी फूट पड़ा, ''मेधाजी! कई बार सोचा कि आपसे यह बात बताऊँ कि मेरी नौकरी बाहर से देखने में जितनी आकर्षक लगती है, अंदर से उतनी ही गलीज है। नौकरी क्या है, समझ लीजिए, कुत्तेगीरी है। हर किसी को एक इंपॉसिबल टारगेट पकड़ा दिया जाता है और हर तिमाही उसकी खाल उधेड़ी जाती है। मेरा बॉस कैसी गंदी-गंदी गालियाँ निकालता है, अगर आप सुन लें तो कभी इस कंपनी का मुँह न देखें। मर-खपकर किसी तरह एक क्वार्टर का टारगेट पूरा करते हैं तो ऑफिस में रात भर सेलेब्रेशन चलता है और फिर अगली सुबह से कुत्तेगीरी चालू हो जाती है। लास्ट फाइनेंशियल इयर में मैंने बाइ चांस अपना टारगेट बाइपास कर लिया तो ट्वेंटी परसेंट इंक्रीमेंट मिला है। है न खुशी की बात! लेकिन इस साल के दो क्वार्टर में इतनी मार खा गया हूँ कि बॉस को चेहरा दिखाने में शर्म आती है। रात को नींद नहीं आती···आप सोचती होंगी, कोई दूसरा जॉब क्यों नहीं ढूँढ़ लेता, तो यकीन मानिए, दूसरा, तीसरा या चौथा जॉब भी ऐसा ही होगा···शायद इससे भी बुरा हो। पोस्ट लिबरलाइजेशन कंपनियों में मुनाफा कमाने की ऐसी अंधी स्पर्धा शुरू हो गई है कि बाजार की इस बिसात पर बिछे हम जैसे मोहरों का जीना हराम हो गया है। मैं आपको बता रहा हूँ कि हममें से ज्यादातर वर्कहोलिक होने के साथ-साथ एल्कोहॉलिक भी हो चुके हैं। जब कभी पार्टी के बहाने मौका मिलता है तो पीकर गालियाँ देने की बीहड़ प्रतियोगिता होने लगती है। बड़े-बड़े पैकेजों पर फाइव फिगर सैलरी पर काम करनेवाले एक्जीक्यूटिव्स के नकाब उतर जाते हैं, हमेशा सजे-सँवरे रहनेवाले चेहरे इतने बदशक्ल नजर आने लगते हैं कि तौबा!···मेधाजी! आपसे कैसे बताता यह सब? मैंने इस जलालत से छूटकर अपना खुद का धंधा करने की जो प्लालिंग की है, उसे आप इस पर्सपैक्टिव में देखें और फिर बताएँ कि मुझे क्या करना चाहिए? मगर एक बात आप अच्छी तरह समझ लीजिए कि होगा वही, जो आप डिसाइड करेंगी।···मैं इस या उस नौकरी से घबराता नहीं हूँ। आप कहेंगी तो स्टेप बाइ स्टेप, हर तिमाही धंधा बढ़ाते हुए मैं उस सी.ई.ओ. की कुरसी तक दस या बहुत से बहुत पंद्रह साल में पहुँच ही जाऊँगा।'' यह सब कहते-कहते उसका उतरा हुआ चेहरा अपना सुरमई रंग छोड़कर लाल होता जा रहा था। मैं जो उसे मामाज बॉय या गुड़िया टन्‍र्ड गुड्डा समझती आई थी। उसकी

कशमकश को सुनकर अवाक् रह गई। मैं खुद अपने जॉब की चंद घटिया रवायतों को लेकर शुरू-शुरू में डिप्रेस्ड रहती थी, लेकिन एक शानदार कॅरियर के अंदर के ऐसे नर्क की मैंने कल्पना भी नहीं की थी। हाय रे! चीजों को बहुत जान लेना भी कितना बुरा होता है। मैंने बहुत ठंडेपन से कहा, "रवी, प्लीज! थोड़ी देर के लिए मुझे यहाँ छोड़ दो। तुम इस समय यहाँ से चले जाओ। पापा के पास या जहाँ तुम्हारा दिल चाहे।...नहीं, मुझे लेने आने की जरूरत नहीं है। मैं अपने आप चली जाऊँगी। यहाँ बहुत ऑटो और टैक्सीवाले खड़े रहते हैं। तुम जाओ!" और वह चुपचाप खिसक गया।

मैं कुछ देर अकेले बैठना चाहती थी, सेल्फ एनेलिसिस और सेल्फ एप्राइजल के लिए। मुझे लग रहा था, जैसे मैं समय की नदी की तेज धार में बही जा रही हूँ। यह मुझे कहाँ जा पटकेगी। इसका कुछ पता नहीं है। मैंने कल्पना में अपने दोनों हाथों से किनारे के एक वृक्ष की पानी में निकली हुई जड़ को कसकर पकड़ लिया और उस बहाव में कुछ देर के लिए ठहर गई। मैं दरअसल सदमे में थी। जैसे आसमान से गिरी होऊँ? सच्चाई यह थी कि रवी की तरह ही मैंने भी एक प्लान बना लिया था और अभी तक किसी को उसकी भनक नहीं लगने दी थी। भले ही हमारे बीच कुछ भी इमोशनल या सेंटी न रहा हो, मगर कुछ था, जो मुझे उसकी ओर खींचता था। मैं चाहे कितने ही नखरे दिखाती रही होऊँ, मगर हर पल, हर घड़ी यह अहसास बना रहता था कि मैं 32 साल की हो गई हूँ और तेजी से रौंग साइड ऑफ थर्टी की तरफ बढ़ रही हूँ और यह 'मेधाजी, मेधाजी' करनेवाला गुड़िया टर्न्ड गुड्डा भले ही ज्यादा डैशिंग न हो, मगर एक एश्योर्ड फ्यूचर तो है ही। अपनी मधुर कल्पनाओं में मैं सी.ई.ओ. की बीबी बनकर लंबी कार में तनकर बैठती थी। यह दृश्य चित्रित किया जा सकता तो उसमें मुझे देखकर पहचानना मुश्किल होता। समझे आप!... वेटर ब्लैक कॉफी रख गया, उसकी कड़वाहट मुझे भाई। जल्दी ही कैफीन ने अपना असर दिखाया और मेरा खुराफाती दिमाग बूस्ट अप हो गया। प्लान बी, प्लान सी और प्लान डी बनने लगे। मुझे लग रहा था कि अभी मेरे पास समय है...लेकिन मन की गहराइयों में छुपा संदेह भी बार-बार अपना फन उठा रहा था। अच्छी बात यह थी कि अभी मेरे सारे ऑप्शन ओपन थे।...लेकिन कब तक?...बाशबेसिन जाकर मैंने चेहरे पर पानी के छींटे मारे। शीशे में मुँह देखा

तो लगा, जैसे हवाइयाँ उड़ी हुई हों। सबसे खराब हालत थी मेरे बालों की, उनमें बेइंतहा रूखापन था, जरा भी चमक नहीं थी। ऐसा लग रहा था, जैसे चील का घोंसला मेरे सिर पर रखा हो। हाय राम! ये रवी कैसे टॉलरेट करता है मेरे जैसी बेशऊर लड़की को! साले को कोई और मिलेगी भी तो नहीं।

वहाँ से निकली तो खाली-खाली लग रहा था। कमबख्त रवी एक पुछल्ले की तरह मेरी आदत जो बन चुका था। और अब खराब आदतों को छोड़ने का वक्त आ गया था। कैफे के घुटन के मुकाबले बाहर की हवा में ताजगी थी और ठंडक भी। मैं ऑटो के पास जाकर खड़ी हो गई और सोचने लगी कि कहाँ चलने को कहूँ—घर कि घाट?...सोचते-सोचते मेरा माथा घूमने लगा। मन कर रहा था कि किसी ऐसी जगह जाऊँ, जहाँ कोई मेरी हालत पर तरस खानेवाला हो। जहाँ कोई मुझे पकड़कर अपने पास बिठा ले। मेरा चेहरा उठाकर अपनी हथेलियों में थाम ले, मेरी आँखों में झाँककर, गहरी उदासी को देख ले। मेरे रूखे बेजान बालों में निगाहें करम की शीशी उलट दे। उन्हें खोलकर छितरा दे...और प्यार से सँवारकर बाँध दे। मैंने कल्पना की—मेरी कसकर गुँथी हुई दो चोटियाँ दाएँ-बाएँ लटक रही हैं, उनमें लाल रिबन के फूल खिले हैं और मैं...एक शोख खिलंदड़ी लड़की की तरह उनकी गोद में बैठी इतरा रही हूँ।

दोस्तो, मुझे मालूम पड़ गया कि मुझे कहाँ जाना है और मैंने ऑटोवाले को बता दिया। मगर आपको नहीं बताऊँगी।

□

छिन्नमस्ता

बहुत दिनों बाद चूड़ीवाले मियाँजी आए थे। छह फिटे, गोरे, बड़ी-बड़ी सुरमई आँखोंवाले चुप्पे मियाँजी। उनकी साइकिल नीम के घने पेड़ के नीचे खड़ी थी और रिजवी साहब के बरामदे में औरतें और लड़कियाँ उन्हें घेरकर बैठी थीं। रिजवी साहब का बड़ा परिवार था। उनकी बेगम को छोड़कर ज्यादातर औरतें परदानशीं थीं। जो भी फेरीवाला आता, उसकी गठरी उनके बरामदे में ही खुलती थी। पड़ोस की औरतें-लड़कियाँ भी जुट जातीं तो अच्छी-खासी जनाना महफिल लगती। माल का गुण-दोष परीक्षण और भाव-ताव बेगम रिजवी की देख-रेख में बड़े मनोरंजक ढंग से होता।

उस समय शन्नो की कलाई में चूड़ियाँ चढ़ रही थीं। चढ़ क्या रही थीं, दनादन टूट रही थीं। मियाँजी हरे काँच की दो-दो चूड़ियाँ बड़ी सावधानी से अँगूठे और उँगलियों के बीच पकड़कर उसके पंजे को यथासंभव दबाकर धीरे-धीरे आगे बढ़ाते। पंजे और कलाई के जोड़ तक सब ठीक-ठाक चलता, वहाँ कुछ रुककर, अपनी साँस रोककर, वे बड़ी मुलामियत से चूड़ियों के जोड़े को आगे सरकाते कि लाख एहतियात के बावजूद चट से कभी एक, कभी दोनों चूड़ियाँ टूट जातीं।

बेगम ने सरौते से छालियाँ काटते हुए कहा, ''कमबख्त का हाथ है कि मूसल! देखो तो कैसा खूनखराबा मचा हुआ है! भई, कलाई हों तो शोभा या रजिया जैसी! तंग-से-तंग चूड़ी भी आराम से सरक जाती है। चूड़ियाँ हमारे हाथ में भी टूटती हैं, पर ऐसी दनादन नहीं।''

शोभा खुली हुई झल्ली में चमकती रंग-बिरंगी चूड़ियों पर नजर गड़ाए थी। फालसई और जोगिया का मेल उसके मन में था, परंतु शंका भी थी। काई रंग

भी एक विकल्प था। उसका एक कान उधर लगा था, बोली, "चाची, चूड़ियों से लगा घाव पकता नहीं। थोड़ा-बहुत खून बह भी गया तो इसके शरीर में कौन कमी है! हाँ, बिचारे मियाँजी का जरूर नुकसान हो रहा है, उसे यह हम लोगों से वूसल ही लेंगे।"

तभी पसीने से तरबतर सतीश ने ठीक वहीं आकर साइकिल रोकी। इसे देखते ही बेगम की परदानशीं देवरानियाँ 'उई उल्ला' कहते हुए अंदर भाग गईं। शन्नो और छोटी दो लड़कियाँ रह गईं। बेगम ने सिर पर ओढ़नी ठीक से सँभाली। नीम की छाया में साइकिल खड़ी करके झेंपते हुए सतीश ने मुँह दूसरी ओर कर लिया। शोभा ने त्योरियाँ चढ़ाकर कहा, "यहाँ औरतों के बीच आ धमकने की कौन सी जरूरत पड़ गई? सच्ची में चाची, कुछ लोग एकदम बेशऊर होते हैं।"

बेगम ने मीठे स्वर में कहा, "इधर आ जाओ बेटा! जरूर कुछ काम से आए होंगे। (शोभा से) ऐसा नहीं कहते किसी भले आदमी को।"

शोभा ने चिढ़कर कहा, "हाँ, शक्ल से तो भले आदमी ही नजर आते हैं। अब मुँह छुपाए क्यों खड़े हैं, यहाँ तशरीफ ले आइए। यह भी देख लीजिए, चूड़ियाँ कैसे पहनाई जाती हैं।"

हमेशा संजीदा रहनेवाले मियाँ के चेहरे पर भी मुसकराहट झलकी।

"जी, जर्दा लेकर आया हूँ। अहमद हुसैन दिलदार हुसैन का। रिजवी साहब ने मँगवाया था। ये आप रख लीजिए, साथ में बाकी पैसे भी हैं।" उसने सौदा और पैसे बेगम को सौंप दिए।

शोभा कहाँ चुप रहनेवाली थी, "चाची, काम यह भी बुरा नही है। यहाँ आसपास कोई ढंग की पान की दुकान है भी नहीं। कोई बेरोजगार आदमी खोल ले तो खूब चले।"

बेगम ने डाँटा, "देखो तो, कैसी कतरनी-सी चलती है इस लड़की की जुबान! अरी, ये एम.काम. पास हैं। किसी दिन साहब बनेंगे, साहब! तू फ्रिक मत कर, तुझे पानवाला ही दूल्हा मिलेगा। अरे, जाओ नहीं! ठंडा पानी मँगाती हूँ, शुक्लाजी के घर से। इस लू में झुलसते हुए आए हो।"

शोभा की छोटी बहन नंदा एक लोटे में पानी और गिलास लेकर आई।

प्यास के मारे सतीश का गला सूखा जा रहा था। उसने गिलास मुँह में लगाया तो इस इरादे से था कि एक ही साँस में खाली कर देगा, मगर पहले ही

घूँट के बाद हैरान होकर बोला, ''अरे! यह तो शिंकजी है।''

शोभा ने मुँह पर हाथ तो रखा, मगर बोले बिना न रह सकी, ''अब चाची कह रही है कि एम.कॉम. पास बाबू साहब बनेंगे तो सादा पानी कैसे पिलाया जाए। चलिए जल्दी से खाली करिए लोटा-गिलास और उठाइए अपनी साइकिल। हम लोग चैन से पहनें चूड़ी।''

उसके जाने के बाद शन्नो बोली, ''अम्मी, कितने सीधे हैं सतीश भैया!''

बेगम ने ठंडी साँस भरकर कहा, ''लड़का तो हीरा है हीरा! इतना पढ़ा-लिखा और फरमाबरदार! हमेशा अव्वल दर्जे में पास हुआ है और कमबख्त नौकरियाँ जैसे कहीं दफ़न हो गई हों। दो साल से घर बैठा है। ट्यूशनें पढ़ा रहा है॥ अरी कहाँ जा छुपी हो। आ जाओ बाहर। मियाँजी सारे दिन यहीं बैठे रहेंगे क्या?''...और फिर से चूड़ी पहनने-पहनाने का सिलसिला शुरू हो गया।

बेगम उठकर अंदर गई तो शोभा की समवयस्क नजमा ने उसे छेड़ा, ''आप भी तो गजब ढाती हो शोभा रानी! वे बेचारे हसरते-दीदार पूरी करने के लिए आते हैं और आप किसी-न-किसी बहाने बरसने लगती हो। किसी के जज्बात की कद्र करना सीखिए। कहा नहीं गया है कि बड़ी मुश्किल से होता है चमन में दीदावर पैदा।''

शोभा ने मुँह बनाया, ''ऐसे निखट्टू दीदावर से तो भगवान् बचाए। खाली डिग्रियाँ ले लेने से क्या होता है। पचासों बार रिटन टेस्ट और इंटरव्यू दे चुके, मगर किसी को नहीं जँचे। सो लौट आए हैं वापस, मोहल्ले भर की खिदमत बजाने। सारे दिन साइकिल पर ट्यूशन करते-फिरते हैं, वह भी ज्यादातर फोकट की। नहीं तो किसी की घड़ी मरम्मत करवाने जा रहे हैं या राशन की चीनी लेने। कोई अँगोछे मँगा रहा है तो कोई खाँसी की दवा। अभी देखा नहीं अहमद हुसैन, दिलदार हुसैन का जर्दा लेकर आए थे, जैसे संजीवनी बूटी लेकर आए हों! ऐसे गोबर गणेश की क्या पूजा करे कोई?''

उसकी बातें सुनकर सब हँस पड़ीं खिलखिलाकर। तब तक बेगम प्रकट हो गईं और उस प्रसंग पर विराम लग गया। मियाँजी शोभा को जोगिया रंग की चूड़ियाँ पहनाने लगे। उसके छोटे-छोटे हाथ इतने नाजुक थे कि बगैर किसी जद्दोजहद के चूड़ियाँ कलाई तक सरकती रहीं। तब तक उसकी माँ ने उसकी छह में से चार बहनों को भी भेज दिया।

मियाँजी काम निपटाकर हिसाब जोड़ रहे थे कि सतीश के छोटे भाई दीपक ने दौड़ते हुए आकर बताया, ''चाची, चाची! सतीश भैया की नौकरी लग गई है। अभी-अभी नौरतन डाकिया चिट्ठी लेकर आया है।''

बेगम ने दोनों हाथ ऊपर उठाकर कहा, ''परवरदिगार! तू सबकी सुनता है। अरी लड़कियो! मैं न कहती थी कि एक दिन यह नेक लड़का भी साहब बनेगा। लाख सोर्स-सिफारिश का जमाना हो, मगर काबिलीयत का अपना रुतबा होता है। अल्लाह उसकी मुरादें पूरी करे।''

शोभा ने धीमे स्वर में कहा, ''चाची, पहले पता तो कर लो कैसी नौकरी है। साहब बनेंगे या बाबू? या कुछ और?'' वह लाख चाहते हुए भी दीपक से कुछ पूछ नहीं पा रही थी। सबके सामने पूछे तो भेद न खुल जाए कहीं, लेकिन कैसा भेद! सारा मुहल्ला जानता था कि शोभा और सतीश···उन दिनों यह मानक वाक्य पूरा नहीं किया जाता था। इसे ऐसे ही डैश-डैश-डैश लगाकर और अधिक मुखर बना दिया करते थे। जी हाँ, मैं नेहरू युग के अवसान से ठीक पहले की बात कर रहा हूँ।

किसी दो साल से बेकार बैठे लड़के का अपॉइंटमेंट लेटर आ जाए, एक घुले-मिले घरोंवाले कस्बाई मुहल्ले में तो गहमागहमी मचनी ही थी। उनके लिए कोई मौका न था; संक्षिप्त से संक्षिप्त अंतरंग वार्त्ता का। शोभा के मन में प्रश्नों के ज्वार उठ रहे थे। आकुलता घनीभूत हुई जा रही थी। सूचनाएँ छोटे-छोटे टुकड़ों में आ रही थीं। नौकरी एक सरकारी कारखाने में लगी थी। ज्यादा दूर भी नहीं, आगरा के पास शिकोहाबाद में। हाँ-हाँ रातभर का सफर है। नहीं-नहीं, क्लर्क नहीं, एकाउंट्स में सुपरवाइजर की पोस्ट है।

अच्छी तनख्वाह है, सेंट्रल गवर्नमेंट का पे-स्केल। कोई मामूली बात है! गुप्ताजी के दिन फिर गए। भई, बड़ा धीरज रखा अगले ने। दो साल से जवान लड़का घर बैठा था, मगर मजाल है कि कभी इशारे से भी कुछ जताया हो। तीन-तीन बहनों और सतीश से बड़ी दो लड़कियों को निपटाते गुप्ताजी की कमर टूट चुकी थी। मूल की कौन कहे, ब्याज ही चुकाना मुश्किल हो रहा था।

मौका शाम को मिला। इससे पहले कि छोटी बहनों में किसी को भेजा जाए, शोभा चुपचाप दूध का डिब्बा उठाकर चली गई। कुरसी गाँव पास ही था, उसमें फकीरे की माँ से दूध लेते थे वे लोग। आँखों के सामने निकला हुआ भैंस का दूध।

मन-ही-मन आशंकित कि आज इस हलचल भरी खबर के चलते कहीं सतीश की बजाय उसके छोटे भाइयों में से किसी को न भेज दिया जाए।

लेकिन आया सतीश ही। उसने खाली डिब्बा तख्त पर रखा और शोभा के पास चला गया। वह कुछ दूर कीकर के झुरमुट की आड़ में खड़ी थी। इतने पर भी किसी को देखना हो तो देख ले। जो समझना हो, समझ ले। बातें ही तो बनाओगे और क्या करोगे! फाँसी पर चढ़ा दोगे?

''मुबारक हो! बाँके बिहारीजी ने मेरी सुन ली।''

''तुम्हें भी मुबारक हो! मन में था कि मिठाई लेकर तुम्हें खबर सुनाने आता।''

''देखो, मैं कहती थी न, मगर तुम्हें विश्वास नहीं होता था। अब नमस्ते-नमस्ते छोड़ो, कोई भी मिले तो 'राधे-राधे' कहा करो। समझे!''

''शोभा-शोभा न कहा करूँ?''

''प्लीज! इस बारे में मजाक नहीं, अभी तो उनसे बहुत कुछ माँगना है।''

''किनसे?''

''बनो मत, जैसे तुम नहीं जानते। अपने बिहारीजी से और किससे? भूल गए, जब तुम्हारे एम.कॉम. फाइनल में एक पेपर डाँवाँडोल हो गया था, तब किसने दिलवाई थी फर्स्ट डिवीजन?''

''ऐसा है कि तुम अपने कन्हैयाजी या राधाजी से कहो कि माँ को थोड़ी बुद्धि दे दें। जब से लेटर आया है, खटिया-पाटी लेकर पड़ी हैं। एक ही रट लगाए हैं कि इस नौकरी पर नहीं जाना है।''

''हाय राम! क्यों? मैं तो सोच रही थी कि खुशी से फूली नहीं समा रही होंगी!''

''बात ये है शोभा कि मैंने मिनिस्ट्री ऑफ डिफेंस के कारखानों की वैकेंसियों के लिए अप्लाई किया था। मेरा सलेक्शन सुपरवाइजरी पोस्ट के लिए हो गया है, मगर पोस्टिंग ऐसी फैक्टरी में की गई, जिसमें मीट की प्रोसेसिंग और पैकिंग होती है। यह डिब्बाबंद मीट मोरचे पर तैनात फौज के लिए भेजा जाता है।''

''तो?''

''तो क्या? हमारी माताराम ठहरीं परम वैष्णव! हमारे नाना का खानदान कंठीधारी है। अंडा-मीट तो दूर की बात है, घर में प्याज-लहसुन तक वर्जित है।

बाबूजी बेचारे खाने-पीने के शौकीन रहे, मगर माँ के रंग में रँग गए। अब ऐसी वैष्णवी का लड़का मीट फैक्टरी में काम करे, यह कैसे हो सकता है?''

''अरे छोड़ो! तुम तो एकाउंट्स में जा रहे हो। तुम्हें थोड़े ही मीट पैक करना होगा। ठीक से समझाओ उन्हें तो मान जाएँगी।''

''लाख समझाओ, उनपर कोई असर ही नहीं हो रहा। मैं और बाबूजी तब से ही लगे हुए हैं।''

''वाह, वाह! ये खूब रही! जैसे-तैसे दो साल की तपस्या के बाद तो किसी तरह सरकारी नौकरी मिली है और उस पर भी ग्रहण लग गया।''

''अब इस पर हँसें या रोएँ, समझ में नहीं आ रहा।''

''देखो, एक बात ठीक से सुन लो! तुम्हें इस नौकरी के लिए जाना है। समझाने से, मनाने से अम्मा मान जाएँ तो ठीक है, नहीं तो कुछ दिन रो-धो लेने दो, तुम हर हालत में यहाँ से निकल जाओ। इसी में तुम्हारी, हमारी, उनकी, सबकी भलाई है।''

तभी फकीरे की माँ ने आराम से एक लोटा पानी मिलाकर बाल्टी तख्त के पास ला रखी और आवाज दी, ''लाली! लाला! आओ, दूध ले लो।''

वहाँ से चले तो शोभा ने अपनी चुन्नी के कोने में बँधा एक बताशा खोलकर उसे दिया। सतीश ने प्रश्नवाचक दृष्टि से देखा तो जवाब मिला, ''तुम तो मिठाई लेकर आने की सोचते ही रह गए, मगर मैं तो लेकर आ गई। मुँह क्या देखते हो, खा लो, प्रसाद है बिहारीजी का।''

रात को खाना-पीना हो गया तो शोभा ने शिल्पा के साथ मिलकर फटाफट सब बरतन माँज डाले, फिर हाथ-मुँह धोकर चुपके से शीशे के सामने गई। बालों पर हाथ फेरा, हथेलियों में थोड़ा सा पाउडर लिया और उन्हें चेहरे पर घुमा दिया। फिर शीशे की तरफ एक तिरछी दृष्टि डाली और चुन्नी से हाथ पोंछते हुए रसोई में घुसकर खटर-पटर करने लगी। कुछ देर बाद, ''माँ, दही के लिए जामन लेने जा रही हूँ।'' कहते हुए एक कटोरी लेकर निकल गई।

गुप्ताइन सचमुच आँगन में चारपाई पर लेटी थीं और थोड़ी-थोड़ी देर बाद आहें भर रही थीं। शोभा मानो उनके लिए किसी तरह का जामन लेकर आई थी। उसने उनके माथे पर हाथ रखते हुए पूछा, ''क्या चाचीजी, जी अच्छा नहीं है?'' माथा सचमुच गरम था। वह उनके पास ही चारपाई पर बैठ गई।

कुछ देर बाद गुप्ताइन उठकर बैठ गईं और शोभा का हाथ अपने दोनों हाथों में लेकर रुँधे गले से बोलीं, ''बेटी, अच्छा हुआ तू आ गई। यहाँ मेरे मन की बात कोई नहीं समझता। तू खुद वैष्णवी है। मीरा की तरह, राधा की तरह कन्हैया की पूजा करती है। क्या ऐसी नौकरी करना ठीक है, जिसमें जानवर काटे जाते हों और डिब्बों में भर-भरकर रखे जाते हों? चारों ओर खून बहता हो, पल-पल में जीव हत्या होती हो? ऐसी कमाई से खरीदा अन्न भला खाने लायक हो सकता है? बोल, तू ही बोल! इन बाप-बेटों को समझा। अरे, नौकरी तो एक नहीं, अनेक मिल सकती हैं, पर तन-मन भ्रष्ट हो गया तो यह जीवन किस काम का रह जाएगा।'' कहते-कहते वे फूट-फूटकर रोने लगीं। शोभा ने किसी बूढ़ी-बड़ी की तरह उनका सिर अपने कंधे पर टिकाकर उन्हें स्पर्श की सांत्वना दी। यही वह माकूल मरहम था, जिसके लिए वे जाने कब से तरस रही थीं।

धीरे से उनका सिर तकिए पर टिकाकर शोभा बिल्ली की तरह उनकी रसोई में दबे पाँव गई और ढूँढ़-ढाँढ़कर जामन निकाल लाई। सतीश उसके पीछे-पीछे बाहर तक आया।

''सुनो, तुम्हें मेरी कसम है, जो इस नौकरी को छोड़ने की सोचो भी तो। मुझे मरी देखो।''

''लेकिन माँ? उनका नाटक देख तो लिया तुमने भी!''

''अरे, उनको मैं समझा लूँगी। तुम जाने की तैयारी करो।''

और दूसरे ही दिन रोती हुई माँ को छोड़ वह मेडिकल एग्जामिनेशन के लिए शिकोहाबाद चला गया।

सतीश का मेडिकल हो गया तो उसे बहुत से फार्म भरने को दिए गए। ड्यूटी ज्वॉइन करने की समय-सीमा निर्धारित कर दी गई। वेतन-भत्तों और अन्य सुविधाओं की विस्तृत जानकारी दी गई। सबसे खुशी की बात तो उसे यह लगी कि रिहाइश का भी इंतजाम था। छड़ों के लिए बैचलर्स होस्टल था और शादी होते ही दो कमरोंवाला क्वार्टर मिल जाना था—उनका अपना साफ-सुथरा सलीकेदार आशियाना। ''काश! शोभा भी मेरे साथ होती! यह सब अपनी आँखों से देखती! फैक्टरी की सुनियोजित, प्रदूषणमुक्त, हरी-भरी टाउनशिप, मेडिकल सेंटर, क्लब। आस-पड़ोस में चुस्त-दुरुस्त, खुशहाल दिखनेवाले लोग!''

घर लौटकर आया तो उसे लगा कि माँ भी अब धीरे-धीरे वास्तविकता को

मन मारकर स्वीकार करने की राह पर हैं और उनकी अंतरंग सखी-सहायिका और परामर्शदात्री हो गई है अपनी शोभा। यह सब देखकर-समझकर उसका दिल बल्लियों उछलने लगा। उसने मन-ही-मन परम लीलाधर बाँके बिहारीजी को धन्यवाद दिया और एक बार नमस्ते या गुडमॉर्निंग आदि की बजाय 'राधे-राधे' कहने पर गंभीरतापूर्वक विचार किया। उसने इसमें थोड़ी-बहुत ही प्रैक्टिकल डिफीकल्टी लगी। उसे थोड़ा-बहुत असंतोष भी इस बात पर हुआ कि अब शोभा भले ही दिन में तीन बार आती हो, मगर पूरे समय माँ के साथ ही चिपकी रहती है। वह इशारे से उसे घड़ी-दो घड़ी चोंचें लड़ाने के लिए बुलाता तो बड़ी मोहक मुसकान फेंककर टाल जाती। "वाह भई वाह! हमारी बिल्ली हमी से म्याऊँ!" एक दिन जब पानी सिर से ऊपर हो गया तो उसने जीने से उतरते हुए उसे रोककर सहसा अपने सीने से लगा लिया। ऐसा दुस्साहस उसने जीवन में पहली बार किया था। क्षणभर के लिए उसे ऐसी भागवत प्रतीति हुई जैसे मोक्ष मिल गया हो! लेकिन दूसरे की क्षण वह तेज-तर्रार, दुर्निवार और परले सिरे की टेंपरामेंटल शोभा के रौद्र रूप से अवतरित होने की पक्की संभावना को सोचकर दहल गया और उसके मुँह से 'राधे-राधे' निकल गया। तत्काल जुबान की फिसलन को सँभालते हुए बोला, "सॉरी!"

"सॉरी नहीं, 'राधे-राधे' बोलो, बुद्धू कहीं के!" उसके सीने में अपने सिर को विलीन करने का असफल, मगर जोरदार प्रयास करते हुए शोभा ने बहुत शोभन होकर कहा।

□

वह मिठाई का डिब्बा लेकर पहुँचा तो शोभा घर में नहीं थी। हस्बेमामूल उसकी तीन-चार बहनें घर के काम-धंधे निपटाने में जुटी थीं और शुक्लाइन आराम कर रही थीं।

वह चलने लगा तो बोलीं, "बउवा! तनी हमारे पास भी बैठो। तुम से कुछ जरूरी बात करनी है।"

वह बैठ गया तो हाथ का पंखा डुलाते हुए उन्होंने बड़ी उत्सुकता से पूछा, "तो फिर क्या सोचे हो बउवा? जाओगे कि रहोगे?"

वह उनसे ऐसे प्रश्न की अपेक्षा नहीं कर रहा था। घर में शोभा के प्रयास के फलस्वरूप माँ की बदलती हुई मन:स्थिति ने उसे बहुत आश्वस्त कर दिया था।

शोभा तो इन्हें सब बताती होगी, फिर क्यों पूछ रही हैं ? वह बड़े आत्मविश्वास से बोला, ''नौकरी पर तो जाना ही होगा। देखती हैं न, कितनी मुश्किल से मिलती है ढंग की नौकरी ! ठीक है, मीट फैक्टरी है, इसलिए माँ के संस्कारों को धक्का लगा है, लेकिन मैं कब तक ट्यूशनें पढ़ा-पढ़ाकर दिन गुजारता रहूँगा ? अब तो लगता है कि वे भी मान जाएँगी।''

शुक्लाइन दुःखी होकर बोलीं, ''खाक मान जाएँगी ! वो बेचारी कंठीधारी वैष्णव की बिटेवा ठहरी ! उनकी तो आत्मा ही कलपती है कि मेरा पूत कसाईगीरी के आस-पास रहेगा। बेटा, नौकरी ही सबकुछ थोड़े ना है, अपने अम्मा-बप्पा की मरजाद भी तो कोई चीज है। हम तो कहती हैं कि सोच लो फिर एक बार। दुनिया की दौलत मिल जाए, पर महतारी की छाती सुलगती रहे तो क्या फायदा ?''

सतीश गंभीर होकर बोला, ''मैंने सोच लिया है। वहाँ जाकर देख आया हूँ, वहाँ ऑटोमेटिक प्लांट है, कोई कसाईखाना नहीं। सब काम मशीनों से होता है। और मुझे तो एकाउंट विभाग में बैठना है। जहाँ लिखा-पढ़ी का काम होता है, दफ्तर में बैठना है। कारखाने में जाना ही नहीं है।''

''देखो बेटा, हम सरयूपारी ब्राह्मण हैं। हमें तो ऐसी चर्चा से भी घिन आती है। हमारी सात पीढ़ियों में किसी ने नियम-धरम नहीं छोड़ा। नीची जात में शादी तो बहुत दूर की बात है। ऊपर से सात-सात कन्याएँ ! मान लो, शोभा की शादी जाति के बाहर कर भी दें तो बाकी छह का क्या होगा ? इस पर भी हमने शोभा की खुशी का खयाल करके जी कड़ा कर लिया था। अब तो कलयुग है, पैसा ही भगवान् हो गया है। देखते हो, कुलीन ब्राह्मण परिवारों में दहेज के नाम पर कैसी लूट हो रही है ! सोच लिया कि शोभा सुखी रहे तो बाकी में दहेज थोड़ा बढ़ाकर दे देंगे, लेकिन भैया, तुम्हारी इस मीट फैक्टरी की नौकरी ने तो हमारा मन ही खराब कर दिया। सच कहती हूँ, जिस दिन से सुना है, न दिन को चैन मिलता है, न रात को नींद आती है। एक यहीं उम्मीद रही कि तुम्हारी माताराम धरम-करम मनानेवाली हैं, पैदा जरूर बनिया कुल में हो गईं, बाकी सब गुन बामनों के हैं।''

यह सब सुनकर सतीश का माथा घूम गया, बोला, ''माँजी ! आप क्या कह रही हैं ? यह नौकरी मैं शोभा के जोर देने पर ज्वॉइन कर रहा हूँ। आपको मालूम नहीं होगा, उसने अपनी कसम देकर मुझे मेडिकल के लिए भेजा। वही बराबर माँ को समझा रही है। उसने यह स्टैंड नहीं लिया होता तो शायद मैं जाता ही नहीं।

देखिए, आप यह अच्छी तरह समझ लीजिए कि मेरे लिए जीवन की हर खुशी का नाम शोभा है। न नौकरी, न धन, न दौलत। वह कह दे, अपनी कसम वापस ले ले तो मैं इस वक्त, इसी घड़ी इस नामुराद नौकरी को लात मारने के लिए तैयार हूँ।'' कहते-कहते उसके कान-मुँह-नाक सब लाल हो गए थे।

शुक्लाइन माथे पर हाथ मारकर बोलीं, ''अरे बऊवा! एही पगलिया तो हमहूँ हलकान करे है। इसके बापू का बारदाना का इतना बड़ा कारोबार है कि तुम जैसे तीन और साथ लग जाएँ, तब भी नहीं सँभले। हमने खूब समझाया कि बिटेवा, तुहार दूल्हा आखिर कितना पावेगा उस फैक्टरी में? अरे, उससे दून तुम हर महीने ले लो हमसे। मगर का बताएँ बऊवा, शोभा तो आग भभूका हो गई। कहत रही, हम ऐसे आदमी से ब्याह नहीं कर सकते, जो घर-जमाई बनकर रहे। पालतू कूकर की तरह समझो, हम और शोभा के बापू दोनों हैरान रह गए। वो तो हमने कहा कि शोभा के बप्पा, गम खाओ। ये नहीं मानेगी, जन्म की जिद्दिन ठहरी, हम सतीश को समझा देंगे। वो सीधे हैं, बात को सुनेंगे और गुनेंगे।''

उन्हें पता ही नहीं चला कि शोभा कब की आ गई थी और ध्यान लगाकर सुन रही थी उनकी बातें बाहर से ही।

सुबह गुप्ताइन पूजा से निपटकर आईं तो देखा, सतीश माथा पकड़कर बैठा था। उन्होंने पूछा, ''क्या हुआ? क्यों ऐसे मुँह लटकाकर बैठे हो? तबीयत तो ठीक है तुम्हारी? लो, प्रसाद लो और थोड़ा घूम-फिरकर आओ।''

उसने बेमन से प्रसाद लिया और गौर से माँ के चेहरे को देखता रहा। कुछ देर बाद बड़ी मुलामियत से बोला, ''माँ! तुम मेरी नौकरी पर जाने से बहुत दुःखी हो न?''

''देखो भैया, न तो मैं बहुत दुःखी, न ही बहुत सुखी। मैंने पाल-पोसकर तुम्हें बड़ा कर दिया। भगवान् की कृपा से विद्या भी मिल गई तुम्हें और बुद्धि भी। अब जैसा ठीक समझो, वैसा करो। जिसमें तुम्हारी, उसमें ही मेरी भी रजा। फालतू में सोच-सोचकर अपना माथा खराब मत करो। हमारा धरम-करम हमारे साथ है, वह तुम पर बोझ क्यों बने? तुम तो खुशी-खुशी काम पर जाओ।''

''माँ, यह बात तुम दिल से कह रही हो?''

''अब यह तुम समझो। एक बात और कहे देती हूँ, ध्यान से सुनो। तुम्हें शोभा पसंद है तो मुझे भी पसंद है। वह समझदार लड़की है, मैं वहाँ रहूँ न

रहूँ, वह तुम्हें सँभाल लेगी।'' कहते हुए माँ कमरे से बाहर चली गई। सतीश चित्रलिखित सा जड़ होकर रह गया। माँ क्या कहना चाहती थी, यह समझने की कोशिश में जुट गया।

किसी के आने की पदचाप से उसकी ध्यानमुद्रा भंग हुई।

देखा, सद्यस्नाता, खुली केशराशि छितराए, एक दिव्य परिधान में शोभा सामने खड़ी थी। उसके हाथ में एक सुंदर रुमाल से ढंकी हुई थाली थी।

''क्या लेकर आई हो थाली में?'' उसने एक तीव्र सम्मोहन में प्रवेश करते हुए पूछा।

''अपना सिर उतारकर लाई हूँ। देखोगे?'' उसने रुमाल उठाया। उसमें रोली-अक्षत-मिठाई-कलावा आदि पूजन सामग्री थी। ''लाओ अपना दाहिना हाथ बढ़ाओ।'' उसने हाथ बढ़ाने पर शोभा ने पहले तिलक किया, फिर तिलक पर ही अक्षत चिपका दिए। उसके बढ़े हुए हाथ पर उसने एक तिरंगा कलावा बाँध दिया और कहा, ''मुँह खोलो!''

उसके मुँह खोलते ही पेड़ों की सोंधी मिठास भीतर जा बसी।

''यह कौन सी पूजा है, शोभा?''

''पूजा नहीं, सतीश भैया, तुमको राखी के बंधन में बाँध लिया है।''

''क्या मजाक कर रही हो सुबह-सुबह! क्या हो गया है तुम्हें? दिमाग ठिकाने तो है?''

''देखो, हम सात बहनें हैं। एक भी भाई नहीं है हमारे और तुमसे अच्छा भाई मिलेगा भी कैसे? यही सोचकर आई हूँ। राखी का त्योहार अभी दूर है, जब होगा तो तुम यहाँ नहीं होगे, तो बाँके बिहारी के आदेश से तुम्हें भेजने से पहले ऐसे बंधन में बाँध रही हूँ, जो तुम्हारे बढ़ते हुए कदमों को रोकेगा नहीं। तुम्हें कमजोर नहीं होने देगा।''

दूसरे ही दिन सतीश सामान बाँधकर शिकोहाबाद प्रस्थान कर गया। मोहल्ले में एक अस्थायी किस्म का, छोटा सा सूनापन शाम से ही व्याप्त हो गया।

देर रात बारदाना के व्यापारी शुक्लाजी शय्यासीन हुए तो बड़ी ठसक से शुक्लाइन ने कहा, ''देखा पंडितजी! औरत की अक्ल से काम लिया जाए तो बड़ी-से-बड़ी समस्या को बगैर हाय-हाय किए सुलझाया जा सकता है। मान गए न?''

□

चोखेर बाली

पूरी तरह भर चुकी तो सीटी देकर चल पड़ी फेरी बोट। हावड़ा ब्रिज की छाया में। समानांतर! बहुत से, अपने ही खयालों में डूबे लोगों की तरह मैं भी रेलिंग पकड़कर देख रहा था गंग लहरियों को। यहाँ आकर जाने क्यों उसका नाम हुगली हो जाता है, होता रहे, मेरे लिए तो वह गंगा ही है, पतित पावनी। लहरों के उद्वेलन में वही सम्मोहन, वही रहस्यमय मौन आमंत्रण, मैंने सोचा। कुछ देर तक आगे होनेवाली दुश्वारियों को भूल गया, जो उस पार पहुँचकर होनेवाली थीं।

स्टैंड रोड, गाड़ियों की भागम-भाग, बगल में एक पार्सल दबाए खड़ा मैं। कबीरा खड़ा बाजार में, लिये लकुठिया हाथ! एकदम अजनबी हो गया था मैं। अब किधर जाऊँ, मैं कहाँ जाऊँ? रोज जिस दिशा में जाता था, आज उससे विपरीत दिशा में जाना था। एक बस पकड़नी थी, जिसका नंबर मुझे मालूम था। मुझे यह भी मालूम था कि बस से कहाँ उतरना है, फिर बाएँ हाथ, सी.आई.टी. रोड पर मुड़नेवाले रास्तों को गिनते हुए चलना है। चौथी लेन में सीधे चलकर इंद्रलोक अपार्टमेंट्स। तीसरी मंजिल पर फ्लैट नंबर थ्री-ए। बस इससे आगे सोचने में ही हिम्मत जवाब दे गई।

'औ छड्ड यार! चल कैमक स्ट्रीट, अपने रीजनल ऑफिस में! वहाँ न तो जाते हुए कुछ अजनबीपन लगेगा, न ही पहुँचकर। कामकाज और सिंह साहब की लच्छेदार बातों और ठहाकों में दिन कट जाएगा और फिर रंगीन शाम का सरंजाम हो सकता है। कहाँ जा रहा है?' मैं खड़े-खड़े सोचता रहा। मेरा दिल तेजी से धड़क रहा था। 'इस उम्र में दिल की धड़कन को काबू में रखना चाहिए।'

'चाहे जो हो, मुझे जाना है। कोई पूछेगा, आप कौन? जवाब दूँगा, मियाँ

फजीहत।' मैंने बगल में दबे पार्सल को महसूस किया और दयनीयता में डूब गया। तभी कयामत की तरह वह बस आ गई। मेरे पाँव ठिठके कि पीछे से धकियाते हुए किसी ने कहा, "ढुकिए ना, ढुकिए बस में।" मैं अजनबी और हिंदी भाषी हूँ, यह उसने पीछे से मेरा हुलिया और हाल देखकर जान लिया था।

बस में एक भी चेहरा पहचाना हुआ नहीं था। मुझ पर अजनबीपन तारी होने लगा था कि लाजेंज-लाजेंज करता एक लड़का, भीड़ को चीरकर मेरे सामने आया। उसके हाथ में एक शीशे या प्लास्टिक का मर्तबान था, जिसमें रंग-बिरंगी, चपटी और बड़ी मीठी गोलियाँ थीं। माँगने पर एक चम्मच में निकालकर देता था—एक टाका, एक टाका। मुँह में लाजेंज रखकर कुछ राहत सी मिली। मिठास और खुशबू। बस एक झटके से रुकी। रोज जाम। लाजेंस धीरे-धीरे घुल रही थी। स्ट्रैप को पकड़कर लटकते हुए मैंने आँखें मूँद लीं। मुझे पहुँचने की कोई जल्दी नहीं थी। लगा रहे जाम।

चालीस बसंत हैं बीच में। एक सरकारी कॉलोनी में सरस्वती पूजा का प्रात:कालीन पुष्पांजलि दृश्य। पूजा मंडप में ढाप की गूँज और ताल पर धूम्र-अर्चना नृत्य चल रहा है। हाथ में सुलगी हुई नारियल जटाओं से भरी चिलम लेकर नाच रहे हैं कुछ प्रवासी बंगाली किशोर पूजार्थियों के गोल घेरे में। मैं सिर्फ उसे देख रहा हूँ। वह लाल बॉर्डरवाली पीली, केसरिया साड़ी पहनकर स्कूली लड़की से एक बाँकी युवती बन गई है—सिर्फ एक दिन के लिए। मैं छोकरा ही रह गया हूँ। कभी-कभी वह क्या करती है कि आँखें नृत्य से हटाकर मेरी दिशा में देखती है और अचानक मेरी चोरी पकड़ लेती है। दृष्टिपथ एक होते ही एक टकराहट सी होती है। काँसे का कटोरा गिरने पर जैसी झन्नाहट होती है, ठीक वैसी। मैं घबराकर नजरें हटा लेता हूँ। सरस्वती प्रतिमा पर देखकर फिर घबराहट होती है। ठीक वैसी ही आँखें। मैं कहाँ जाऊँ?

"नामबेन, दादा नामबेन। सी.आई.टी. क्रॉसिंग।" कंडक्टर की आवाज मुझे कोंचती है और मैं नीचे सड़क पर, चलो दिलदार चलें, चाँद के पार चलें।

'अरे यहाँ की तो हवाओं में खुशबू है। कुंड में जलती हवन-सामग्री सी गंध! तन-मन को पावन स्पर्श कराती जैसे कोई पूजापंडाल हो या मेरी सिर्फ खामखयाली है! अरे बुड़बक, सँभल! सँभल कि यह कलकत्ता है। नहीं, कोलकाता।' मेरे दिमाग में हलचल मची थी।

उस उधेड़बुन में बराबर चलता चला गया। चौथी लेन सीधे जाकर इंद्रलोक, सीढ़ियाँ चढ़कर तीसरी मंजिल। फ्लैट थ्री-ए के सामने पहुँचकर तंद्रा भंग हुई। सामने प्रवेश द्वार के बीचोंबीच दो कमनीय हाथ जुड़े हुए थे—वेलकम। यह पोस्टर मैंने अपने शहर के कुछ दरवाजों पर भी देखा था, मगर यहाँ कुछ जुदा किस्म का था। उन जुड़े हुए हाथों में शंख की कलात्मक चूड़ियाँ थीं। मैं फिर गंध से घिरने लगा था। लगा, जैसे मत्स्यगंधा वहीं कहीं रहती हो! क्या शांतनु ऐसे ही ढूँढ़ते हुए आता था! दूसरे ही क्षण अपनी कल्पना में हँसी छाई, खुद से कहा, यह कोलकाता है। यहाँ मत्स्यगंध कोई दुर्लभ अनुभूति नहीं है।

सामने पुकारनेवाली घंटी का बटन था, लेकिन हाथ उठ नहीं रहा था। कंधे से लटका यों ही झूलता रहा। हाथ और रहस्यमयी-सी इस घंटी के बीच दशकों का फासला था। मुझे लगा कि बस बहुत हुआ। अब लौट चलना चाहिए। बगल में वह पार्सल न दबा होता तो शायद मैंने यही किया होता! विनायक ने कहा था, 'अच्छा हुआ तुम कलकत्ता जा रहे हो। मुझे अपनी बहन के लिए कुछ सामान भेजना था। तुमसे मिलकर उसे अच्छा लगेगा। जीजाजी के नहीं रहने के बाद वह बच्चों के साथ रह रही है। बहुत लायक हैं मेरे भानजे। एक बार उनसे मिलकर आना। बहन आना चाहे तो साथ लेते आना। कुछ दिन यहाँ रह लेगी।'

सामने दरवाजा था। मुझे लगा कि यह दरवाजा हमारे बीच हमेशा रहा है और बंद ही रहा है। एक युग बीत गया। ऐसा नहीं कि मैं दस्तक देता तो भी यह बंद रहता। शायद खुलता, थोड़ा-बहुत ही सही, लेकिन मैं उन दिनों साहस नहीं जुटा सका।

उस कस्बे में सिर्फ हाईस्कूल था, आगे की पढ़ाई के लिए ट्रेन से पास के एक छोटे शहर जाना-आना होता था। मैं और विनायक उससे एक क्लास आगे थे। वापसी में मैं अकसर विनायक को छोड़ने उसके घर तक आता, चातक-सी आस लिये जो कभी-कभी पूरी हो जाती! और क्या थी, वह मेरी मासूम सी आस! सिर्फ हसरते दीदार! कभी-कभी वह अपनी सचमुच बड़ी-बड़ी आँखों से सीधे मेरी आँखों में देखती, एकदम निर्भीक होकर और मैं सहमकर आँखें झुका लेता। शायद कान की लवें लाल सुर्ख हो उठती होंगी। हाईस्कूल के बाद वह भी ट्रेन से जाने लगी। कई लड़कियों के साथ वह ट्रेन में चढ़ती-उतरती। विनायक की तरह से मुझे अत्यधिक सतर्क और यथासंभव दूर रहना पड़ता।

उसे देखते ही मुझे लगता कि मैं (भापवाला) रेल का इंजन हूँ, जो ट्रेन छूटने का समय होने पर बेचैन होकर बहुत तीखे किस्म की सीटी बजाता है और निष्प्रभ रहने पर अत्यधिक दबाव सह रही भाप का एक ऐसा फव्वारा छोड़ता है कि दूर-दूर तक हवा नम हो जाती है।

एक बार विनायक बीमार था और जनवरी की लगभग खून जमा देनेवाली सर्दी थी तो मैंने एक पत्र लिखा—'रचनात्मक ऊर्जा का प्रथम स्फुरण'। उसका प्रैक्टिकल एग्जाम [illegible] इसलिए देर होनी थी। शाम की गाड़ी से हम आए। मैं उसे घर तक छोड़ने के [illegible]ए साथ चला। उसका घर सबसे दूर था। सहेलियाँ एक-एक करके जुदा होती गईं। जब हम उस खून जमा देनेवाली सर्द शाम में सड़क पर अकेले हमकदम हुए तो मैंने अपनी जेब से वह पत्र निकाला—हथेलियों में छुपाए हुए। उधर जाने कहाँ से चाँद निकल आया।

प्रैक्टिकल कैसा हुआ ? साल्ट कौन सा आया ? एग्जामिनर क्या चालाकी करते हैं ? यह सब वार्त्तालाप हो चुका था। मैंने चुप्पी तोड़ते हुए भर्राए गले से कहा, "शिप्रा!" वह चलते-चलते रुक गई। उसने अपनी बेजरूरत बड़ी-बड़ी आँखों से मुझे देखा और मेरे अंतःकरण में लानतों की बरसात होने लगी। पत्र मेरी मुट्ठी में भिंचा था। उसने बड़ी उम्मीद से मुझे देखना जारी रखा, मगर मेरे रोम-रोम में ग्लानि द्रवीभूत होकर रिस रही थी। मेरा खून बर्फ की तरह ठंडा हो गया। हम फिर चल पड़े। उस समय मेरा दिल चीख-चीखकर कुछ कह रहा था और मुझे ऐसा लग रहा था कि वह सुन पा रही है।

अब वह बंद दरवाजा फिर से मेरे सामने है।

मुझे बहुत तीव्र अनुभूति हो रही थी कि पुशबटन दबाने पर जब यह दरवाजा खुलेगा तो सहसा जीवन की एक कड़वी सच्चाई से रू-ब-रू होना पड़ेगा। मन के डार्क रूप में महफूज एक चित्रों से भरी फोटोफिल्म सहसा उजाले में एक्सपोज हो जाएगी। उसमें संगृहीत छवियाँ तिरोहित हो जाएँगी—हमेशा-हमेशा के लिए।

भारी हृदय से मैंने उस घंटी के बटन की ओर अपना हाथ बढ़ाया।

एक संगीत लहरी मत्स्यगंधवाले वातावरण में तैरने लगी।

प्रतीक्षा, कुछ और प्रतीक्षा।

एकदम स्तब्ध वातावरण।

और फिर दरवाजा खुला।

सहसा दरवाजा खुलने की आवाज हुई। थोड़ा सा खुला, एक झिर्री भर।

"के?"

झिर्री के बीचोंबीच एक स्टील की मजबूत चेन चमक रही थी। महानगरों में बरती जानेवाली सावधानी। अपने पर झुँझलाहट हुई, फोन करके आना था। सच तो यह था कि फोन करने की हिम्मत ही नहीं हुई थी। जाने कौन उठाए फोन···प्रशांत या सुशांत, गिन्नी (बहू) या कोई मेड सर्वेंट।

कोई बतलाए कि हम बतलाएँ क्या?

"मैं प्रसून···प्रसून शर्मा। विनायक का स्कूल मेट।"

"अच्छा-अच्छा! आप आ गए। एक मिनट···खोलती हूँ।" चेन हटी तो दरवाजा खुला। अब वह सामने खड़ी थी। चौखट के बीच फ्रेम की गई तसवीर-सी।

दोनों ठगे से रह गए। क्या सितम ढाया है कमबख्त वक्त ने!

"ओ माँ!" आँचल से होंठों को दबाकर उसने कहा, "आप कितना बदल गए हैं प्रसून दा।" वह हैरानी से मुझे देखे जा रही थी।

मैं भी लगभग यही कहना चाहता था, परंतु खामोश रहा। विश्वास नहीं हो रहा था कि सामने किंचित् दोहरे बदन की गौरवर्णा संभ्रांत प्रौढ़ महिला खड़ी है। वह वही दो चोटियाँ गूँथनेवाली तन्वंगी है, जिसकी एक झलक पाने के लिए जाने कितनी आवारा शामें कुरबान हुईं। देखता रहा घनी केशराशि में चमकते चाँदी के तारों को। शंख की रंगतवाले मुखड़े पर सूक्ष्म मकड़जाल को। बड़ी-बड़ी आँखों के गिर्द स्याही को। ऊँची नाक और सूखे होंठों को।

वह हैरानी से उबरी, "अंदर आइए न! तीन दिन पहले दादा ने आपके आने के बारे में बताया था। तब से ही मैं···हम सब इंतजार कर रहे थे। आज सुबह प्रशांत और उसकी बहू बोकारो जाने लगे तो मैंने कहा, प्रसून दा क्या आएँगे अब! शायद वापस चले गए हों!"

मैं उसके पीछे-पीछे बैठक में पहुँचा। बगल में दबा पार्सल शीशे के टॉपवाली छोटी मेज पर रखकर सोफे पर बैठ गया।

वह एक खूबसूरत ट्रे में क्रिस्टल के गिलास में पानी लेकर आई।

"आप कहाँ ठहरे हैं? एक बार फोन करके बता देते तो प्रशांत ले आता जाकर। उसके पास गाड़ी है।"

"हावड़ा स्टेशन के पास एक होटल में ठहरा हूँ। ऑफिस के काम से आया हूँ। आते ही इतना बिजी हो गया कि फोन करने का भी मौका नहीं मिला। सोचा, काम निपट जाए तो तुम लोगों को सरप्राइज दूँ।"

"क्यों, होटल में क्यों? यह घर नहीं है आपका। हमारे लिए जैसे विनायक दादा, वैसे आप···अच्छा बताइए क्या लेंगे, चाय या कॉफी?"

"जरूरी हो तो चाय ठीक है। विनायक ने यह पार्सल आपके लिए भेजा है। कहा है, शिप्रा आना चाहे तो साथ ले आना। चलना हो तो बताइए, मैं वापसी का रिजर्वेशन आज करानेवाला हूँ।"

"कब जाना है आपको? अभी कुछ दिन रुकेंगे नहीं?"

"नहीं, ज्यादा नहीं रुक सकूँगा। हद-से-हद परसों तक। यहाँ कौन-कौन हैं आपके साथ?"

"बड़ा बेटा प्रशांतो है, उसकी पत्नी है और एक लाड़ली बिटिया है, जिसका नाम है कुमकुम। छोटा सुशांतो आई.आई.टी. गुवाहाटी में पढ़ रहा है। बस यही है मेरी दुनिया। आप यह एलबम देखिए, मैं आपके लिए चाय बनाकर लाती हूँ।" वह पानीवाले गिलास को ट्रे में उठाकर चली गई।

मेरी नजर सामने दीवार पर एक सुदर्शन पुरुष की फ्रेमजड़ित फोटो पर पड़ी, जिस पर चढ़ी माला के फूल सूख चुके थे। मन में एक टीस-सी उठी।

कुछ एकदम निजी एलबम होते हैं। दूसरों के लिए अदृष्ट। मेरा भी है।

कड़ाके की सर्दी के कोहरे में लिपटी हुई एक शाम। ट्रेन से उतरकर देखा कि प्लेटफार्म का एक छोर नजर नहीं आ रहा था, जिधर से वह जाती थी। उसकी कोई सहेली भी नहीं थी। इंटर के तुरंत बाद विनायक इंजीनियरिंग की पढ़ाई करने रुड़की चला गया था।

मैंने उससे कहा, 'चलो तुम्हें घर तक छोड़ आऊँ।' चुपचाप वह साथ चल पड़ी।

दोनों तरफ पेड़ों से घिरी बँगलों की तरफ जानेवाली सड़क पर हम कदमताल करते चले जा रहे थे। शायद वह मौसम का सबसे ठंडा दिन था। गजब की ठिठुरन थी, मगर मैं उससे बेपरवाह अपनी ही उधेड़ बुन में। उसने ऊनी चेस्टर पहना था और चुनरी मुँह के गिर्द लपेट रखी थी। एक-एक करके लैंपपोस्ट गुजरते जा रहे थे और मेरे अंदर जबरदस्त हलचल मची हुई थी। बार-बार कोई

कान में मंत्र फूँक रहा था—ऐसी खुशनुमा शाम फिर आए-न-आए, कह दो। सचमुच मुझे कुछ कहना था, बहुत कुछ। जाने कितने दिनों, महीनों, बरसों से।

ऐसी स्तब्धता व्याप्त थी कि किसी पेड़ से सूखा पत्ता गिरा तो उसकी आवाज हमने साफ-साफ सुनी। मुझे लगा कि सामनेवाला लैंपपोस्ट रहस्यमय इशारे कर रहा है। मैंने बड़ी उम्मीद भरी नजरों से शिप्रा की ओर देखा। वही मुझे कशमकश से उबार सकती थी, आसानी से, लेकिन वह अपनी ही दुनिया में खोई हुई थी।

"क्यों विनायक का क्या हाल है? जल्दी-जल्दी चिट्ठी लिखता है कि नहीं?"

"जल्दी कहाँ लिखते हैं चिट्ठी। महीने में एक आ जाए तो बहुत है। दादा बहुत ज्यादा बिजी रहते हैं पढ़ाई में, कितना तो टास्क मिलता है इंजीनियरिंग में। आपके पास भी तो लैटर आया होगा?"

"हाँ, एक आया था। वहाँ पहुँचने के बाद, मैंने उसके बाद दो चिट्ठियाँ भेजीं, मगर जवाब नहीं मिला। आप उसे खत लिखो तो मेरा सलाम भी लिख देना।"

चुन्नी में लिपटे सर को हिलाकर उसने मौन सहमति प्रकट की। कुछ इस अदा से, मानो मैंने कह डाला हो, अपना हाले दिल!

यह शाम फिर नहीं आएगी। मैंने अपने शरीर में मौजूद हिम्मत की राई-रत्ती, जुटाकर, बड़ी कोशिश करके मुँह खोला तो शब्द नहीं, मुँह से भाप निकली। साँस भरी तो नाक से थी। सच में जमा देनवाली ठंड थी। उसने मेरी ओर देखा, कहो भई जो कहना है!

"आपके कॉलेज में एनुअल फंक्शन कब है?" यही कह पाया मैं। वह रुककर मेरी ओर तमककर बोली, "प्रसून दा, आप हमसे बड़े हैं, आप-आप करके क्यों बोलते हैं हमसे? प्लीज, तुम बोलिये ना!"

कैसे बोलता सामने उसके? घर का फाटक सख्त नजरों से हमें घूर रहा था।

ध्यान टूटा तो मैंने गोद में रखा एलबम खोल लिया और उसमें सँजोई गई प्रशांत के विवाह की तसवीरें देखने लगा। बार-बार नजरें उस पर टिक जातीं और मैं पहचानने की कोशिश करता। मलयानिल का झोंका आया और चाय की ट्रे लेकर वह प्रकट हुई।

पहचान की प्रक्रिया को झटका लगा। उसने मानो इतनी सी देर में चोला बदल लिया था। काली शिफॉन की साड़ी, काला ब्लाउज और दपदपाता, ऊँची नाक और बड़ी-बड़ी आँखोंवाला मुखड़ा। सँवारे हुए बालों में अब नहीं दिखे चाँदी के तार। होंठों पर शुष्कता की जगह ताजगी। अम्लान कांति।

मैंने एलबम रखकर कहा, ''शिप्रा! विनायक ने बताया था, बहुत अफसोस हुआ। तुम्हारे दुःख की कल्पना करके दिल भर आया था। ईश्वर अच्छे लोगों को क्यों जल्दी बुला लेता है, समझ में नहीं आता।''

वह प्यालियों में चाय बना रही थी। उसने आहत भाव से मुझे देखा और उसकी आँखें डबडबा आईं। पल्लू में मुँह छिपा लिया और कुछ देर तक मूर्तिवत् बैठी रह गई। मैं शुरू से ही, कलकत्ता रवाना होने से पहले ही इस प्रसंग को लेकर व्यथित था। इस क्षण का सामना करने की अपनी सामर्थ्य पर मुझे घोर संदेह था। मैंने जो संवाद मन-ही-मन, इस दृश्य के लिए, लिखकर रखे थे, उनकी अदायगी का समय आ गया था।

वह एक शानदार फ्लैट था। सुरुचिपूर्ण साज-सज्जा। बड़ी सी बैठक के जिस कोने में हम बैठे थे, वहाँ वातावरण एकदम बोझिल हो उठा था। हम नाटक के दो पात्रों की तरह अपनी-अपनी भूमिकाओं का निर्वाह कर रहे थे। शब्द सांत्वना बनने का प्रयास करते रहे और उसकी विह्वलता बढ़ती गई। उसने चेहरा उठाया तो आँसुओं से तर था। मैं उठकर उसके पास गया और कंधे पर हाथ रखकर दिलासा दिया, ''तुमको इस दुःख से उबरना होगा, शिप्रा! फिर तुम्हें सँभालने के लिए दो जवान बेटे हैं। तुम अकेली नहीं हो।''

वह उठी और मेरे कंधे पर सिर टिकाकर रोने लगी। उसकी हिचकियाँ बँध गई थीं। अनोखी नारी गंध से मैं घिर गया। आँसुओं और उच्छ्वासों का सैलाब मुझे अंदर तक भिगो गया। कुछ देर तक मैं उसका सिर सहलाता रहा। धीरे-धीरे उसका रुदन सिसकियों में बदल गया। मैंने रुमाल से उसके आँसू पोंछ डाले। उसका चेहरा करीब से देखकर अजीब आर्द्रता का अहसास हुआ।

इस दृश्य के आगे की पटकथा का अनुमान नहीं लगा पा रहा था। एक अत्यंत करुणा और द्रावक सामीप्य हमें बरबस जोड़े था। उसने रुँधे गले से कहा, ''मैं सिर्फ बच्चों का मुँह देखकर जी रही हूँ, प्रसून दा! नहीं तो अब क्या रखा है जिंदगी में?''

वह चाय फिर से गरम करके लाई तो उसका चेहरा धुला हुआ लग रहा था।

फिर शुरू हुई घर-गृहस्थी की बातें। उसका बड़ा बेटा आईआईएम, कलकत्ता से एमबीए करके किसी मल्टीनेशनल कंपनी में अच्छी नौकरी पर था। यह तीन बेडरूमवाला फ्लैट उसी ने खरीदा था। छोटा भी जहीन था और बड़े के ही नक्शेकदम पर जानेवाला था। उसने बताया कि बेटा-बहू उसको बहुत मान से रखते हैं। एक तिनका भी हाथ से उठाने नहीं देते। कुमकुम तो उसी के साथ खाती और सोती है।

नीर भरी दु:ख की बदली छँट गई थी। उसने अपना घर दिखाया, घुमाया। हर कमरे में, हर कोने में संपन्नता की छटा बिखरी थी। आधुनिक उपकरणों से सज्जित किचन, ए.सी. लगे बेडरूम। आयातित डाइनिंग टेबल और कुरसियाँ, शोकेस, केबिनेट और कलात्मक गमले, लेकिन डाइनिंग स्पेस से जुड़ा शिप्रा का कमरा इनके मुकाबले एकदम सादा और सज्जाहीन था। उसमें प्रवेश करके घनीभूत एकांत और खालीपन का अनुभव हुआ। उनका पूजागृह भी वही था। दीवार से सटा, पॉलिश की गई लकड़ी का एक मंदिर, जिसे देखकर लगा कि यह दक्षिणेश्वर के मुख्यमंदिर की अनुकृति है। उसमें शांत सागरमुद्रा में ठाकुर (रामकृष्ण परमहंस) और श्री श्रीमाँ (शारदा मोनी) प्रतिष्ठित थे। उन सुंदर मूर्तियों को मैं देखता ही रह गया। मेरे व्यथित मन को कुछ शांति मिली। जी में आया कि वहीं कुछ देर बैठकर उन्हें देखूँ।

एक अद्भुत चित्र था, जिसमें सजी-धजी माँ काली ठाकुर की गोद में सिर रखकर लेटी हैं। उनके मस्तक पर जड़ाऊ मुकुट बँधा है।

मन में भक्तिभाव उमड़ा तो रहा नहीं गया। घुटने टेककर अपना मस्तक भूमि पर टेका। उठकर देखा, शिप्रा भी ठाकुर के सामने सिर झुकाए सजदा कर रही थी।

जाने को हुआ तो उसने कहा, ''प्रसून दा! होटल से अपना सामान उठाकर कल शाम यहाँ आ जाइए। प्रशांतो भी आ जाएगा। बहू अभी मायके में कुछ दिन रुकेगी, वह अकेला कल आ रहा है। आप एक-दो दिन हमारे साथ रहिए, फिर जब कहेंगे, मेरा बेटा आपको गाड़ी में बिठा आएगा। नहीं, नहीं...मेरी यह बात आपको माननी ही पड़ेगी।''

होटल से अपनी अटैची लेकर सीधे घाट पहुँचा। फेरी बोट चली तो साँझ

ढल रही थी। इस पार और उस पार जगमगाहट होने लगी। मैं रेलिंग पकड़कर खड़ा हो गया और गंगा की चंचल उत्ताल लहरों में रोशनियों को नाचते और घुलते हुए देखता रहा।

देखते-ही-देखते वह किनारा पीछे टूट गया। मुझे लग रहा था, जैसे कोई अदृश्य माँझी मुझे उस पार ले जा रहा है। उस पार न जाने क्या होगा!

रह-रहकर शिप्रा की दारुण छवि जेहन में उभर आती थी। उम्र के बरसों का लहरों के रूप में अपने पर समेटे एक सियाह घेरोंवाली आँखोंवाला उजला चेहरा। सूनी माँगवाले रूखे घने केशों में झाँकते रजत कण। लग रहा था, बहुत सँजोकर रखी गई, ऊँची नाक और बड़ी-बड़ी आँखोंवाली लड़की की मोहनी मूरत अचानक खो गई है। नहीं, निर्ममतापूर्वक छीन ली गई है। अपनी वह यात्रा निरर्थक और बेमानी लगने लगी, मगर अब मुड़कर वापस नहीं जा सकता था। बीच मँझधार था।

हो गई थी देर। उतरते ही टैक्सी तलाशी मैंने।

इस बार उस घर का द्वार बटन दबाते ही खुल गया। शायद उन्हें प्रतीक्षा रही हो। वह आगे बढ़ी, ''ऐशो, प्रसून दा एशो।'' मैं उसे देखता ही रह गया। उसका एक तीसरा रूप मेरे सामने था। पिछले दिन से एकदम अलग। बड़े चारखानोंवाली धानी रंग की ताँत की साड़ी में उसका व्यक्तित्व खिल उठा था। मुख पर अनोखी दीप्ति थी और आँखों के गिर्द स्याह घेरे गायब थे।

मेरे हाथ से अटैची लेकर वह कहीं रखने चली गई। मैं सोफे पर बैठकर अपने आप से कुछ पूछने लगा। वह एक ट्रे में कॉफी के मग लेकर आई। ट्रे मेरे सामने रखकर मोबाइल फोन मिलाकर बात करने लगी बँगला में।

मैं उन आकर्षक मगों को देखने लगा। एक पर आदिम नीग्रो पुरुष और दूसरे पर आदिम नीग्रो स्त्री के चेहरे चित्रित थे। नजर उठते ही दीवार पर टँगे चित्र पर आ टिकी। उसी सूखी हुई फूलमालावाले चित्र पर।

बात करते-करते उसने मोबाइल मेरी ओर बढ़ाया, ''प्रशांतो है। आपसे बात करना चाहता है।'' उसके चेहरे पर एक रहस्यमय मुसकान थी।

''हेलो, प्रसून अंकल, प्रणाम! सॉरी, सॉरी आइम सो सॉरी, मैं आ नहीं सका। आई वाज वेरी कीन टू बी विद यू। विनायक मामा और माँ से कितना सुना है आपके बारे में। बट देयर इस सम एक्सिजेंसी हीयर। मेरे फादर इन लॉ की हालत अचानक बहुत नाजुक हो गई है, एंड यू नो देयर इस नो मेल मेंबर

इन द फैमिली, इसलिए एक-दो दिन रुकना पड़ेगा।''

''कोई बात नहीं प्रशांत। उनकी देखभाल ज्यादा जरूरी है। मेरी भी बहुत ख्वाहिश थी तुम्हें देखने की। फिर कभी सही। मुझे भी कल वापस जाना है।''

''अंकल! आप रुकते तो मैं जल्दी आ जाता। मैंने फोन कर दिया है, कल सुबह से ही कंपनी का ड्राइवर आपके डिस्पोजल पर होगा। आपको जहाँ जाना हो, ले जाइएगा। माँ को भी कुछ शॉपिंग करनी है, आपके साथ चली जाएँगी! मुझे माफ कर देंगे ना अंकल? विनायक मामा को मेरा प्रणाम कहिएगा।''

मैंने फोन बंद करके आँखें मूँद लीं। यह एक कल्पनातीत स्थिति थी। अचानक मैंने अपने को गलत समय पर गलत स्थान पर पाया।

''किस सोच में डूब गए प्रसून दा, कॉफी ठंडी हो रही है।''

मैंने अनजाने ही जिस मग को उठा लिया था, उस पर आदिम स्त्री की मुखाकृति थी।

वह पूरी तरह प्रकृतिस्थ थी। उसके चेहरे पर एक सौम्य संतोष की आभा थी, जो माँओं में हुआ करती है, मानो कह रही हो, 'देखा कितना सुशील और स्नेहिल है मेरा बेटा!'

प्रशांत का निश्छल मृदु स्वर मेरे कानों में अब भी गूँज रहा था।

मेरा अपना बेटा कनाडा में था। मैंने शिप्रा को उसके बारे में बताना शुरू किया तो बड़ी सहजता से उसने मेरी पत्नी, बेटे-बहू, घर के बारे में सबकुछ जान लिया। वह एक अच्छी श्रोता निकली। मैं एक बचपने से भरे उत्साह में उसे बताता गया। अपनी नौकरी और अपनी यात्राओं के बारे में। मैं और मेरी पत्नी कैसे कनाडा गए, बेटे-बहू के पास तीन महीने रहने के लिए। टोरेंटो, ओटावा, न्यूयॉर्क की सैर की और लौटते समय एक शाम लंदन में घूमे। कैसे घर बनाया दिल्ली में और विनायक के यहाँ आ जाने से कैसे फर्क पड़ा है हम दोनों की जिंदगी में। बचपन की दोस्ती के सूखे दरख्त की शाखें फिर से हरी-भरी हो गई हैं।

''ओ माँ! बातों में कितना समय बीत गया! डिनर की तैयारी करनी है और मैंने तो अभी तक पूजा ही नहीं की है। प्रसून दा! आपकी अटैची मैंने सुशांतो के कमरे में रख दी है। आप दिन भर के थके होंगे, थोड़ा आराम करके फ्रेश हो लीजिए।''

कलकत्ता में, माफ कीजिए कोलकाता में दिसंबर में दिल्ली जैसी कँपा

देनेवाली सर्दी तो नहीं होती, लेकिन रात को थोड़ी ठंडक हो जाती है। अटैच्ड बाथरूम में गुनगुने पानी से मैं देर तक नहाया—शहर और समय की गर्द की जाने कितनी परतें उतारने की कोशिश में।

यह एक नए जमाने के नौजवान का कमरा था। विलायती पोस्टरों और महाकाय ऑडियो सिस्टम से आच्छादित। एक डिजाइनर किस्म के सिंगल बेड पर मेरी अटैची रखी थी। कमरे की सज-धज से मेल खाने के लिहाज से कुरता-पाजामा के बजाय जींस-टी-शर्ट पहनना ज्यादा मुनासिब लगा।

वह लक्ष्मी पूजा का प्रसाद लेकर आई (आज बृहस्पतिवार है न!) तश्तरी में एक छोटा सा संदेश, सेब और केले के टुकड़े।

वह एक कुरसी खींचकर बैठ गई, "सुनिए, आप फिश तो खाते हैं न? आपके लिए माछेर झोल बनवाया है मैंने। हमारी मेड सर्वेंट बहुत अच्छा बनाती है। थोड़ा सा चावल भी चलेगा या सिर्फ चपाती ही खाएँगे? विनायक दा तो रात को रोटी ही खाते हैं। उन्हें चावल बिल्कुल नहीं चलता।"

"अपना ऐसा कुछ नहीं है। दोनों ही ठीक हैं। चपाती बनाने में झँझट होगा, मैं चावल ही खा लूँगा। तुम खामखाँ परेशान नहीं होना।"

"नहीं, नहीं, परेशानी कैसी! मैं खुद एक टाइम चपाती खाती हूँ आप…"

वह कुछ कहने जा रही थी कि कॉलबेल बजी। "अभी आई!" कहकर वह उठ गई।

कोई आया, फिर बँगला में जोर-जोर से बातें करने की आवाज आ रही थी। "कौन हो सकता है इस समय! कोई मित्र, कोई रिश्तेदार या और कोई, जो मेरे यहाँ रात भर ठहरने को लेकर सशंकित हो सकता हो!"

उसने लौटकर कहा, "प्रसून दा! ड्राइवर आया है। पूछ रहा है, सुबह कितने समय आना है?"

मैंने कुछ संकोच से कहा, "एक बार दक्षिणेश्वर जाने की इच्छा थी। एकदम सुबह आ सकेगा?"

"क्यों नहीं? हम लोग भी सुबह-सुबह ही जाते हैं। उसे ठीक छह बजे आने को बोल देती हूँ। मैं भी आपके साथ चलूँगी। बहुत दिन से जाना नहीं हुआ।" कहते हुए वह बैठक की ओर चली गई। मुझे लगा, उसके स्वर में एक उमंग-सी थी।

कलकत्ता की अपनी पिछली यात्राओं में मैं हर बार वहाँ गया था और वहाँ के परिवेश में व्याप्त शांति और पवित्रता को याद करके पुलकित हो उठा। मन कुछ स्थिर हुआ था कि उसने बड़ी मुखर और लगभग स्नेहासिक्त आवाज में पुकारा, "प्रसून दा! एखाने एशो।"

मन ने चंचल होकर कहा, "काश, चालीस साल पहले इसने इस तरह पुकारा होता तो प्रसन दा तो क्या, उनके फरिश्ते भी दौड़े चले आते। तब तो कैसी अबोले की दीवार उठा रखी थी बीच में।"

एक काउंटरनुमा सजावटी कैबिनेट के पास वह खड़ी थी। शायद वह उनका मिनी बार था। "यह प्रशांतो का बार है। इंपोर्टेड, इटेलियन वुड का। वह यहाँ होता तो आपको अपने ढंग से एंटरटेन करता। आप लोग देर तक यहाँ अड्डा जमाते। फिलहाल तो आपको अकेले ही टाइमपास करना होगा। तब तक मैं डिनर की तैयारी करती हूँ।" उसने चाबी घुमाई और हैंडिल पकड़कर खींचा तो कैबिनेट का बंद दरवाजा खुलकर एक अर्द्धवृत्ताकार बार की शक्ल में सामने आ गया।

मुझे चुपचाप खड़े देखकर किसी प्रगल्भ नायिका की तरह उसने कहा, "आप तो कनाडा और अमेरिका में महीनों रहकर आए हैं। डिनर से पहले थोड़ी-बहुत लेते होंगे?" जब तक मैं कुछ कहूँ, वह तेजी से चली गई। अब सामने था देशी और विदेशी ब्रांडों का चुनिंदा मजमुआ!

कनाडा के लंबे प्रवास के दिन याद आए। सुबह-सवेरे बेटा और बहू दोनों काम पर चले जाते तो महज टी.वी. के सहारे दिन काटे नहीं कटता था। शाम होते ही मैं बेटे के लौटने की प्रतीक्षा करने लगता। उसके आने और ताजा दम हो लेने के बाद हम दोनों बार में जम जाते और देर तक जी भरकर बातें करते। बीयर-दर-बीयर हम खोलते जाते और अंतरंग मित्रों की तरह अपने-अपने न सुनाने लायक अनुभव भी सुना डालते।

देर तक खड़े रहना मुश्किल था, मैं 'हंड्रेड पाइपर्स' उठाकर डाइनिंग टेबल तक ले गया। वहाँ क्रिस्टल के जगमग करते गिलास और पानी का जग रखा था। चिप्स और नमकीन, जिसे वहाँ चनाचूर कहते हैं, वह रख गई थी। धीरे-धीरे मैं आत्मलीन होने लगा। अलख जगाए जोगी की तरह। बैठे-बैठे लगा, मैं कल्पनालोक में खोया हुआ हूँ, यह एक मायावी इंद्रजाल है, यथार्थ नहीं।

जागी आँखों का सपना! इस विभ्रम को तोड़ने के लिए चिकोटी काटकर देखा।

वह जाने कब आकर सामने बैठ गई थी। खामोशी वहाँ पहले से ही बैठी थी और शायद अभी उठने को तैयार नहीं थी। मुझे अच्छा लग रहा था, इस सम्मोहन में खोकर चुपचाप, निष्क्रिय और तटस्थ होकर बैठे रहना। अब कुछ भी नहीं हो रहा था, दुनिया अपनी बँधी-बँधाई लीक पर चल रही थी। जराग्रस्त देह का मन वृंदावन एकदम शांत था।

उसी ने तीर छोड़ा, ''किसी को याद कर रहे हैं, प्रसून दा?''

''हाँ।'' बगैर हिले-डुले मैंने कहा।

उसने कोहनियाँ डाइनिंग टेबल पर टिकाकर चेहरे को दोनों हथेलियों पर रखकर कहा, ''कोई खुशकिस्मत होगा!'' यह तीर निशाने पर लगा। अपने कैशौर्य के दीवानावार असफल प्यार की स्मृति के दंश को किसी तरह झेलकर कुछ कहने जा रहा था कि किचन में प्रेशर कुकर की सीटी बज उठी और वह विलुप्त हो गई। फिर एक चिकोटी काटकर देखा, सच है या सपना!

उसके बाद अबोला हम पर ऐसा तारी हुआ कि डिनर पर हम अपने-अपने में खोए रहे। फिश करी सचमुच अच्छी थी, परंतु उसने नहीं ली। संभवतः विधवा होने के बाद मांस-मछली खाना छोड़ दिया हो! पूछने का साहस मैं जुटा नहीं सका।

सोने से पहले कुछ पढ़ने की आदत है, इसलिए बैठक से अखबार और पत्रिकाएँ उठाकर अपने कमरे में चला गया। जाने कब तक, जाने क्या-क्या पढ़ता रहा।

'फेरीबोट एक निर्जन द्वीप पर उतारकर चली गई। मैं घने जंगल की खाक छान रहा हूँ। जंगल के पार एक भग्न दुर्ग और उसकी प्राचीरें बरबस अपनी ओर खींच रही हैं। वृक्ष, लतागुल्म, कँटीले झाड़ और सरीसृपों से भरी ऊबड़-खाबड़ धरती। उलझते, गिरते, सँभलते, अटकते, भटकते चला जा रहा हूँ। शक्ति शेष होती जा रही है और पग डगमगा रहे हैं, मगर आँखें उस भग्न दुर्ग पर टिकी हैं। कोई दीर्घसंचित अभिलाषा है, जो लिये जा रही है। कपड़े तार-तार, पादुका छलनी और मैं धूल-धूसरित, पहुँच गया हूँ, मोटी-मोटी चौकोर की कीलों के उभारवाले विशाल द्वार के सामने, जोकि बंद है। उसे बिना चाबी के खोलने के लिए हाथियों की सेना चाहिए। एक परकोटे से बँधकर लटकी कमंद दिखाई

देती है तो जोश का उफान अंदर पहुँचा देता है। महल भी द्वीप की तरह निर्जन दिखाई देता है। अंतःपुर में लहराते हुए रेशमी परदे हैं। एक के बाद एक। उनका कोई ओर-छोर नहीं मिलता। उस रेशमी सरसराहट को पार करते-करते, थककर कब अचेत हो जाता हूँ, पता नहीं चलता। फिर किसी शीतल-स्पर्श से मूर्च्छा टूटती है और नजर आती है श्वेतवसना, श्वेतांगी भग्न दुर्ग की स्वामिनी! सूनी आँखों से चिंतित मुद्रा में मुझे निहारते हुए। मानो कह रही हो, 'आखिर तुम आ पहुँचे! मैं कब से तुम्हारी राह देख रही हूँ। तुम ही मुझे मुक्ति दे सकते हो, परंतु क्या दशा है तुम्हारी? कहीं मेरे साथ तुम भी तो यहाँ कैद नहीं रह जाओगे?'

"आप सो गए क्या प्रसून दा? कुछ ओढ़ा भी तो नहीं।" जैसे धड़धड़ाती ट्रेन के झटके से रुक जाने पर अचानक मुसाफिर जाग उठे, वैसे आँखें खोलकर देखा कि पढ़ते-पढ़ते, मैगजीन हाथ में लिये मेरी आँखें मुँद गई थीं। चश्मे की आड़ में उस पर दृष्टि गई तो लगा, फिर से स्वप्न देखने लगा हूँ। वह एक ढीला सफेद गाऊन पहने खड़ी है। खुले हुए घने बाल एक सफेद हेयर बैंड से बँधे हैं। उसका गला और कलाइयाँ सूनी थीं, मगर उजलेपन में गाउन को मात देते किताबी चेहरे पर दीप्ति थी। संदली बाँहों से जगमगाहट फूट रही थी। शायद किसी महाभारतकालीन सरोवर में स्नान करके आई हो (जो यौवन लौटा देता था) कभी-कभी सहसा आँख खुलने पर स्वप्न और यथार्थ में जैसा तालमेल हो जाता है, वैसा ही कुछ हो गया था।

"नहीं, सोया नहीं, यों ही पलकें झपक गईं। आओ बैठो ना!" मैंने सँभलकर कहा और पालथी मारकर बैठ गया। वह क्षमा-याचना के स्वर में बोली, "बेकार आपको उठा दिया। दिन भर के थके होंगे।" उसने पढ़नेवाली मेज के पास से कुरसी खींच ली बैठने के लिए।

कुछ देर तक मुझे गौर से देखती रही, फिर एक गहरी साँस छोड़कर बोली, "उम्र ने हम सबको बदल दिया, लेकिन आप पर कुछ ज्यादा ही असर डाला है, लेकिन आपकी आँखें वैसी ही हैं। एकदम वही, मन को उलझाकर रख देनेवाली।"

उसकी बेधक दृष्टि से मुझे वैसी ही घबराहट होने लगी, जैसी कॉलेज के दिनों में होती थी। वह अपनी रौ में थी, "एक बात कहूँ। आपको लेकर मैं शुरू से ही उलझन में रही हूँ। कभी भी ठीक से नहीं जान पाई। अब भी ऐसा

ही लग रहा है। लगता है, कभी भी जान न पाऊँगी।'' यह कहकर सिर झुका लिया उसने। मुझे समझ में नहीं आ रहा था कि यह आरोप था या स्वीकारोक्ति!

''तुम ऐसा क्यों सोचती हो, शिप्रा? मुझे समझना न तो तब कोई मुश्किल था, न अब है। उस दकियानूसी, सामाजिक वर्जनाओं से भरे कस्बे में रहते हुए कभी साहस ही नहीं हुआ कि अपने मन की बात तुमसे कह सकूँ। उसके बाद तुम्हारे पापा की बदली हो गई और तुम लोग चले गए। बरसों बाद जब मिले तो सारे दरवाजे बंद हो चुके थे, तुम्हारी अपनी एक दुनिया बस गई थी। मैं तो स्वभाव से डरपोक था, लेकिन तुमने ही कौन सी बहादुरी दिखाई?'' यह सब कहते हुए मेरा चेहरा उत्तेजना से लाल हो उठा होगा, क्योंकि उसके होंठों पर एक क्षीण स्मित झलकी और खो गई।

सहसा यह अहसास हुआ कि अब मैं उम्र के पाँच दशक पार करके बहुत दूर जा चुका हूँ; अब डरने, झेंपने और शरमाने का अधिकार नहीं मिल सकता। शिप्रा तो मुझसे दो साल छोटी है, उसी से सबक लिया जा सकता है। उसने अभी तक किसी तरह की झिझक नहीं दिखाई तो मैं ही क्यों सती हुआ जा रहा हूँ? खुद को मन-ही-मन लानत भेज मैंने कहा, ''जानती हो, उन दिनों मैं दिन-रात तुम्हारे खयालों में डूबा रहता था। किसी से भी नहीं कह पाने की छटपटाहट कविता के रूप में प्रस्फुटित हुई। रात-रात जागकर मैंने तुम पर एक खंडकाव्य ही लिख डाला था। उसकी कुछ पंक्तियाँ अब भी याद हैं—गूँज उठी प्राणों की घाटी शिप्रा-शिप्रा की ध्वनि से, लेकिन उस कॉपी को सबकी नजरों से छुपाकर रखा था। घरवाले समझते थे, देखो रात-रात भर पढ़ता है। यूनिवर्सिटी तक वह महाकाव्य मेरे साथ रहा, फिर जाने कहाँ खो गया।''

उसने निहाल होने का अभिनय करते हुए ललकारकर कहा, ''हाय रे! ऐसी थी मेरी किस्मत और आप कितने दुष्ट हैं प्रसून दा, एक बार पढ़वा ही दिया होता तो क्या बिगड़ जाता? क्यों, बताइए ना!'' उन बड़ी-बड़ी आँखों में देखकर मुझे फिर घबराहट होने लगी।

मैंने ओढ़ी हुई गंभीरता से उसे सूचित किया, ''इसके लिए बड़े दिल-जिगर की जरूरत होती है शिप्रा और वह मेरे पास था नहीं।'' और सिर झुका लिया।

उसके मन में जाने किस भावना का ज्वार उमड़ा कि वह उठकर एकदम पास आ गई और हाथ से यत्नपूर्वक मेरा चेहरा ऊपर उठाकर मेरी आँखों में

झाँकते हुए बोली, ''सचमुच, आप बहुत डरपोक हैं प्रसून दा। जानते हैं, उन दिनों ट्रेन में मेरे साथ जानेवाली लड़कियाँ आपका नाम लेकर मुझे छेड़ा करती थीं। सबको पता था कि आप चोरी-चोरी मुझे देखा करते हैं।''

''और तुम्हें गुस्सा आता होगा इस बात पर!''

''काहे का गुस्सा? आप पागल हैं क्या?''

उन दिनों की जितनी कच्ची-पक्की यादें थीं, उन्हें देर तक सुमिरनी की तरह फेरते रहे हम। यह अहसास होने तक कि समय मुट्ठियों से फिसलता जा रहा है, धीरे-धीरे कोहरे में चंदनवन डूबता गया।

कैसी गहरी नींद आई थी शेष बची एक टुकड़ा रात में! कालिदास ने 'कुमारसंभव' के षष्ठ सर्ग में ऐसी नींद की शान में यह कसीदा पढ़ा है—

''योवनान्तं वयो यस्मिन्नान्तकः कुसुमायुधात्
रतिखेदसमुत्पन्ना निद्रा संज्ञाविपर्ययः''

(औषधिप्रस्थ नगर के निवासी चिरयुवा रहते थे, यहाँ का वातावरण इस प्रकार पुष्टिदायक था कि बुढ़ापा कोसों दूर रहता था। कामदेव द्वारा की गई धूर्तता के अभाव में अर्थात् प्राकृतिक नियमों का अतिक्रमण न करने पर किसी को अकाल मृत्यु नहीं देखनी पड़ती थी और यहाँ के लोग संभोग-सुख के उपरांत गाढ़ी निद्रा में इस प्रकार निमग्न हो जाते थे, जैसे कि वे मूर्च्छित (बेहोश) हो गए हों।

दक्षिणेश्वर घाट पर पुण्यसलिला में नहानेवालों की भीड़ थी। जाड़े की ओस और धुंध के बीच हमने डुबकी लगाई और आधे गीले, आधे सूखे माँ काली के दर्शन के लिए फूलों के दोने लेकर गए। इसी मंदिर में ठाकुर पूजा-अर्चना करते थे। उनके बुलाने पर चली आती थीं माँ। कभी-कभी कैसी जिद कर बैठते थे रामकृष्ण! यह सोचकर ही मन में अद्‌भुत रोमांच का अनुभव होने लगा। लगा, कुछ देर और उनका स्मरण किया तो आँसू बहने लगेंगे।

तभी शिप्रा ने मेरा हाथ पकड़कर कहा, ''प्रसून दा! आपके हृदय में मेरे लिए प्यार था, जो छुपा, अनछुपा, अनदेखा ही रह गया। उसे आज आपसे माँगती हूँ, यहाँ जगत्धात्री के सामने। मुझे आज इसकी जरूरत है। यह मुझसे छूट गया था। बोलिए देते हैं वह अब मुझे?'' वह माँग रही थी, मगर यह दान देने की मेरी औकात कहाँ थी!

फिर मुझे लगा, जैसे कोई बहुत पुराना ऋण चुकता हो गया हो!

सुबह निराहार मुँह, यहाँ तक कि बगैर चाय पिए आए थे। मुझे मालूम था कि मंदिर के बाहर एक होटलनुमा दुकान थी, जिसमें गरमागरम मैदे की पूरियाँ और मीठी-तीखी चने की दाल मिलती थी। रास्ते में एक छोटा सा फुटपाथियाँ बाजार था, जिसमें चित्र, मूर्तियाँ, पूजन-सामग्री और कुछ स्त्रियों के मतलब के सामान बिक रहे थे। मुझे याद आया कि पत्नी ने वहाँ मिलनेवाला सिंदूर और शंख की चूड़ियाँ लाने को कहा था। अनायास मैं एक दुकान पर रुक गया और देखने लगा। वहाँ सिंदूर भी था और शंख की चूड़ियाँ भी।

दूसरे की क्षण मुझे कुछ याद आ गया और हृदय को धक्का-सा लगा।

उसने मुझे दुकान पर उन चीजों को देखते हुए देख लिया होगा!

''क्या भाभी के लिए कोलकाता का सिंदूर लेना है? मैं ले लेती हूँ।''

उसने सिंदूर की एक दर्जन डिब्बियाँ खरीदकर मेरे हवाले कीं तो मैंने उसे शंख की चूड़ियों के बारे में कहा। वह हँसकर बोली, ''यहाँ असली शंख की चूड़ियाँ नहीं मिलेंगी। हम दिन में बाजार चलेंगे तो ले दूँगी।''

बाजार में किसी ने जोर से हाँका तो एक गाय धूल उड़ाते हुए भागी। कुछ धूल मेरी आँख में पड़ी और मैं परेशान होकर आँख मलने लगा।

उसने कहा, ''मलो नहीं, रूमाल से ढंक लो। इसे पानी से धोना होगा, तभी आराम मिलेगा।''

होटल में पानी से आँख धोई, मगर तकलीफ कम नहीं हुई। रूमाल से उसे ढंके-ढंके मैं पूरियों और चाय के लिए बोलकर उसके सामने जा बैठा।

''क्यों, आँख में किरकिरी हो रही है न, प्रसून दा?''

''हाँ।''

''जानते हो इसे बँगला में क्या कहते हैं—चोखेर बाली।''

मैं आँख की किरकिरी को भूलकर, सामने अपनी चोखेर बाली को देखने लगा।

□

पाप-पुण्य से परे…

कुछ का गला जन्मजात सुरीला होता है। उन्हें चलताऊ फिल्मी धुनें गुनगुनाने का शौक हो जाता है। सतीश भी उनमें से है।

बचपन से ही वह घर और स्कूल की फुरसती बैठकों में गाता रहा। सुननेवाले मुग्ध होकर सराहते। कुछ बराबर सलाह दिया करते—"बाकायदा गाना सीखें, किसी उस्ताद से। भई, संगीत सीख लोगे तो सितारा बुलंद हो जाएगा। रेडियो, फिल्म…।" सुनते-सुनते उसे हसरत हो आई थी गायन सीखने की, मगर जवान होने तक उसे यह सौभाग्य नहीं मिला। पूजा-उत्सवों और कस्बाई रंगारंग कार्यक्रमों में वह बराबर गाता रहा।

नौकरी और ठीक-ठिकाने से लगकर उसने सोचा—अब वक्त आ गया है, पैसा भी है, समय भी है। मैं संगीत सीख सकता हूँ। उसने अपने कल्चरल दोस्तों से कहा, कहीं किसी सिखानेवले से उसकी बातचीत करवा दें।

एक प्रसिद्ध गायक ने उसका परिचय श्रीमती से कराया। वह अत्यंत प्रतिभाशाली गायिका थीं। कई बार ऑल इंडिया रेडियो पर गा चुकी थीं। उन्होंने पब्लिक फंक्शनों में गाना छोड़ दिया था, गृहस्थी के कारण। पति और दो बच्चों की देखभाल अपने आप में एक बड़ा काम है। श्रीमती ने उसका गाना सुना। पसंद किया। उन्हें इस युवक में संभावनाएँ दिखाई दीं। उसके अनुरोध पर उसकी ट्यूशन करना मंजूर कर लिया। तय हुआ कि वह सप्ताह में दो बार आया करेगा सीखने।

श्रीमती का नाम जाने क्या था! वह उन्हें 'श्री' कहा करता था।

'श्री' सचमुच बहुत अच्छी तरह सिखाती थीं। उसे लगा कि उनसे एकाध साल सीख पाया तो वह चमक उठेगा। उनका खुद का गायन शुद्ध और मँजा हुआ था। मुश्किल यह थी कि सिखाने का समय निश्चित नहीं था—घर-गृहस्थी

के झँझटों की वजह से। कभी-कभी तो उसे जाकर लौटना पड़ता था। पति-पत्नी सिनेमा जा रहे रहे हैं या किसी बच्चे की तबीयत खराब है या विघ्न-बाधाओं के कारण उसके गायन का क्रमिक विकास नहीं हो पा रहा था, वह जाता भी उस समय था, जबकि पति घर पर होते। वह बच्चों को सँभालते। पत्नी गाना सिखाती।

अकसर सिखाते हुए उन्हें बीच से उठ जाना पड़ता, छोटे बच्चे की वजह से। उनके पति भले आदमी थे। उन्होंने यह दशा देखी तो सुझाव दिया—आप दोपहर को आया कीजिए। उस समय कोई नहीं होता। यह उसे सुविधाजनक लगा, क्योंकि उसकी छुट्टी दो बजे हो जाती थी।

उसके बाद उसकी कोचिंग नियमित रूप से होने लगी। वह ठीक तीन बजे पहुँचता था। श्री खाने-पीने से फुरसत पाकर बैठी होतीं। घर में शांत वातावरण होता। वह मनोयोग से सीखने लगा।

कुछ दिन बीतने पर उसे लगा कि श्री उससे खुलने लगी हैं। इसके पहले उनकी बैठक में संगीत-क्षेत्र से बाहर की चर्चा नहीं होती थी। धीरे-धीरे बातों का दायरा काफी बढ़ गया। वह बड़ी दिलचस्पी से अपने बीते दिनों की बातें और अनुभव उसे सुनातीं। गायन में उन्होंने क्या-क्या कमाल उन दिनों दिखाए थे। किस-किस कार्यक्रम में कैसी-कैसी प्रशंसा उन्हें मिली। रेडियो के दिनों कितने खत और मिलनेवाले आते थे, इत्यादि। वह उन्हें महान् समझने लगा था।

अपनी बढ़ती हुई श्रद्धा के संदर्भ में उसने श्री के व्यवहार में अनोखा बदलाव पाया। वह उसका बहुत खयाल रखने लगी थीं। वह उनके आदेशानुसार सप्ताह में तीन दिन आने लगा। गाहे-बगाहे उसे खाने पर या चाय पर बुला लिया जाता। उनके पति भी उससे स्नेह रखते थे। पाकशास्त्री थे। छुट्टी के दिन एकाध स्पेशल डिश अपने हाथों से बनाते। मछली, मुरगा या गोश्त। उसे आग्रहपूर्वक बुलाकर खिलाते। वह लगभग उस परिवार का सदस्य बन गया। छोटे-मोटे काम कर देता था। बच्चों के लिए कुछ-न-कुछ ले जाता।

उसे लगा कि श्री अपनी मोहक आँखों से उसे देखने लगी हैं—रहस्यमयता से। सिखाते-सिखाते वह एकटक उसकी ओर देखने लगतीं। वह याद दिलाता तो चौंककर फिर गाने या गवाने लगतीं। उसे पहली दफा महसूस हुआ—श्री अनिंद्य सुंदरी थीं। संदली तराशा हुआ गोरा बदन। दुर्लभ आँखें और बेहद लंबे रेशमी केश। कभी-कभी खुले बालों में उसे सिखाने बैठतीं तो वह देखता, बाल फर्श पर पड़ी

जाजम पर दूर तक फैले रहते। उससे पहले इतने लंबे बाल उसने नहीं देखे थे।

लाख चाहने पर भी उसकी हिम्मत नहीं होती कि जी भरके खुली आँखें उन्हें देख ले। हमेशा चोरी से देखता और अकसर पकड़ा जाता। वह हौले से मुसकरा देतीं। श्री की रुचि सतीश में बढ़ती गई। उसके बारे में एक-एक बात उन्होंने जान ली। उसे सलाह भी देने लगीं। उनका आग्रह था कि वह रोज आया करे। वह आने भी लगा। उसे अपने मन में चोर दिखाई पड़ने लगा था। 'श्री मेरी परीक्षा क्यों ले रही हैं? कहीं मुझसे नहीं···नहीं! कितनी सुखी फैमिली है उनकी, और पति खासे आकर्षक व्यक्तित्ववाले हैं।' वह बलपूर्वक अपने मन में उमड़ती रागात्मकता को दबाने लगा। ऐसा सोचना भी उसे पाप प्रतीत हुआ।

परंतु वह नौसिखिया था। इस बात को वह जल्दी ही जान गया।

उस दिन श्री काली साड़ी और उसी रंग के ब्लाउज में थीं। पान-वान खाकर बैठी थीं। बाल उसी तरह फैले थे और आँखों से लग रहा था, नशे में डूबी हुई हों। वह सहमा हुआ-सा बैठ गया। इतने रूप का सामना करते नहीं बन रहा था। उन्होंने कहा, "गाओ।" वह सिर झुकाए बैठा रहा। उसमें गाने की ताकत मानो खत्म हो गई थी। उन्होंने फिर कहा। मगर उससे चेहरा उठाते नहीं बनता था। वह हँस पड़ी, दूर तक चाँदी के नूपुर बज उठे। उन्होंने एक महक भरा हाथ उसकी ओर बढ़ाया। उसका मुख ऊपर करने को। वह शर्म से लाल हो गया था। कान की लवें जलने लगीं। चेहरा तप आया। श्री उसका मुख ऊपर उठाए देख रही थीं। सहसा उन्होंने उसे बाँहों में घेरकर चूम लिया था। वह चंदन तरु से लिपटकर रह गया था। उसके दिलोदिमाग पर एक सौरभ-सा छा गया। जूही, चंपा, बेला, मोगरा, रात की रानी और ढेरों गुलाब! मिली-जुली खुशबुएँ!

दोपहर को उसका रोज पहुँचना उस घर में दरारें डालने लगा था। शाम तक वह रहता। पति के दफ्तर से लौट आने तक। श्री का ध्यान विकेंद्रित पाकर पति को अचंभा होने लगा, जो उत्तरोत्तर शुबहा बनता गया। उन दोनों ने प्रेम-विवाह किया था। श्री के प्रेम में कमी पाकर उन्हें कष्ट हुआ। मजबूर होकर हस्तक्षेप किया। उन्होंने दोनों के सामने कह दिया—यह रोज-रोज का राग उन्हें पसंद नहीं। सप्ताह में दो दिन ठीक है। वह भी शाम को।

वह पानी-पानी हो गया। सोचा, जाना छोड़ दे। परंतु इससे तो वह चोर साबित होता। श्री पर कोई फर्क नहीं पड़ा। वह मनोयोग से गाना सिखातीं। पति

की निगाहें बराबर लगती रहतीं। बातें करना संभव नहीं रहा।

चाहनेवालों को कौन रोक पाया है! रोज एक खत उसे मिलता। कमरे पर लौटकर वह बार-बार पढ़ता। एक विवाहिता स्त्री की परपुरुष के प्रति चढ़ती आसक्ति के शब्दचित्र। फिर बड़ी मासूमियत से जवाब लिखने बैठ जाता। पति पहरा देते रहे। आग अंदर-ही-अंदर भड़कती रही।

वे खत रात को करवटें बदलते और तड़पते हुए लिखे गए खत होते। कमरा बंद करके वह लिखतीं। पति आ जाते तो अधूरा रह जाता। बच्चों को सुलाकर पति के साथ जाना होता था। फिर रात के अंतिम प्रहर में दबे पाँव उठतीं, खत पूरा करने के लिए।

'वह मेरे शरीर का स्वामी है। शरीर उसके अधिकार में है, परंतु आत्मा? वह तो मेरी अपनी है। वह कुँआरी और अछूती है। उसकी भाँवरें तुम्हारे साथ पड़नी हैं। तुम मेरे मन के राजा हो। पिछले कई जन्म इसी तलाश¨।'

इन दार्शनिक तर्कों से भरे खतों ने उसके मन से पाप-पुण्य, नैतिक-अनैतिक, सभी लकीरें मिटा दी थीं। वह दिन-रात श्री के खयालों में डूबा रहता। फिर उनका प्यार हर तरह से पवित्र था। शरीर बीच में नहीं आया था। उससे अपने को बचाए रखूँगा, उसने सोचा। उसका अपना मन कहता था, श्री की एक-एक चीज उसकी अपनी है। उनका रूप, रेखाएँ, स्वभाव, लेख, स्वर, सबकुछ उसे चिर-परिचित सा लगता।

पति का संदेह मिट गया। रोज अपनी आँखों देखते थे—गुरु और शिष्य दोनों संगीत-साधना में लीन हैं। दुनियावी चीजों से बेगरज। एक भी फालतू बात नहीं। उन्होंने फिर छूट देनी शुरू की। ट्यूशन के टाइम से अन्यथा भी वह आने लगा। मगर आता पति की उपस्थिति में।

उस दिन उसे स्टेशन जाना था, एक दोस्त को छोड़ने रात की किसी गाड़ी से। उसके डेरे से स्टेशन काफी दूर था। तय हुआ कि वह स्टेशन से लौटकर उनके यहाँ रुकेगा। सुबह चला जाएगा।

उसे बच्चोंवाले कमरे में सुलाया गया। लेटते ही वह सो गया। श्री बहुत रात को दबे पाँव उठीं। खत लिखने के लिए। पति सोए नहीं थे। सोने का बहाना किए पड़े थे। उनके अवचेतन मन में आशंका थी। लड़का यहीं सोया है, कुछ होनेवाला है। परंतु कुछ लिखते देखकर उन्हें ताज्जुब हुआ। इतनी रात गए फर्राटे

से क्या लिखे जा रही हैं। वह चुपचाप उठे और पीछे से वह अधलिखा कागज खींच लिया। प्रेम-पत्र! उनकी पत्नी का लिखा, सतीश के नाम। देखकर उनकी क्या हालत हुई होगी, कहना मुश्किल है। परंतु वह समझदार थे। उन्होंने हो-हल्ला नहीं किया। दरवाजों और बक्सों को उलट-पलटकर ढूँढ़ने लगे। श्री से चाबी माँगी। संदूक खोलकर तलाशा। आखिर वह पुलिंदा उन्हें मिल ही गया। सतीश के श्री के प्रति लिखे गए पत्रों का।

कुछ देर तक बैठे पढ़ते रहे। समझ में नहीं आया कि क्या करें! श्री मूर्तिवत् बैठी थीं। चेहरे पर भय या पीड़ा का नामोनिशान नहीं। उन्होंने उनकी तरफ प्रश्नावाचक निगाह से देखा तो वह उठकर पलंग पर लेट गईं। उनके तन-बदन में आग भड़क उठी।

उन्होंने चादर खींचकर सतीश को झँझोड़ दिया। वह बड़ी गहरी नींद सोनेवाला प्राणी था। जोर से घसीटे जाने पर वह जागा। पहले तो समझ में नहीं आया कि माजरा क्या है! इतने में वह उसे खींचते हुए बाहरवाले दरवाजे तक ले आए थे। उसे बाहर धकेलकर उन्होंने खतों का वह पुलिंदा उस पर फेंक दिया और भड़ाक से दरवाजा बंद कर दिया।

कमरे में टँगे माँ दुर्गा के कलेंडर के सामने हाथ में जनेऊ लेकर उसने कसम खाई थी, वहाँ जीते-जी नहीं जाऊँगा।

सात-आठ दिन गुजर गए।

वह शाम के समय बैठा रियाज कर रहा था कि उसका एक अजीज दोस्त कमरे में दाखिल हुआ नाथ। नाथ को उसका पूरा किस्सा शुरू से मालूम था। वह उसे सुनाकर अपने दिल का बोझ हलका कर लिया करता था। नाथ बहुत गंभीर नजर आ रहा था। उसके बहुत समझाने-बुझाने पर वह श्री के पति से मिलने को तैयार हुआ। वह बाहर सड़क पर खड़े थे। उस तक सीधे आने का साहस उन्हें नहीं हुआ था। वह नाथ से मिले और अनुरोध किया—सतीश से मिलवाने का। ठंडे दिमाग से उन्होंने नाथ को कुछ नहीं बताया, मगर वह तो जानता ही था। उस सज्जन पुरुष का पश्चात्ताप भरा स्वर उसे पिघला गया। वह उन्हें ले ही आया। हालाँकि मन-ही-मन वह चाहता था कि सतीश अब इस चक्कर में न फँसे। कई बार लोग चेहरा देखकर अपनी धारणाओं के खिलाफ भी कर बैठते हैं।

उन्होंने बड़े विगलित स्वर में क्षमाचायना की। कहा, ''उस समय मैं आपे में नहीं था। विवेक खो बैठा।''

उन्होंने बार-बार आग्रह किया—जो हो गया, सो हो गया। सतीश को चाहिए कि ट्यूशन पर आता रहे। नहीं तो उनकी पत्नी को और उन्हें बहुत दुःख होगा। उनके घर की शांति नष्ट हो जाएगी। भूल सुधारने के लिए और गलतफहमियाँ दूर करने के लिए सबसे खरा रास्ता यही होगा कि वे अपने गुरु-शिष्य संबंध को प्रमाणित कर दें। बात आई-गई हो जाएगी।

वह शायद नहीं मानता, अगर उसे पता न चलता कि श्री उस दिन से बिना खाए-पिए बिस्तर पर पड़ी हैं। ग्लानि से झुलसी जा रही हैं। उनका जीवन खतरे में पड़ सकता था। यह उसे मंजूर न था।

श्री के पति उस रात उसके यहाँ ही रुके। रात भर बातें होती रहीं। गिले-शिकवे जाते रहे। सतीश को अनुभव हुआ कि वह अपनी पत्नी को जी-जान से चाहते हैं। इतना चाहते हैं कि उनका छोटे-से-छोटे दुःख भी सहन नहीं कर सकते। श्री उनके लिए प्रेरणा थीं, प्रेयसी थीं, पत्नी थीं, आराध्या थीं और सबकुछ थीं, जो एक नारी पुरुष के लिए हो सकती है।

उन्हें कुंठितमना होने से बचाने के लिए वह सतीश को फिर ले आए थे। दूसरे दिन वह उनके साथ उनके घर गया। सारे दिन वहीं रहा। वह समय से अपने दफ्तर चले गए थे। श्री चादर में मुँह ढंके लेटी रहीं। छोटा लड़का कोशिश में लग गया था। उसे गोद में उठाए आँगन में चहलकदमी करता रहा।

दोपहर को वह उठीं। बच्चे को लिया। दूध पिलाया। नहला-धुलाकर सुला दिया। फिर खुद नहाने चली गईं। इस बीच उसने किचन में जाकर चाय तैयार कर ली। किसी तरह उनका मौन टूटा। चाय के कप लिये दोनों आँगन में बैठे रहे। गुमसुम। मन बातों से भरे हुए थे। मुँह परिस्थितियों ने बंद कर दिए थे।

पति दफ्तर से जल्दी लौट आए। बड़ा लड़का भी स्कूल से आ गया। घर में तूफान के बाद की शांति आ गई थी। नियमित रूप से आता रहूँगा—यह आश्वासन देकर वह चला गया।

और वह बराबर गाना सीखने जाता रहा था। सिर्फ गाना। श्री बहुत खामोश हो गई थीं। बहुत कम बोलतीं। मगर उनकी आँखें!

उस उदास माहौल में एक बार फिर हलचल मची। होनी ने फिर बिसात

उलट दी—एकाध मोहरे को इधर-उधर करने की गरज से।

पति का तबादला आ गया महाराष्ट्र के किसी सुरक्षा संस्थान के लिए। वह नया प्रोजेक्ट था। परिवार ले जाने की गुंजाइश नहीं थी। बच्चों की पढ़ाई का भी सवाल था। वह पसोपेश में पड़ गए। आखिर में यह फैसला हुआ कि फिलहाल वह अकेले जाएँ। परिवार यहीं रहे। देखभाल और वक्त-जरूरत के लिए सतीश जो है।

और एक दिन वह चले गए।

सतीश ने बड़ी जिम्मेदारी अपने सिर ले ली थी। गाना सीखने में उसकी दिलचस्पी जाती रही। वह छुट्टी होते ही वहाँ पहुँच जाता। घर के, बाजार के सभी मर्दाने काम निपटाता था। इसके अलावा बच्चों का बहुत खयाल रखता। वे भी उससे हिल गए थे। रोज उनके लिए कुछ-न-कुछ लेकर पहुँचता। उन्हें खिलाता, घुमाता-फिराता। बाजार जाता तो बड़े बेटे को साथ ले जाता।

अकसर रात को लौटना होता था। एक वक्त का खाना वहीं बनने लगा। श्री अपने संपूर्ण पाक-कौशल का प्रयोग करके उसके लिए बढ़िया-से-बढ़िया डिशें तैयार करती थीं। उसे सामने बिठाकर खिलातीं।

एक बात हुई थी। गाना-वाना खत्म हो गया था। फुरसत ही नहीं थी। प्यार की वे आतुरता भरी अभिव्यक्तियाँ अब अनावश्यक लगने लगी थीं। दोनों किसी बोझ से जैसे दब गए थे। श्री घर के कामों में अति व्यस्त रहतीं और वह ऊपर के कामों में। काफी दिन बीत गए। यही क्रम चलता रहा। उधर महाराष्ट्र के उस स्थान से पति हफ्ते में दो के हिसाब से पत्र लिखा करते। बीच-बीच में सतीश के नाम भी पत्र आ जाता—भाई, ध्यान रखना। मेरा सबकुछ वहाँ तुम्हारे ही भरोसे है। रुपए-पैसे की चिंता न करना। बच्चों को कोई कष्ट न होने पाए।

श्री जिस मनोयोग से आधी रात को उठकर उसे पत्र लिखा करती थीं, अब उसी तरह से पति को लिखतीं। उधर से एक-आध दिन की देर हो जाती, पत्र आने में तो वह घबरा उठती थीं। सतीश उन्हें समझाता, तसल्लियाँ देता।

उन दिनों वह अपने परिवेश से कटता जा रहा था। नौकरी में उसकी दिलचस्पी सिर्फ वक्त पूरा करने की रह गई थी। सोने के लिए अपने कमरे पर पहुँच जाता। शेष सारा ध्यान और समय उस घर के लिए समर्पित था, जो उसे 'अपना घर' लगने लगा था। मगर उसकी अंदर की छटपटाहट बढ़ती जा रही थी।

वह देख रहा था—श्री उदास-उदास रहा करती थीं। पहले से एकदम बदल गई थीं। चेहरे पर लावण्य था, पर कांति नहीं थी। उसके पहुँचने के समय वह बाहर के दरवाजे पर खड़ी होकर प्रतीक्षा करती थीं, मगर उसको देखकर जाने क्या हो जाता। सिर झुकाकर अंदर चली जातीं। रसोई या और किसी काम में जुट जातीं।

उससे बहुत कम बोलतीं। उसे लगा कि वह अंदर-ही-अंदर आहत हुई जा रही हैं।

एक दिन उसने निश्चय कर लिया—उनके मन की सब गाँठें खुलवाकर ही रहेगा। रात का खाना खाने के बाद उसने प्रस्ताव रखा—चलिए छत पर बैठें। चाँदनी रात है। कुछ गाना-वाना हो जाए। उन्होंने कुछ नहीं कहा, चुपचाप उसके पीछे चल दीं।

चाँदनी से नहाई छत पर वे गुमसुम बैठे थे। सतीश ने पूछा—"आप उदास क्यों रहती हैं? क्या मेरी वजह से?" वह कुछ न बोलीं। उसने फिर से प्रश्न दोहराया, मगर कोई उत्तर न मिला। वह क्षुब्ध हो उठा। काफी कुछ कह डाला उसने। और जाने के लिए उठ गया। सहसा उनकी रुलाई जोरों से फूट पड़ी। वह उठकर उसके पाँवों से लिपट गईं, "मत जाओ! मत जाओ!…" उनको इतना रोना आ रहा था कि वह चकित रह गया। उसने उनको उठाना चाहा तो उन्होंने हाथ के इशारे से मना कर दिया—जी भरकर रो लेने दो। रोको मत। उसकी गोद में सिर रखे वह जाने क्या-क्या बड़बड़ाती रहीं। उससे बार-बार पूछतीं—"मैं सपना तो नहीं देख रही हूँ। जिसकी गोद में मेरा सिर रखा है, वह तुम ही हो।…अब छोड़कर जाओगे तो नहीं!…सीधे मुँह बात नहीं करते! यही तुम्हारा प्यार है!"

वह चकित रह गया। उसने महसूस किया कि उनके उदास रहने का कारण वह खुद बन गया था। सचमुच वह उनसे पहले की तरह बातें नहीं कर पाता था। यहाँ तक कि महीने भर से जब से वह गए थे, उसने उनकी ओर आँख भर देखा ही नहीं था। अपराध-बोधता से ग्रस्त था। वह खुद ऐसी यातना भुगत रही थीं। पति के रहते चाहे जो करतीं। पीछे से कुछ करना पाप जैसा लग रहा था। खैर, घंटों वहाँ चाँदनी ओढ़कर बैठे हुए दोनों के गुबार निकल गए। मन हलके हो उठे। मानो धुनी हुई रुई के गले या बरस चुके बादल।

उसके बाद जिस दिन भी उसे लौटने में देर हो जाती, वह वहीं ठहर जाता था। और देर अकसर हो ही जाया करती, क्योंकि श्री प्रफुल्लित रहने लगीं। वे

गाने के अभ्यास के लिए बैठ जाते। फिर वक्त गुरजते पता नहीं चलता।

इस हँसी-खुशी के बीच सहसा श्री बीमार पड़ गईं। टाइफाइड हो गया था। दस-पंद्रह दिन बिस्तर पर रहना पड़ा। बड़ा संकट आ गया था। खास तौर से बच्चों को लेकर। मगर उसने बड़ी कुशलता से सब सँभाल लिया। छुट्टी लेकर रात-दिन वहीं रहने लगा। बच्चों को नाश्ता-खाना, स्कूल भेजना, नहलाना-धुलाना-सुलाना, सब उसने किया। रातभर कुरसी लेकर उनके सिरहाने बैठा रहता। खबर पाकर पति भी छुट्टी लेकर भागे हुए आए। तब तक श्री बीमारी से छुटकारा पा चुकी थीं।

उन दिनों सतीश ने जिस तरह परिवार की सेवा की और कष्ट उठाया, उसे जानकर पति उसके प्रति बहुत कृतज्ञ हुए। उसका हाथ पकड़कर रुँधे हुए गले से बोले, ''भाई! मैंने तुम्हारे साथ बहुत अन्याय किया था। क्या मुझे क्षमा कर सकोगे?''

दोनों लिपटकर रोने लगे थे। श्री पुलकित होकर यह दृश्य देख रही थीं।

उनके जाने के समय तय हुआ। सतीश अपना सामान उठाकर यहाँ चला आए। उतना बड़ा घर है। एक कमरा उसे दिया जा सकता है। खाना-पीना भी यहीं। उसकी रुपए पैसे से बचत हो जाएगी और बच्चों को एक सहारा हो जाएगा। सतीश मान गया। राजी-खुशी वह विदा हुए। उन्होंने बताया कि वह ट्रांसफर के लिए कोशिश कर रहे हैं। उम्मीद है, साल-डेढ़ साल में हो जाना चाहिए।

पहले दो महीने हनीमून की तरह रहे। उन्हें मुँहमाँगी मुराद मिल गई थी।

वे नवविवाहित जोड़े की तरह चहकते फिरते। तन-मन एकरंग। किसी का डर नहीं था। बच्चों की परेशानी जरूरी थी। एक आया रख ली गई। आया-कम-नौकरानी। खाना भी पका लेती।

शाम इंद्रधनुषी होती। कुछ शॉपिंग, कुछ सैर, कुछ रूठना-मनाना, रेस्तराँ में बैठना। पान खाना, मोगरे की माला लेना और पार्क में बैठना। कभी-कभी पिक्चर। रात की तैयारी तो बिल्कुल इंद्रलोक मार्का होती।

वह नहा-धोकर बुर्राक चुन्नटदार कुरता-पाजामा पहनता। श्री बढ़िया रेशमी साड़ी, सोलहों सिंगार के साथ। फिर इत्र-फुलेल से लैस होकर दोनों छत पर जा बैठते। आया बच्चों को सुलाकर चली जाती। वे घंटों वहाँ बैठे बातें करते रहते। सिर्फ बातें ही नहीं, प्यार की बातें।

प्यार, प्यार और सिर्फ प्यार!

घर का खर्च बहुत बढ़ गया था। पहले तो पति जो रुपया भेजते, उसी से काम चल जाता। अब सतीश की तनख्वाह मिलाकर भी कम पड़ता। दस रुपए तो शाम को सैर सैर में उठ जाना मामूली बात थी। मकान का किराया, आया की पगार, बच्चों का खर्च और राशन के साथ यह शाहदिली चलाना मुमकिन नहीं था।

उसने श्री को जरा भी महसूस नहीं होने दिया आर्थिक अभाव के बारे में। श्री एक तरह से घर-गृहस्थी से अलग हो गई थीं। उन्हें मन-ही-मन इतनी खुशी थी कि कुछ दिखाई नहीं देता। यहाँ तक कि बच्चे भी। दिन में खूब नींद आती। दोपहर तक सोती ही रहतीं। उधर रात छोटी पड़ जाती। वह घर को अपने कंधों पर उठाए था। मजबूती से। कर्ज लेता रहा दोस्तों-यारों से, इनसे-उनसे। यह कर्ज उतरने के बजाय बढ़ता गया।

एक दिन उसे काफी परेशान किया गया। अदायगी के लिए। मारपीट हो गई। रुपया बुरी चीज है। श्री को मालूम हुआ तो बहुत बिगड़ीं—"तुमने बताया क्यों नहीं अब तक?" पाँच-सात सौ रुपए जो उनके पास जमा थे और सोने की चूड़ियाँ लाकर दीं और बोलीं, "अभी जाओ! पाई-पाई चुकता कर दो।" उसने बहुत आनाकानी की। यह उसे अपना खुद का असामर्थ्य प्रतीत हुआ, लेकिन वह मानी नहीं। अन्न-जल छोड़कर बैठ गई—"तुम्हें कुछ हो गया तो मैं कहीं की नहीं रहूँगी।" उसे जाना पड़ा। हिसाब साफ हुआ। कान पकड़े, अब कर्ज नहीं लेंगे।

इस घटना के बाद उन्होंने समझदार पति-पत्नी की तरह रहना शुरू कर दिया था। सब काम बजट में। नौकरानी की छुट्टी करने की तैयारी की गई। पति के पत्र बराबर आते। रुपए महीने के पहले हफ्ते में। वह पत्रों को पढ़ते घंटों बैठी रहतीं। कहीं संदेह का स्वर तो नहीं उठ रहा है? परंतु पति निश्चिंत से थे। सतीश को भी महीने में एक खत तो लिख ही देते।

एक दिन सहसा पति आ गए। मय सामान-असबाब के। उनका ट्रांसफर हो गया था। उस शहर को तो नहीं, परंतु पास के ही एक शहर में। परिवार को साथ ले जाने के लिए आए थे।

वह सुबह ही आ गए थे। सतीश और श्री सुनकर अवसन्न से रह गए, परंतु ऊपरी तौर पर दोनों ने इस व्यवस्था पर प्रसन्नता व्यक्त की। श्री का चेहरा उतर गया था। वह भी ड्यूटी पर नहीं गया। सारे दिन रवानगी की तैयारियाँ होती रहीं। श्री मन-ही-मन खून के आँसू निगलती रहीं। चेहरा संपूर्ण रूप से विषण्ण हो

गया था। उन्होंने सामान बँधवाने में बिल्कुल दिलचस्पी नहीं ली। सतीश और उनके पति जुटे रहे।

श्री को जाने क्या सूझा! तानपूरा लेकर आँगन में बैठ गईं और मीरा का पद गाने लगीं—"हे री! मैं तो प्रेम दिवानी मेरा···"

सतीश उन लोगों को छोड़ने उस शहर तक गया, पति के आग्रह पर। वहाँ सरकारी क्वार्टर मिला था। उसने उस नए घर में सामान व्यवस्थित कराने में पूरा-पूरा हाथ बँटाया। दो दिन वहाँ रहा। फिर सबसे विदा लेकर चला गया।

आते समय श्री की आँखों में जाने क्या देखा था उसने कि सहमकर रह गया।··· शायद बुरी तरह टूटे हुए सपने थे उन आँखों में।

उसके मित्र सारा कुछ जान गए थे। उसने किसी से न कहा हो, परंतु उसका वहाँ जाकर रहना और सबकुछ भूलकर वहीं रम जाना लोगों की निगाह में अटक गया था। उसके अपनी दुनिया में लौट आने पर सबने संतोष व्यक्त किया। उसे समझाने-बुझाने का दौर शुरू हुआ—

"अच्छा हुआ कि उसके जाल से निकल आए। अभी तुम्हारी उम्र ही क्या है! वह कम-से-कम आठ-दस बरस बड़ी होगी तुमसे। फिर विवाहित, दो बच्चों की माँ। उनका घर उजड़ता सो उजड़ता, तुम्हारी जिंदगी बरबाद हो जाती।"

मगर हुआ वही, जिसकी उसको आशंका थी।

आठ-दस दिन बाद ही श्री का बहुत लंबा पत्र आया—"मैं यहाँ नहीं रह सकती। मेरे प्राण, मेरी आत्मा वहीं अटकी है। तुम्हारे गिर्द। एक-एक पल काटना पहाड़ हो गया है। मुझसे सहन नहीं होता। मुझे आकर ले जाओ। तुम्हारे हाथ जोड़ती हूँ। लिवा ले जाओ, नहीं तो बचूँगी नहीं।"

उसने काफी समझा-बुझाकर एक लंबा जवाब लिख, परंतु पोस्ट नहीं कर सका। स्वत: पति के हाथों भी पड़ सकता था। चुप लगा गया। अपने आप समझ जाएँगी।

तीसरे ही दिन एक और पत्र आ गया। फिर करीब-करीब रोज आने लगे। पत्रों में इतनी करुण गुहार होती थी कि उसका मर्मस्थल बिंध जाता। वह सचमुच काँटों की सेज पर लेटी थीं। वह भी इनसान ही था। उसका हृदय पिघला। उसने अपने प्रेम पर नाज भी हुआ। बड़े शहीदाना अंदाज में उसने वह लंबा जवाब पोस्ट कर दिया। प्यार की बलि देकर एक परिवार को बचा लेने का मोह जो हो

गया था। दोस्तों की नेक सलाह भी यही थी।

कुछ दिनों बाद श्री का एक दो टूक शैली में जवाब आ गया। जो कुछ उन्होंने लिखा था, भयावह था। उसके रोंगटे खड़े हो गए। इतना दुस्साहस प्यार में ही संभव है।

श्री ने लिखा था कि उन्होंने पति को सबकुछ कह डाला है, सतीश से अपने संबंध के बारे में। साफ-साफ। और यह भी कि उससे बिछुड़कर रहना अब संभव नहीं। वह उसके पास जाकर रहना चाहती है। नहीं तो''। और यह भी लिखा था कि वह सबकुछ जानकर इस नतीजे पर पहुँचे हैं कि सतीश चाहे तो आकर ले जाए। उन्हें कोई एतराज नहीं होगा। हाँ, बच्चे उनके पास रहेंगे।

श्री ने अपने पत्र में आग्रह किया था—'तुम पत्र पाते ही अपने किसी दोस्त को साथ लेकर यहाँ चले आओ। तुम घर पर मत आना। दोस्त को भेज देना। मैं उसके साथ चली आऊँगी।'

उसने एक प्रयत्न और किया। काफी तर्कपूर्ण ढंग से एक स्नेह भरा पत्र लिखकर समझाया कि हमारा प्यार अमर है। हम इसके लिए त्याग करेंगे। अपनी-अपनी सीमाओं में रहकर। भगवान् ने चाहा तो अगले जन्म में''। उसे कुछ-कुछ आशा थी कि ज्वर उतर जाने पर श्री विवेक से काम लेंगी और वह क्रांतिकारी विचार छोड़ देंगी।

उधर से तार आ गया। साथ ही एक्सप्रेस पत्र, कि आते हो कि गले में फंदा डालूँ! पढ़कर वह रो उठा। उसका दिल रो उठा। श्री इतना छटपटा रही हैं उसके लिए और वह सामाजिक मान्यताओं के चक्कर में उनकी बलि चढ़ाए दे रहा है। उसने तय कर लिया, जहन्नुम में जाए यह दुनिया और यह समाज। मैं श्री को लेने जाऊँगा। उनकी हत्या मुझे मंजूर नहीं।

एक दोस्त को लेकर वह गया। खुद स्टेशन पर रुक गया और खत देकर दोस्त को भेज दिया।

वेटिंगरूम में बैठे हुए उसका दिल बुरी तरह धड़क रहा था। जाने आज क्या होगा! मैंने तो उनके लिखे पर मान लिया कि पति उन्हें भेजने को तैयार हैं। वहाँ फौजदारी हो जाए! जो लाने गया था, उसका विश्वस्त आदमी था। साथ ही बहुत प्यारा दोस्त भी। उसे कुछ भी हो गया तो मुँह दिखाने लायक नहीं रहेगा। इसी उधेड़-बुन में दो घंटे गुजर गए। अब उसका धैर्य चुक गया। उसे लगा कि

पहुँचकर देखना चाहिए क्या हो रहा है!

वह प्लेटफॉर्म से बाहर निकलने को था कि सामने से दोस्त और श्री आते दिखाई दिए। साथ में कुली था, काफी सामान उठाए हुए। ट्रंक, होल्डाल और एक भरा हुआ बोरा। लगता था, बिस्तरे के साथ-साथ बोरिया भी आया है। बरतन वगैरह।

श्री उसे देखते ही ठिठक गई। शॉक्ड होकर। ऐसा लगा कि उसे खड़े-खड़े चक्कर आ जाएगा। वह दौड़कर उसके पास पहुँचा और उसे बाँहों में थाम लिया। वह मूर्च्छित हो गई थी।

वापस आकर मकान तलाश करने निकले। सौभाग्य से वहीं मकान फिर मिल गया, जिसमें वह पहले रहते थे। पार्टीशन करके उसके दो हिस्से कर दिए गए थे। एक हिस्सा उन्होंने ले लिया।

श्री के पति वाकई उन्हें बहुत चाहते थे। सबकुछ सह गए थे। शायद इस उम्मीद में कि कुछ ही दिनों में वह उचित-अनुचित समझ लेंगी और वापस लौट आएँगी। बच्चे भी उनके पास ही थे। यह एक ट्रंप कार्ड था, जो उनके हाथ में था। उन्हें पूरी उम्मीद थी कि श्री जल्द लौटेंगी। सतीश का दोस्त वहाँ पहुँचा तो वह बच्चों को लेकर बाहर चले गए थे, ताकि माँ को जाते देखकर वे रोएँ नहीं।

श्री दो आदमियों की गृहस्थी के लायक पूरा सामान लेकर आई थीं। बिस्तर, कपड़े और बरतन। स्टोव और मसाले रखने के डिब्बे तक। कुछ चीजें खरीदनी पड़ीं। बहरहाल, पहले ही दिन उन्होंने घर जमा लिया था। वह अपने कमरे पर आ गया और सारा सामान उठा लाया।

पहले भी इस घर में एक बार मय सामान-असबाब रहने के लिए वह आया था, परंतु तब बात और थी। तब ऐसा सहमा-सहमापन नहीं था, जैसा अब घर की ईंट-ईंट में समा गया था।

शाम को स्टोव जलाकर श्री ने खाना पकाया। चार-छह रोटियाँ और एक दाल। दोनों साथ बैठकर खा रहे थे, परंतु कतई अनमने थे। जुबान पर बोल नहीं आता था। क्या-क्या होना बाकी था, शायद यही सोच रहे थे वे और अंदर-ही-अंदर घुटे जा रहे थे—अंजामों की कल्पनाओं से कि बिजली चली गई। शायद फ्यूज उड़ गया था। अँधेरा-ही-अँधेरा बिखर गया। मगर अँधेरा उनका मनोबल उठाने में बड़ा सहायक सिद्ध हुआ। वे एक-दूसरे को अँधेरे के खिलाफ सँभालने

के लिए आगे बढ़े और एक हो गए।

श्री दस साल पहले भी एक घरौंदा बना चुकी थीं—अपनी पसंद से। सतीश घर से बेघर था, परदेश में होने के कारण।

यह पार्टीशन किया हुआ आधा घर उनसे जुड़ नहीं पाया। वे खुद भी जुड़े हुए नहीं थे। बस कोई चीज थी, जो उन्हें बुरी तरह खींचती थी—एक-दूसरे की तरफ। दीवानावार। शायद यह प्यार था।

हाँ, तो इसी प्यार को तलवार की धार बनते देखा दोनों ने। दोनों उस तेज धार पर नंगे पाँव सधे हुए चले एक-दूसरे की ओर। नतीजा कि बीच तलवार पर मिलन हुआ। सच, उनकी आत्माएँ दिन-रात लोक-लाज जैसे हस्तियों के कोड़े खाती रहती थीं। वे उफ न करते। चुपचाप सहते और प्यार में डूबते जाते। और पीड़ा तथा प्यार। यातनाघरनुमा अरमानों का महल, जिसमें वे रहते रहे।

पति के पत्र बदस्तूर आते रहे। वह जवाब नहीं देतीं। शायद पत्र पढ़ती भी नहीं थीं। सहेजकर रखे जातीं। बार-बार अपने से चोरी करके पत्र खोलने का यत्न करतीं। अव्वल तो पत्र खोल नहीं पाती थीं और खोल भी लें तो उसे पढ़ने का साहस न होता। सतीश इस कमजोरी को समझ गया। अब जैसे ही पत्र आता, वह तुरंत खोलकर ऊँचे स्वर में पढ़ देता। उन्हें सुनना ही पड़ता।

उन पत्रों का अधिकतम भाग बच्चों के बारे में होता, जिसे सुनकर उन्हें सहन करना पड़ता।

एक दिन सतीश ने मूड में आकर उन्हें समझाया—"कम-से-कम बच्चों का खयाल करो। वापस चली जाओ या उन्हें यहाँ ले आओ, अन्यथा न तुम ही जी सकोगी, न वे।" दोनों ही बातों के लिए वह तैयार नहीं थीं। उन्होंने कहा, "बच्चे उनके हैं, मेरे नहीं। जैसे हैं, जहाँ हैं, ठीक हैं। यहाँ मैं उन्हें लाकर अपने और तुम्हारे बीच दीवार नहीं खड़ी करना चाहती। फिर कोई छोटे-छोटे तो है नहीं...दूध पीते। सँभले-सँभलाए हैं।"

सतीश को अजीब सा लगा। पहली बार उसे लगा कि इस नारी में मातृत्व का अभाव है। नहीं तो...। मगर उसकी यह धारणा टिकी नहीं। रात को ही उसने जान लिया, सत्य क्या है।

यह बच्चोंवाली बातचीत शाम को हुई थी। वह बाजार चला गया और श्री खाना बनाने लगीं। लौटकर वह अनमना-सा पड़ गया और पड़ा ही रहा। वह शायद

खाने के लिए कहने आईं। मन उनका भी ठीक नहीं था। आखिर नारी मातृत्व को प्रेमी के समक्ष अस्वीकार करके उलझन में न पड़ जाए, यह कैसे संभव है। वह कुछ न कह सहीं। लौटकर गईं और थाली लगाकर ले आईं। वह आँखें मूँदे लेटा था, त्रस्त। उनकी हिम्मत नहीं हुई कि उससे खाने के लिए कहें। थाली टेबल पर टिकाकर वह उस शय्या की ओर बढ़ीं।

जाने कितनी देर से ऐसे ही खड़ी रहीं। सतीश की दंशित मुद्रा देखतीं। फिर सिरहाने बैठकर उसका सिर अपनी गोद में रख लिया।

जाने कितनी बार ऐसा हो चुका होगा, मगर सतीश को उस स्थिति में कुछ नयापन महसूस हुआ। वह आवेश में थीं। उसे प्यार किए जा रही थीं। परंतु मातृवत्। कोई माँ बहुत लाड़ में आकर जिस तरह अपने शिशु के अंग-प्रत्यंग को स्नेह से नहला रही है, उसी तरह वह उसे···। उसे बेहद सुखद अनुभूति हुई। उसे लगा, वह एक नन्हा भोला सा बच्चा है, जो थोड़ी देर पहले तक रो रहा था।

वह पयपान करते हुए शिशु की तरह ममता की छाँह तले किलकता रहा था।

अपनी कहानी सुनाते समय सतीश ने यह घटना इस तरह सुनाई थी, जैसे कोई रहस्य खोल रहा हो। सुनाकर दार्शनिक लहजे में कहा, "प्यार अपने फैलाव में, अपनी संपूर्णता में कितना विशाल है, इसको किनारे पर खड़े होकर देखने से समझा नहीं जा सकता। मेरी माँ बचपन में ही मुझे छोड़ गई थी। सौतेली माँ ने रखा तो जतन से, परंतु वह सब न दे सकी, जो एक माँ देती है। दे सकती है अपने बच्चे को। केवल अपने बच्चे को। मगर उन्होंने (श्री) मुझे यह दिया। इस कदर दिया कि···"

उस दिन के बाद एक बड़ा परिवर्तन हो गया था।

सतीश अपने को श्री का पति समझकर रहने में असमर्थ पाने लगा था। समझ तो पहले भी नहीं पाता था, परंतु कुछ भ्रम था, अब उस प्यार के फैलाव की रात के बाद वह सचमुच एक लड़का बन गया था। श्री के प्रति असीम अनुराग के साथ-साथ वात्सल्य और आदर की भावना भी रहती थी। आसक्ति न कभी थी, न हो सकी।

श्री ने उसे इस विशुद्ध रूप में मनभावन पाया और स्वीकार किया। उनका अनुशासन कायम होता गया, माँ के रूप में, मगर इसके दर्शन होते पत्नी के रूप में।

वह रिश्ता जितना नाजुक था, उतना ही कठिन होता गया।

उस पर श्री की सख्तियाँ बढ़ती जा रही थीं। बात-बात पर वह शक करतीं। साथवाले घर में कुछ जवान लड़कियाँ थीं। उस ओर वह मुँह करके भी देख लेता तो घर में कलह मच जाती। वह साफ-साफ कह देतीं, उसे जवान और नई उमर की लड़कियाँ अच्छी लगती हैं। उनसे दिल भर गया है, क्योंकि वह ब्याहता हैं⋯। वगैरह। वह लाख समझाता। गंगाजली उठाने को तैयार हो जाता, परंतु उन्हें किसी तरह तसल्ली नहीं होती। वह अपना संतुलन खोकर उस पर दोषारोपण करने में जुट जातीं।

इस बहस का अंत उनके खुलकर रो लेने से होता। रोते-रोते वह उससे लिपट जातीं और हिचकियाँ लेते-लेते उन्हें नींद आ जाती। तब वह सोता था। सोने से पहले जब श्री का मुखड़ा निहारता तो उसकी सब शिकायतें मिट जातीं। वह समझ जाता था कि उन्हें उससे बहुत प्यार है। जरूरत से ज्यादा। और प्यार को सहना क्या बच्चों का खेल है!

उसने अपने आप को श्री की इच्छाओं के अनुरूप ढाल लिया। जैसा वह कह देतीं, वैसा ही वह करता। ऑफिस से सीधा घर आता। उसका घर पहुँचने का समय निश्चित हो गया था। पंद्रह-दस मिनट की देर भी प्राणों का संकट बन जाती थी। डाँट-फटकार, झगड़ा। रोना-धोना।

बाहर जाता तो अकसर उन्हें साथ ले जाता। बाहर आकर वह अपनी यातना कुछ भूलने लगती थीं। खूब बातें करतीं और चहकतीं। मगर अब वे पहले की तरह खर्चीले नहीं रहे। होते तो फिर कर्ज चढ़ जाता। सतीश का वेतन उनके पति के वेतन से काफी कम था।

धीरे-धीरे उसने देखा—हमेशा उससे खुश रहनेवाली श्री अब कई बातों पर असंतुष्ट रहने लगीं। ज्यादातर उन बातों पर, जिन्हें वह अपने पति की विशेषताएँ मानती थीं। सतीश उस जगह उन्हें अनफिट-सा लगता। बड़ी बारीकी से वह दोनों की तुलना करतीं और उसे आगाह करतीं कि अमुक बात पति ऐसे करते थे और तुम यों करते हो। छिः, कुछ सुधारो अपने को! कभी वह झल्लाकर कह देता कि इससे तो अच्छा है कि वह पति के पास चली जाएँ। यह उसका आखिरी हथियार होता। और बेहद कारगर।

सुनते ही उनका चेहरा उतर जाता था। हतप्रभ सी वह अपने बाल नोंचने लगतीं। बार-बार घायल स्वर में उससे कहतीं—"मेरी तरफ से तुम्हारा दिल भर

गया है न! मुझे छोड़ना चाहते हो! ठीक है···" वह चुपचाप सुनता रहता। उसे खामोश देखकर वह अत्यधिक आवेश में आकर उसे झँझोड़ने लगतीं। गालियाँ, दो थप्पड़ और घूँसे खाते-खाते वह जैसे पत्थर होता जाता।

थककर वह उसके कदमों में गिरकर मूर्च्छित हो जातीं। कुछ महीने बीत गए। पति के खतों का सिलसिला जारी रहा। श्री ने एक बार भी जवाब नहीं दिया। एक दिन सतीश को उनका एक पत्र मिला। बिल्कुल उसी शैली में, जैसे कि पहले लिखा करते थे। वह आश्चर्य में पड़ गया। वह तो उनकी ओर से किसी कठोर कार्रवाई की अपेक्षा कर रहा था। मसलन पुलिस केस, मुकदमा, बल प्रयोग··· ।

परंतु वह भी खत का जवाब नहीं दे सका। उसके बाद लगा कि वह भी कुछ निराश हो गए हैं, क्योंकि उनके पत्र आने बंद हो गए।

एक दिन तार आया। श्री के मैके से। उनके पिता मृत्युशय्या पर पड़े थे। बेटी का मुँह देखने के लिए साँस रुकी है। फौरन चली आए। उसी दिन शाम को पति के यहाँ से भी तार आ गया—कब चल रही हो, तार द्वारा सूचित करो, ताकि रिजर्वेशन कराया जा सके।

वह दफ्तर से आया तो देखा, श्री फर्श पर लेटे-लेटे सो गई थीं। दोनों तार इधर-उधर पड़े थे। उसने उन्हें जगाया। नए विषय पर बहस शुरू हुई। वह भरसक प्रयत्न कर रहा था—किसी तरह श्री जाने के लिए राजी हो जाएँ। श्री का मन विचलित था, मगर पति के तार ने उन्हें जाने किस संदेह में डाल दिया था! वह तैयार ही नहीं होती थीं।

श्री अपने पिता की एकमात्र संतान थीं। वह मामूली आदमी नहीं थे। परंतु उनके प्रेम-विवाह से नाखुश हुए थे। न उन्होंने कभी बुलाया, न वह गईं। जमीन-जायदादवाले थे। जाहिर था कि सबकुछ श्री को मिलता। इतना बड़ा प्रलोभन भी उन्हें खींच नहीं पा रहा था। जब सतीश ने बहुत जिद की और कसम-वसम दे दी तो उन्होंने बमुश्किल से माना कि एक हफ्ते के लिए वह जाएँगी, मगर पति के साथ नहीं, अकेले। सातवें दिन हर हालत में लौट आएँगी। और इस बीच सतीश ने कुछ गड़बड़ की तो जान दे दूँगी, वगैरह।

अगले रोज जाने की बात थी। उसने छुट्टी ले ली। इंतजार करता बैठा रहा कि जाने की तैयारी शुरू हो। वहाँ सुबह से दोपहर हो गई। श्री जैसे भूल गई हों, निश्चिंत अपने काम में लगी रहीं। आखिर में उसने याद दिलाया। जवाब मिला,

तैयार क्या करनी है ? एक जोड़ा लेकर जाऊँगी। कौन मुझे वहाँ ठहरना है ! उलटे उसे सुनाने लगीं--"तुम तो चाहते हो कि किसी तरह से मैं चली जाऊँ और तुम किसी लड़की से शादी कर लो। यही बात है न!"

खैर, जैसे-तैसे बात बनी। उन्होंने कपड़े रखने शुरू किए। इस बीच एक तार और आ गया पति के यहाँ से—तुरंत यहाँ पहुँचो। अमुक तारीख के लिए अमुक गाड़ी में रिजर्वेशन करवा लिया गया है।

बस जाना-वाना सब खत्म हो गया। वह सिर थामकर बैठ गईं। उन्हें लग रहा था कि किसी जाल में उन्हें फँसाने की तैयारी हो रही है। पति का बार-बार तार करना उन्हें षड्यंत्र प्रतीत हुआ।

उन्हें नहीं जाना था। वह नहीं गईं!

श्री के पति बहुत ठंडे मिजाजवाले बुद्धिमान व्यक्ति थे। उन्हें अपनी पत्नी से सचमुच बहुत प्यार था। इतना प्यार कि उनको कभी डाँटा तक नहीं। उनके देखते-देखते इतना कुछ हो गया, परंतु उन्होंने अपनी तरफ से कोई आक्रोश व्यक्त नहीं किया। श्री ने उस शहर में जाने के कुछ दिन बाद ही सतीश से अपने संबंधों के बारे में साफ-साफ बता दिया था। सुनकर वे खामोश रहे। एक बार को यह भी नहीं पूछा--तुमने ऐसा क्यों किया ? वह सतीश के साथ रहना चाहती थीं। उन्होंने मान लिया। इससे अधिक एक आदमी और क्या कर सकता है ?

उन्हें दृढ़ विश्वास था कि बच्चों का मोह श्री को खींच लाएगा। वह किसी-न-किसी दिन गलकर मोम हो जाएँगी और लौट आएँगी। मगर जब महीनों बीत गए, श्री ने एक दफे भूले से भी पत्र का जवाब नहीं दिया, तब उनको बेचैनी हुई। क्या वह बच्चों को भी भुला बैठी है ? अगर यह सच था तो उस घर में श्री का लौटना असंभव ही लगा उन्हें। उन्होंने इस दिशा में प्रयत्न करने का इरादा किया। एक तो सतीश और श्री को लंबी चिट्ठियाँ लिखीं, अपने बच्चों की उदासी के बारे में, उनके दुर्भाग्य के बारे में। श्री को चाहिए, कम-से-कम बच्चों का ही कुछ खयाल करें!

पिता की बीमारी बहाना नहीं थी। एक दिन खबर आ गई, वे चल बसे। श्री की आँखें मानो सूख गई थीं। एक आँसू भी नहीं निकला। बस, तार लिये एकटक देखती बैठी रहीं। उधर दूसरे दिन बड़ा लड़का आ पहुँचा। सुबह-सुबह। अकेला। उधर से बाप ने गाड़ी में बैठा दिया था। यहाँ उतरकर चला आया। नौ साल का

अबोध बच्चा माँ को वापस ले जाने के लिए रात का सफर करके अकेला आया था। खौफनाक बात थी। कम-से-कम सतीश का मन करुणा से भर उठा।

लड़का आते ही माँ से लिपट गया। छोड़ता ही न था। जोर-जोर से रोता था। कलपता था—"माँ! तुमने हमें क्यों छोड़ दिया है?" सतीश की आँखें नम हो गईं। दफ्तर जाते समय रास्तेभर वह सोचता रहा—अब श्री नहीं रुक पाएँगी। और उसे उनका चला जाना ही उचित लगा। उन अभागे बच्चों का दुःख उसे अपने प्रेम से भारी मालूम पड़ा। दफ्तर में उसका मन नहीं लग रहा था। उसे यह जानने की उत्सुकता थी कि श्री कब जाने के लिए तैयार हो जाएँगी! बल्कि हो चुकी होंगी—उसने सोचा।

एक तो वैसे ही वह ड्यूटी पर काफी लेट पहुँचा था। फिर जल्दी जाने के लिए छुट्टी माँगना उसे उचित नहीं लगा। उसने पूरे दिन की छुट्टी ले डाली और भागता सा घर पहुँचा।

वहाँ ऐसा कुछ नहीं था। श्री खाना बना रही थीं। बच्चा उनके पास ही रसोई घर के फर्श पर सो गया था। सफर से थका हुआ जो था। अंदर कमरे में एक कुरसी पर उसकी छोटी सी अटैची पड़ी थी।

सतीश कमरे में आकर बैठ गया। उसका ध्यान बार-बार उस नन्हीं अटैची की ओर चला जाता। आखिर उसने उसे अपनी ओर खींच ही लिया और खोलकर देखने लगा—क्या-क्या रखा है!

ऊपर ही एक फुलस्केप साइज का कागज रखा था। उस पर सतीश के घर का पता बड़े-बड़े अक्षरों में लिखा हुआ था और नीचे एक पंक्ति—"कृपया इस लड़के को इसकी माँ तक पहुँचाने का कष्ट करें, उपर्युक्त पते पर। बड़ा उपकार होगा।"

इसके अलावा उसमें दो जोड़े निक्कर-बुशर्ट के रखे गए थे सहेजकर। घर के धुले और बिना प्रेस के सिलवटों भरे नन्हे-नन्हे कपड़े। सतीश का मन भर आया। कितनी दुर्दशा थी श्री के बच्चों की! वह मासूम लड़का अपनी उम्र के अनुपात में कितना लंबे सफर पर रवाना हो गया था! इस आत्मविश्वास के साथ कि माँ को लिवा लाएगा। उस सफर पर जिसे तय करने में उसका पिता अपने आप को असमर्थ पाता था।

लड़का तीन दिन वहाँ रहा और बराबर रोता रहा। माँ को चलने के लिए मनाता रहा, मगर श्री पत्थर हो चुकी थीं। टस-से-मस नहीं हुईं।

आखिर को सतीश लड़के को गाड़ी में बिठा आया। बड़ा हृदयविदारक दृश्य था। गाड़ी चलने तक लड़का बार-बार कहता रहा, 'एक बार और माँ के पास ले चलो। शायद अब मान जाएँ।' सतीश जानता था, श्री नहीं मानेंगी। उसने लड़के को विदा दे दी।

इस घटना के उपरांत वह घर सतीश के लिए जेल बनकर रह गया। श्री लगभग विक्षिप्त हो गई। सतीश को हर समय अपनी आँखों के आगे रखना चाहतीं। उन्हें डर था कि वह उन्हें छोड़ जाएगा। बस, किसी तरह दफ्तर हो आता। वह उसकी प्रतीक्षा में बाहर खड़ी रहतीं। बाजार जाता तो उसे बता दिया जाता कि इन सब कामों में इतना समय लगना चाहिए। इतने बजे उसे वापस पहुँच जाना है। नहीं तो झगड़ा, गाली-गलौज और यहाँ तक कि मार-पीट।

वह उसका भी आदी होता गया। असल में शुरू से सहता आ रहा था, इसलिए उसे कोई विशेष कष्ट नहीं हुआ। फिर भी हर चीज की हद होती है। एक दिन ऑफिस से आते समय उसे रास्ते में रुकना पड़ गया—करीब घंटे भर। कोई पुराने परिचित मिल गए थे। छोड़ते ही न थे।

उस दिन घर पर उसकी लानत-मलामत हुई सो हुई, चप्पलों से जमकर पिटाई भी हुई। श्री ने उसके कपड़े फाड़ डाले और उसे बुरी तरह पीटा। वह असहाय व्यक्ति की तरह पिटता रहा। चूँ तक नहीं की।

अपनी इस दुर्दशा पर उसे इतनी ग्लानि नहीं थी, जितनी श्री की मानसिक रुग्णता पर। उसके मन में इसी बात को लेकर अपराध-भावना थी कि उसने माँ को अपने बच्चों से जुदा कर दिया है। वह देखता—श्री आपा खो बैठती हैं तो मन में घुटती हुई बातें उनकी बड़बड़ाहट के रूप में निकलने लगतीं हैं। उन्हें सबसे बड़ी घुटन तो यह थी कि वह सतीश की ब्याहता नहीं थीं। हो भी नहीं सकती थीं सोते-सोते चौंककर उठ जातीं। चीखने-चिल्लाने लगतीं। बच्चों का नाम ले-लेकर पुकारतीं। फिर टटोलकर सतीश को बाँहों में भर लेतीं। उसे अपना शिशु समझकर ममता उँडेलने लगतीं। यहाँ तक कि अपना आँचल भी जबरन उसे देतीं।

सतीश को खौफ हुआ—कहीं यह पागल न हो जाएँ! उसकी रातों की नींद हराम हो गई। दिन में तो खैर चैन मिलता ही कहाँ था! परेशान होकर अपने एक अजीज दोस्त के यहाँ सलाह लेने पहुँचा। कुछ तो उसे पता था, बाकी उसने विस्तृत रूप से कह सुनाया। दोस्त ने बड़ी करुणा से उसकी ओर देखा। वास्तव

में वह दयनीय हालत में था। उसे सलाह दी गई—'किसी तरीके से श्री को अपने पति के पास भेज दे और खुद लंबी छुट्टी लेकर फरार हो जाए। नहीं तो तीन जिंदगियाँ तबाह होकर रहेंगी।'

परंतु श्री को पति के पास भेजना ही तो समस्या थी। पिता की मरणावस्था और यहाँ तक कि मौत की खबर पाकर भी वह नहीं हिली थीं। लड़का आकर तीन दिन तक रोता-कलपता रहा, मगर उनपर असर नहीं हुआ था। इसके बाद किसी बहाने से उन्हें भेज देना असंभव नहीं तो बहुत कठिन तो था ही।

योजना बनी। सतीश ने उनके पति को चुपचाप एक पत्र लिखा—किसी बहाने से उन्हें बुलाइए। दो-चार दिनों के लिए। उसके बाद हमेशा-हमेशा के लिए वह उनसे दूर हो जाएगा। उसके पत्र का उत्तर भी बहुत जल्द आ गया।

उन्होंने लिखा था—मैं श्री को एक हफ्ते के लिए यहाँ बुलाऊँगा। बच्चों का और लोक-लाज का हवाला देकर। उन्हें गाड़ी पर बिठा देना। अगले दिन उनका सारा सामान लेकर चले आना। मैं स्टेशन पर मिलूँगा और सामान ले जाऊँगा।

यही किया गया। पति ने बहुत समझदारी से पत्र लिखा। उन्होंने लिखा—'भई! तुम वहाँ रहो, शौक से। कौन मना करता है? परंतु यहाँ सब लोग पूछते हैं—बच्चों की माँ कहाँ है? मैंने सबको यही बता रखा है कि वे मैके में हैं और सर्विस कर रही हैं। इसके बावजूद करीब एक साल हो चुका है। लोग पीछे पड़े हैं। अगर यहाँ बात फैल गई तो इज्जत खाक में मिल जाएगी और बच्चों का यहाँ स्कूल जाना तक दूभर हो जाएगा। न हो तो दिखावे के लिए आठ-दस दिन को चली जाओ। उसके बाद लौट जाना। लोग संतुष्ट हो जाएँगे। बच्चे भी जी उठेंगे।'

पत्र की श्री पर मनोनुकूल प्रतिक्रिया हुई। सतीश लौटा तो वह बड़े संकोच से लजाती हुई आईं और पत्र पढ़कर सुनाया। कुछ दिन वहाँ जाकर रहने की बात उठाई बहुत डरते-डरते। वह बिगड़ न उठे। सतीश भी ऐसा अभिनय करता रहा कि कुछ जानता ही न हो। कुछ देर उसने असमंजस में पड़े व्यक्ति की भूमिका निभाई। उसे डर था कि झटपट राजी हो जाने से हो सकता है, उनका मूड उखड़ जाए। आखिरकार बात तय हो गई। श्री ने अपने आप प्रस्ताव किया कि वह अकेली जाएँगी। वह सतीश से पति का सामना नहीं चाहती थीं। उन्हें संघर्ष की आशंका थी। सतीश मन-ही-मन खुश हुआ और उनके अकेली जाने को लेकर चिंतित होने का दिखावा करता रहा।

जाने से पहले उन्होंने बेशुमार हिदायतें और फरमान जारी किए, जितने दिन वह वहाँ रहें, उतने दिन सतीश को किस-किस वक्त क्या-क्या करना है, अच्छी तरह समझाया। उसके नाश्ते के लिए सामान बनाया, ताकि पीछे उसे दिक्कते न हो। सारे कपड़े धोकर प्रेस करवाकर रख दिए और कसमें दे-देकर कहा, ''मेरे पीछे कुछ कर ना बैठना। कहीं कोई सुंदर कुँवारी लड़की दिखे तो उसे ब्याह लाओ!''

सतीश ने उस दिन शाम की गाड़ी से उन्हें विदा कर ही दिया। फर्स्ट क्लास का टिकट खरीद दिया। फल वगैरह रख दिए। एक-आध पत्रिका ले आया, ताकि सफर अच्छी तरह कट जाए।

गाड़ी चलने के वक्त दोनों की आँखें भर आईं—अलग-अलग वजहों से।

उसी रात को सारा सामान पैक कर लिया था उसने। जो उसका था, उसने मित्र के यहाँ रखवा दिया और श्री द्वारा लाया गया सामान लेकर वह सुबह तीन बजेवाली गाड़ी से रवाना हुआ। उसने दफ्तार से दो महीने की छुट्टी ले ली, कहीं दूर जाने के लिए।

सारा प्रोग्राम तय था। श्री के पति स्टेशन पर उसे मिलेंगे। वहीं सामान उनके हवाले करके वह अपनी अज्ञातवास यात्रा पर रवाना हो जाएगा। गाड़ी में बैठे-बैठे वह उस सामान को देख-देख दुःखी होता रहा। श्री कितने चाव से उसके साथ गृहस्थी बसाने का अरमान लेकर यह सामान लेकर उसके साथ आई थीं! क्या हो सका! आखिरकार वही कमजोर निकला। वही धोखा देने जा रहा है। एकबारगी उसका दिमाग खराब होने लगा था, मगर वह जब्त कर गया। इसी में सबका भला है।

प्लेटफॉर्म पर पति के साथ श्री को देखकर उसका जी धक्क से रह गया। घड़ों पानी पड़ गया। वह कुछ भी बोल न सका। कुली डिब्बे से सामान उतार चुका था और उसका मुँह जोह रहा था। वह अवाक्, हतप्रभ और काटो तो खून नहीं, मूर्ति बना खड़ा था बर्फ की सिल्लियाँ से बने प्लेटफॉर्म पर।

उसने बड़ी मुश्किल से पाँव तले जमीन हासिल की। पहली दफा उसने श्री के विश्वास को तोड़ा था और रँगे हाथ पकड़ा गया।

श्री का चेहरा सफेद पड़ गया था। माथे पर पसीने की बूँदें छलछला आईं। उन्हें अपनी आँखों पर यकीन नहीं आ रहा था। एकटक वह सतीश को देखे जा

रही थीं। पति ने दोनों की यह हालत देखी तो डोर अपने हाथ में ले ली। आगे काम उन्हें ही करना था।

दरअसल श्री को वह यह बताकर लाए थे कि सतीश आ रहा है। चलो, उसे लेने स्टेशन चलें। श्री को आश्चर्य तो हुआ, परंतु मन में उमंग जाग उठी। आखिर सतीश उनका वियोग सह नहीं सका न! एक दिन भी नहीं रुक सका। उन्होंने सवेरे जल्दी उठकर स्नान किया। शृंगार किया और मन-ही-मन प्यार में डूबती-उतराती स्टेशन पहुँची, पति के साथ।

गाड़ी ठीक समय पर आई। उत्सुकता से पति-पत्नी डिब्बा-डिब्बा देखने लगे। आखिर उन्होंने सतीश को पा ही लिया। वह कुली से सामान उतरवा रहा था। दो ट्रंक, दो बोरे सामान से भरे और मुँह पर बँधे। यह वही सामान था, जिसे लेकर वह सतीश के साथ गई थीं। उनके वहाँ रहते जो कुछ गृहस्थी का सामान खरीदा गया था, वह भी सतीश साथ लेता आया था।

बहुत देर तक प्रतिरोध बना रहा। मन और मस्तिष्क का अंतर्द्वंद्व। सतीश को वहीं से विदा होना था। परंतु पति चाहते थे, वह कम-से-कम शाम तक अवश्य रुके। वह दफ्तर चले जाएँ तो श्री से जो कुछ बातचीत करनी हो, कर ले, क्योंकि श्री को अभी तक कुछ भी पता नहीं था। वह भयानक रूप से असमंजस में पड़ी हुई थीं।

प्लेटफॉर्म से बाहर आकर दो रिक्शे किए गए। पति ने सतीश और श्री को एक रिक्शे पर बैठाया और खुद सामान लेकर दूसरे रिक्शे पर। घर पहुँचकर श्री चाय बनाने के बहाने किचन में चली गई। रास्तेभर दोनों बुत बने बैठे रहे। न उन्होंने कुछ बोलना चाहा था, न वे ही बोल सके थे।

सतीश ने पति और बच्चों के साथ बैठकर चाय पी। इस बीच उसने अपने ऊपर नियंत्रण कर लिया था। उसे श्री की खौफनाक मानसिक अवस्था बार-बार ध्यान आ रही थी। वे दिन--यातनामय दिन। पति और प्रेमी के बीच जलती-झुलसती नारी की छटपटाहट। उसने मन-ही-मन अपना निश्चय दोहराया कि किसी भी कीमत पर वह अपना आगे बढ़ा हुआ कदम पीछे नहीं रखेगा।

पति दफ्तर चले गए। वह उन्हें छोड़ने बाहर तक गया। दोनों में औपचारिक बातें हुईं। उसने बताया कि वह हर हालत में शाम की गाड़ी से चला जाएगा, और यह भी कि वह लंबी छुट्टी पर है और घूमने-फिरने जा रहा है। इस बीच श्री का

मन गृहस्थी में ठहर ही जाएगा।

वह भारी कदमों से लौटा और घर में दाखिल हुआ।

श्री दरवाजे के पीछे खड़ी थी। बहुत बोझिल आँखें लिये हुए। वह जैसे ही अंदर को बढ़ा, वह कटे वृक्ष की तरह उसके कदमों में गिर गईं। और कोई मौका होता तो वह घबरा जाता। लपककर उन्हें उठाता। मगर उस समय उस पर कोई असर नहीं पड़ा। संवेदनाएँ सो गई थीं। किसी विवश तनाव के प्रभाव में वह खड़ा रहा। खड़ा ही रह गया। श्री उसके पैरों को कसकर पकड़े थीं और उनपर माथा टिकाकर रो रही थीं। कैसी खामोश रुलाई थी वह! निःशब्द। हिचकियाँ, फफक, कुछ भी तो नहीं। टप-टप आँसू गिरते थे पैरों पर।

उसके शरीर में इतनी ताकत नहीं बची थी कि अपना पैर बलपूर्वक छुड़ा ले। कदम-कदम पर चेतना ठोकरें खाकर जैसे मूर्च्छित हो गई थी।

बहुत समय ऐसे ही बीत गया। इस दृश्य का कोई अंत न था। श्री ने अपना माथा पैरों पर से नहीं उठाया। न उनके आँसू रुके। करीब दो घंटे ऐसे ही बीत गए। सचमुच उनकी आत्मा रो रही थी। वह सर्वनाशी प्यार उन्हें रुला रहा था, जिस पर उनका कोई बस नहीं था। आज तक तो दुनियावाले ही उन्हें कुलटा और चरित्रहीना समझते थे, आज वह भी यही समझने लगा था, जिसके लिए उन्होंने सबकुछ किया। जिंदगी के सारे मूल्य ठुकरा दिए थे।

प्यार अपनी तीखी भंगिमा में प्रेतबाधा का रूप ले लेता है। इससे मुक्ति संभव नहीं जान पड़ती। होती है तो संसार से मन उचट जाता है। श्री ने सतीश को पाने के लिए क्या नहीं किया! एक दफा तो पा भी लिया, परंतु फिर वह छूट निकला। अब भी मन में कहीं आस-उम्मीद थी। किसी तरह से भी हो कि बिगड़ी बात बन जाए! वह उनकी अंदरूनी कोशिश को अपने में अनुभव कर ले। वह पड़ी ही रहीं।

जाने किस प्रकार सतीश की समाधि टूटी। उसने घड़ी में देखा, बारह बज गए थे। इसका मतलब था कि पिछले ढाई घंटे इसी तरह बीत गए हैं। उसे लगा कि आँसुओं से उसके पाँव धुल चुके हैं, बल्कि चप्पल और आस-पास का फर्श गीला हो गया है। बिजली की तरह उसके मन में कौंध हुई। उसने पलभर के लिए अपने अँधेरे में उमड़ते विकट ज्वार देखे। पानी उठ-उठकर आ रहा था। बाँध की दीवारों से टकराता और लौट जाता, फिर आने के लिए।

उसे खतरा महसूस हुआ। अगर बाँध में दरारें पड़ गईं तो बना-बनाया खेल बिगड़ जाएगा। उसे अपने भविष्य से खौफ होता था। नहीं तो श्री से जुदा हो पाना उसके लिए संभव न था।

उसने अपने बदन की सारी शक्ति बटोरकर श्री को उठा लिया।

अनुनय, विनय, मनुहार और सिर पटकना—शाम तक यही होता रहा, परंतु वह नहीं माना। उसने श्री को कहा, ''यहाँ कुछ दिन रहकर देखो। जब कोई चारा न हो, तब चली आना। अभी ले जाना संभव न होगा।''

□

तीन महीने वह जाने कहाँ-कहाँ भटकता रहा। उसने किसी को अपने कहीं होने के बारे में कोई सूचना नहीं दी। उसे डर था, किसी-न-किसी तरह श्री उसका पता निकाल लेंगी और चली आएँगी। मन में अनेक आशंकाएँ भी थीं। कहीं वह जहर न खा लें; आत्मदाह न कर लें। हाँ, अगर तीन महीने किसी तरह रह गईं तो हमेशा के लिए बात बन जाएगी। मन विवश होकर काबू में आता है।

इस बीच खुद वह पागल सा हो गया। एक मिनट के लिए भी उसे चैन नहीं मिलता। न श्री का खयाल ही मन से जाता। कभी-कभी तो वह इतना बेचैन हो जाता कि तैयारी करने लगता था वापस लौटने की। श्री को लेकर फिर से घर बसाने की। फिर उसे कोई दूसरी स्थिति में लौटा लाता—'तुम अभी जवान हो। किसी तरह से पीछा छुड़ा लो। वह तो किसी और की ब्याहता है। दो बच्चों की माँ! तुमसे आठ-दस साल बड़ी है। कानूनी तौर पर तुम उसके पति हो नहीं सकते। तलाक-वलाक का चक्कर चलेगा तो जवानी का समय उसी में बीत जाएगा। थोड़े दिनों में बात आई-गई हो जाएगी। तुम किसी अच्छी लड़की से विवाह कर लेना। घर बस जाएगा तो पुराने जख्म भर जाएँगे।'

एक दिन वह उस शहर को लौट गया। आखिर नौकरी तो करनी ही थी। कब तक छुट्टी पर रह सकता था! उसने एक दोस्त के यहाँ डेरा जमाया। उसे बताया गया कि पिछले दिनों तीन बार श्री यहाँ आकर उसकी तलाश में भटकती रही हैं। ऑफिस से लेकर उसके दोस्तों तक। सबने उन्हें किसी तरह यह विश्वास दिला दिया था कि सतीश हमेशा के लिए चला गया है। हाँ, ऑफिसवालों ने जरूर कहा होगा कि उसने नौकरी नहीं छोड़ी है।

वह फिर उलझन में पड़ गया। सोचने लगा कि नौकरी छोड़कर कहीं और

चला जाए। मगर मन नहीं मानता था। उसके किसी छिपे हुए कोने में श्री से मिलने की कामना जीवित थी।

ऑफिस में किसी काम से वह दूसरी मंजिल पर गया था। वहाँ से अपनी सीट तक आने के लिए सीढ़ियाँ उतर रहा था कि श्री को नीचे खड़े देखकर उसे झटका सा लगा! वह किसी अन्य स्त्री के साथ खड़ी थीं। शायद उसकी प्रतीक्षा में। उनके हाथ में एक सूटकेस था, जो उन्होंने एक टेबल पर टिका रखा था। उसको लकवा-सा मार गया। इतना सब करने के बावजूद वह मुक्त नहीं हो पाया था। श्री को सामने खड़ा देखकर उसे फाँसी का फंदा लटकता दीख रहा था।

खैर, किसी तरह उतरा। दफ्तर से बाकी समय के लिए छुट्टी ली। उन लोगों को एक रेस्तराँ में ले गया। फैमिली कैबिन में बैठाकर परदा खींच लिया। बात शुरू हुई। श्री मजबूरी में आई थीं। रहने के लिए नहीं बल्कि··।

तीसरे व्यक्ति की उपस्थिति के कारण कोई कैफियत तलब और सफाई माँगने वाली बातें नहीं हुईं। श्री ने सिर्फ इतना कहा कि यह उनके जीने-मरने का प्रश्न है। इसका उत्तर सतीश ही दे सकता है।

वह गर्भवती थीं, जबकि वहाँ जितने दिन वह रहीं, पति से उनका शारीरिक तौर पर कोई संबंध नहीं स्थापित हो सका। दोनों की मानसिक स्थिति इसके लिए प्रतिकूल थी। यहाँ तक कि बोलचाल भी बहुत सीमित थी। जरूरत भर की। ऐसे में उसके होनेवाले बच्चे का भविष्य बड़ा संदेहास्पद था। पति उदार थे, मगर वह ऐसे बच्चे को स्वीकार कर लेंगे, यह संभावना बहुत कम थी। बल्कि हो सकता था कि वह उनका परित्याग कर दें। कम-से-कम श्री तो उसके बाद उस घर में रह नहीं पाएँगी।

वह मामले की गंभीरता को समझ गया। उसने श्री को समझाया-बुझाया। तसल्ली दी कि सब ठीक हो जाएगा। मन-ही-मन उसने श्री का एबॉर्शन करवाने का निश्चय कर लिया। यही एक सूरत थी। वह नहीं चाहता था कि उसके होनेवाले बच्चे की बेकदरी और दुर्दशा हो।

श्री उसके साथ रहना चाहती थीं, परंतु उसने उसके लिए असमर्थता जाहिर की। वह किसी के साथ साझे में कमरा लेकर रहता था। वहाँ रखना मुमकिन नहीं था। श्री अपनी उस सहेली के साथ ठहरेंगी—यह तय हो गया।

श्री की वह सहेली सबकुछ जानती थी। वह एक गर्ल्स कॉलेज में लेक्चरर

थीं। अकेली। उसी ने सतीश के आने और ड्यूटी ज्वॉइन कर लेने की खबर श्री तक पहुँचाई थी।

श्री उसके यहाँ ठहरीं। सतीश सारे दिन भाग-दौड़ करता रहा। घर पर आकर केस अटैंड करने की फीस काफी ज्यादा थी। उसे रुपए का प्रबंध करना पड़ा। दोस्तों ने इस मौके पर खुले दिल से उसकी सहायता की। हफ्तेभर में सब ठीक हो गया। श्री अपने पति से हफ्ते भर के लिए कहकर आई थीं। इसके अलावा उन्हें कुछ भी पता न था।

सतीश ने फर्स्ट क्लास का टिकट देकर उन्हें गाड़ी में बिठा दिया, वापसी के लिए। वह बिल्कुल शांत थीं। कमजोरी की वजह से उनका चेहरा पीला पड़ा हुआ था, जैसे शरीर में बिल्कुल खून न हो। सतीश ने कहा, ''अब हमारा मिलन नहीं होगा। होना भी नहीं चाहिए।''

सुनकर श्री ने अपना चेहरा हाथों में ढाँप लिया था। गाड़ी खिसकने लगी तो सतीश ने उनके हाथ चेहरे से हटा दिए, आखिरी बार जी भरकर देखने के लिए। देख नहीं सका था, डबडबाई हुई निराशा की गर्त में धँसी आँखें।

सतीश कहते-कहते रुक गया। बीते दिन अभी उसकी आँखों से उतरे थे। उसकी मनोदशा क्या होगी, जबकि मैं ही अपने अंदर इतनी दहशत महसूस कर रहा था। मैंने ध्यान से उसके चेहरे को देखा। वाकई वह कहीं खो गया था। यादों के संसार में। रूखे बालों और लापरवाही की वजह से बढ़ी दाढ़ी के खूँटों के बीच उसकी त्वचा स्निग्ध जान पड़ी। आँखों में एक मासूम किस्म की उदास बुझन।

ज्यादातर लोग उसे अर्द्धविक्षिप्त समझते थे। एक बैलेंस खोया हुआ आदमी। मैं भी कुछ ऐसा ही समझता था। मगर अपनी गायन-प्रतिभा के बल पर वह महत्त्वपूर्ण लोगों में गिना जाता है। बस्ती में होनेवाले हर सांस्कृतिक कार्यक्रम में उससे गवाया जाता है और लोग 'वन्स मोर', 'वन्स मोर!' चिल्लाते रहते हैं।

कुछ देर हम दोनों खामोश बैठे रहे। मेरे मन में अनेक प्रश्न उठ रहे थे। आखिरकार मैंने पूछ ही लिया। सतीश फिर से कहने की मुद्रा में लौट आया और उसने सबकुछ अपने आप ही कह डाला। मुझे प्रश्न करने की आवश्यकता नहीं महसूस हुई।

उसके बाद लगातार श्री ने पत्र लिखे। वह हर बार प्रार्थना करतीं कि वह उन्हें अपना ले। वह तलाक देने के लिए तैयार हैं। यहाँ उससे दूर रहकर वह

जीवित नहीं रह सकेंगी। सतीश ने चुप्पी साधे रखी। एक भी पत्र का उत्तर नहीं दिया। फिर पत्र आने बंद हो गए।

सतीश ने जीवन में रमने-जमने का काफी प्रयत्न किया, मगर सफल न हो सका। उसका जी दुनियादारी से उचट गया था। एक-एक करके बरस बीतते गए। न किसी ने उसकी शादी की बात चलाई, न उसने ही किसी से कहा। आजकल लोग उसे 'क्रोनिक बैचलर' कहा करते हैं।

बीच में एक बार श्री और उनके परिवार के बारे में जानने की उत्सुकता को शांत करने के लिए उसने अपने एक दोस्त को वहाँ भेजा। लौटकर उसने बताया कि वे लोग कहीं दूर चले गए हैं। दक्षिण भारत के किसी स्थान पर। कुछ अता-पता नहीं मिला। हाँ, इतना जरूर सुनने में आया कि उस घर की गृहिणी पागल हो गई थी। उसे कमरे में बंद करके रखा जाता था; अगर बाहर निकल जाती थी तो बड़बड़ाती हुई सड़कों पर घूमा करती। बच्चे उसे घेर लेते और पत्थर मारते। लोगों ने उसके पति को कहा था—इसे पागलखाने भिजवा दो, परंतु वह इसके लिए तैयार नहीं थे।

"इस घटना को हुए कितना अरसा हो गया?" मैंने सतीश से पूछा।

"सात-आठ साल हो गए हैं। लेकिन लगता है, जैसे कल ही की बात है।" सतीश ने कहा। मेरे एक और प्रश्न के उत्तर में उसने कहा, "अब तुम ही बताओ, ऐसी हालत में कौन लड़की मुझसे शादी करने को तैयार होगी? खाली मेरे चाहने से क्या होता है? फिर यार! बहुत कट गई है, थोड़ी सी बची है, वह भी ऐसे ही गुजर जाएगी। क्या करना है घर-गृहस्थी बसाकर!...तुम मेरी कहानी छाप रहे हो। छापो। नई उम्र के लोगों को पता तो लगे, प्यार कितनी भयानक चीज है। किस तरह बरबाद कर देती है आदमी को!"

वह कुछ-न-कुछ कहे जा रहा था। मेरा ध्यान कहीं और लगा था। मैं मेज पर रखी श्री की तसवीर फिर से उठाकर देखने लगा। यह तो महज तसवीर थी। लेकिन आँखों का जादू इसमें भी मौजूद था। उनका रूप इतना मनमोहक था कि देखते जी नहीं भरता था।

सतीश मुझे फोटो में तल्लीन देखकर हँसा।

□□□